A PAIXÃO DE

Artemísia

A PAIXÃO DE Artemísia

Susan Vreeland

ROMANCE

TRADUÇÃO DE
Beatriz Horta

JOSÉ OLYMPIO
EDITORA

Título do original em língua inglesa
THE PASSION OF ARTEMISIA

Reservam-se os direitos desta edição à
EDITORA JOSÉ OLYMPIO LTDA.
Rua Argentina, 171 – 3º andar – São Cristóvão
20921-380 – Rio de Janeiro, RJ – República Federativa do Brasil
Tel.: (21) 2585-2060
Printed in Brazil / Impresso no Brasil

Atendimento direto ao leitor:
mdireto@record.com.br
Tel.: (21) 2585-2002

ISBN 978-85-03-01096-2

Capa: Interface Designers/Sergio Liuzzi

Texto revisado segundo o novo Acordo Ortográfico da Língua Portuguesa.

CIP-Brasil. Catalogação na fonte
Sindicato Nacional dos Editores de Livros, RJ

V965p Vreeland, Susan, 1946-
A paixão de Artemísia / Susan Vreeland ; tradução Beatriz Horta. - Rio de Janeiro : José Olympio, 2010.

Tradução de: The passion of Artemisia
ISBN 978-85-03-01096-2

1. Gentileschi, Artemisia, 1593-1652 ou 3 - Ficção. 2. Pintoras - Itália - Ficção. 3. Romance americano. I. Horta, Beatriz. II. Título.

10-2610.

CDD: 813
CDU: 821.111(73)-3

Para Kip, *amore mio*, pela compreensão

Eles não tinham dúvidas sobre sofrimento,
Os Antigos Mestres: como entendiam bem
Sua condição humana; que alguém sofre
Enquanto outro está comendo, ou abrindo uma janela,
ou apenas caminhando.

W. H. Auden
"Musée des Beaux Arts", 1940

Nota da autora

QUALQUER FICÇÃO com base na história ou em um personagem histórico é e deve ser obra da imaginação, fiel ao tempo e à personalidade, mas fiel aos fatos só na medida em que criem um drama convincente. Para servir ao tema que escolhi, juntei personagens reais e fictícios, eliminei alguns e inventei outros. Usando o que é sabido, imaginei as personalidades e a relação de Artemísia Gentileschi com o pai e o marido. Mas o julgamento e as ligações dela com Galileu, Cosimo Médici II e Michelangelo Buonarroti, o Jovem, estão documentados na história da arte. Todos os quadros citados são, sem dúvida, atribuídos a ela, mais ou menos na mesma cronologia. Como um pintor que veste personagens de séculos anteriores com trajes contemporâneos, tentei criar Artemísia Gentileschi de uma forma que faça sentido para nós, 350 anos depois, mas que esteja de acordo com a alma e os sentimentos da verdadeira Artemísia Gentileschi (1593-1653), para quem a história por trás da arte sempre foi algo muito importante.

Agradecimentos

MEUS PROFUNDOS AGRADECIMENTOS a Karen Kapp por me apresentar a Artemísia; a Jim McCarthy pela ajuda em tudo o que diz respeito à Itália; a Peggy Jaffe e ao Instituto Toscano de Estudos Avançados pelos sabores e paisagens da Toscana; às religiosas do Sagrado Coração de Santa Trinità dei Monti pela hospitalidade, oportunidade e presteza; à Associação de Escritores Asilomar, especialmente a Jerry Hannah e Grant Farley, pelas leituras atentas, e, sobretudo, aos meus dois *tesori*: minha maravilhosa agente Barbara Braun, por acreditar em mim e pela alegria a cada passo, e a minha talentosa editora Jane von Mehren, pela sua gentil e sagaz ajuda na produção de cada página.

Agradeço também ao livro *Artemisia Gentileschi: The Image of the Female Hero in Italian Baroque Art*, de Mary D. Garrard (Princeton University Press, 1989), que foi uma inestimável fonte erudita quando pesquisei a vida de Artemísia e a principal fonte para a interpretação das suas pinturas. Além disso, duas outras fontes valiosas foram *The Obstacle Race: The Fortunes of Women Painters and Their Work*, de Germaine Greer (Farrar, Straus & Giroux, 1979) e *Artemisia Gentileschi and the Authority of Art: Critical Reading and Catalogue Raisonné*, de R. Ward Bissell (The Pennsylvania State University Press, 1999).

Sumário

1

O *sibille*

MEU PAI ANDAVA AO MEU LADO PARA me dar coragem, a mão tocando de leve o laço nas costas do meu corpete. O sol da manhã, que já aquecia minha cabeça e as pedras da *piazza,* formava uma sombra imóvel da Forca do Inquisidor e marcava, grotesca, a corda na parede da Tor di Nona (onde ficava o tribunal do papa), parecendo uma lágrima.

— Você sente um certo desconforto, Artemísia. Só um aperto — disse meu pai, olhando bem para a frente.

Ele estava se referindo ao instrumento chamado *sibille.*

Se, com as mãos amarradas, eu confirmasse o que falei nas semanas anteriores, o tribunal saberia que era verdade e acabaria o julgamento. Não o meu julgamento. Fiquei repetindo para mim mesma: não era eu quem estava sendo julgada. Era Agostino Tassi.

A acusação que meu pai fez por escrito ao papa Paulo V ecoava nos meus ouvidos: "Agostino Tassi deflorou minha filha Artemísia e teve relações carnais forçadas várias vezes, o que causou graves e imensos danos para mim, Orazio Gentileschi, pintor e cidadão romano, humilde acusador, e não pude vender o talento dela para a pintura por um preço tão alto."

Eu não quis que ninguém soubesse. Não ia dizer nem para meu pai, mas ele ouviu meu choro e me obrigou a falar. Tinha também aquele quadro que Agostino elogiou e que depois sumiu; meu pai acusou-o de furto.

— Quanto tempo mais? — perguntei.

— Pouco.

Não olhei para nenhum rosto da multidão que se apinhava à entrada da Tor di Nona. Já sabia o que veria naquelas caras: curiosidade lasciva, acusação, desprezo. Mas olhei para a madressilva amarela que floria nos muros de estuque no tom ocre romano. Cada cor fazia a outra mais vibrante. Papai tinha me ensinado.

— Flores perfumadas — os mendigos gritavam, oferecendo-as para as mulheres que iam acompanhar o processo no tribunal mofado. Tudo pelo preço de um *giulio*. Um aleijado jogou na minha mão uma flor murcha, fedendo a urina. Ele sabia que eu era Artemísia Gentileschi. Joguei a flor no joelho disforme dele.

Senti um aperto na garganta seca ao entrarmos na escura e úmida Sala del Tribunale. Papai ficou no banco da primeira fila, eu subi dois degraus e sentei no lugar de sempre, em frente a Agostino Tassi, amigo e colaborador de meu pai. Meu estuprador. De rosto apoiado no cotovelo, ele não se mexeu quando me sentei. Seus cabelos e barba negros estavam muito grandes e emaranhados. O rosto, mais bonito do que ele merecia, tinha a cor e a dureza de uma escultura de bronze.

Atrás de uma mesa estava o tabelião papal, um homem pequeno, envolto em roxo forte, que afiava com uma faca suas penas de escrever, deixando as lascas caírem no chão. Um raio de luz poeirento entrava por uma janela alta, batia nas mãos dele e coloria as dobras de sua manga de amarelo.

— Catorze de maio de 1612 — resmungou ele, enquanto escrevia. Fazia dois meses e era a primeira vez que ele não estava com a cara entediada. Era o dia em que eu me vingaria. Abracei-me, apertando as mãos nas minhas costas.

O Ilustre Senhor Hieronimo Felício, *locumtenente* de Roma, indicado como juiz e interrogador por Sua Santidade, entrou e sentou-se numa cadeira de espaldar alto, afofando seus mantos encarnados para dar-lhes mais volume. Os funcionários do papa estavam sempre fazendo pose em público. Sob o barrete de seda, as bochechas dele pendiam como frutas maduras. Atrás vinha um homem enorme, de cabeça raspada e ombros saltados sob a túnica de couro. Era o *assistente di tortura*. Senti uma onda quente de medo. Com um estalar do dedo, o senhor *locumtenente* mandou o assistente puxar uma cortina fina para nos separar de papai e da turba apinhada nos bancos do outro lado. Nas sessões anteriores, não havia cortina.

O *locumtenente* fez uma carranca e suas sobrancelhas negras e ameaçadoras se juntaram, formando uma sombra.

— *Signorina* Gentileschi, espero que entenda nossa intenção. As sibilas de Delfos sempre disseram a verdade — disse ele, com a voz escorregadia como linhaça.

Lembrei da sibila de Delfos pintada no teto da Capela Sistina. Michelangelo mostrou-a como uma mulher poderosa, assustada com o que vê. Papai e eu ficamos sob aquele teto num temor silente, de mãos dadas para conter nossa agitação. Talvez o instrumento de tortura chamado *sibille* fosse apertar minhas mãos com a mesma força que papai segurou-as naquele dia, não mais.

— Da mesma forma, o *sibille* é só para fazer as mulheres dizerem a verdade. Ver se você confirma o que disse. — Ele apertou os olhos de bode. — Pergunto-me o quanto as cordas precisam apertar para impedir uma pintora de segurar um pincel. — Meu estômago revirou. O *locumtenente* virou-se para Agostino. — O *signor* Tassi também é pintor: sabe o que o *sibille* pode fazer com os dedos de uma jovem?

Agostino nem piscou.

Fechei as mãos.

— O que isso faz? Diga.

O *assistente di tortura* me fez abrir as mãos e amarrou uma corda comprida no começo de cada dedo, depois prendeu pelo pulso minhas mãos abertas, passou a corda a cada dois dedos e juntou um horrendo torniquete de madeira. Virou o torniquete para as cordas apertarem um pouco.

— Para que serve isso? — gritei. Olhei meu pai através da cortina. Estava inclinado para a frente, cofiando a barba.

— Para nada, se você falar a verdade — respondeu o *locumtenente*.

— Não vai cortar meus dedos, vai?

— *Signorina*, isso depende de você.

Os dedos começaram a latejar. Olhei para meu pai. Ele fez sinal com a cabeça para eu me acalmar.

— Tenho certeza de que você compreende o motivo de nossa pergunta, mas teve relações sexuais com Geronimo, o modenense?

— Não conheço ninguém com esse nome.

— Com Pasquino Fiorentino?

— Também não conheço.

— Com Francesco Scarpellino?

— Não sei quem é.

— Com o padre Artigenio?

— Garanto que não. Não conheço esses homens.

— Mentira. Ela mente. Quer negar o que eu disse para ficar com as minhas encomendas. É uma puta insaciável — disse Agostino.

Não consegui acreditar no que ouvi.

— Não — meu pai gritou. — Ele quer que ela passe por prostituta para não fazer a *nozze di riparazione* (um matrimônio de reparação). Quer arruinar o nome Gentileschi. Tem inveja.

O *locumtenente* ignorou o que meu pai disse e fez cara zangada.

— Teve relações sexuais com seu pai, Orazio Gentileschi?

— Eu cuspiria em você, se perguntasse isso fora deste tribunal — sussurrei.

— Aperte! — ele mandou.

O horrendo torniquete rangeu. Prendi a respiração. Cordas ásperas arranharam a base dos meus dedos, que pareciam queimar. Murmúrios do outro lado da cortina rugiram nos meus ouvidos.

— *Signorina* Gentileschi, quantos anos tem?

— Dezoito.

— Dezoito. Não é tão jovem para ignorar que não deve insultar seu interrogador. Voltemos às perguntas. Teve relações sexuais com um ordenança de nosso Santo Padre, o falecido Cosimo Quorli?

— Ele... ele tentou, Excelência. Agostino Tassi levou-o na minha casa. Eu o mandei embora. Os dois andavam me cercando, com olhares e insinuações.

— Por quanto tempo?

— Vários meses. Um ano. Eu tinha acabado de fazer dezessete anos quando começou.

— Que tipo de insinuações?

— Não gosto de falar. — O *locumtenente* olhou para o *assistente*, que se aproximou de mim. — Insinuações sobre minha beleza oculta. Cosimo Quorli ameaçou dizer que me possuiu, se eu não deixasse.

— E você deixou?

— Não.

— O mesmo Cosimo Quorli contou a outros ordenanças do *palazzo* Apostólico que ele era seu pai e que sua mãe, Prudenzia Montone, sempre o convidou para visitá-la até que acabou engravidando. — Parou e observou meu rosto. — Você deve admitir que é parecida com ele. Alguma vez ele lhe contou?

— Ridículo. Agora vou ter de defender do escárnio a honra de minha mãe e a minha?

Parecia que para ele bastava ter dado a ideia. Pigarreou e fingiu ler um documento.

— Você aceitou, em várias ocasiões, ter relações sexuais com Agostino Tassi?

A sala pareceu se fechar. Prendi a respiração.

O *assistente* virou o torniquete.

Meus músculos enrijeceram. As cordas cortaram minha carne. Anéis de fogo. O sangue escorreu por dois dedos, três, por todos. Como meu pai podia permitir que fizessem aquilo? Não me disse que sangraria. Respirei pela boca com os dentes trincados. Aquele era o julgamento de Agostino, não o meu. Como fazer com que parassem? Dizendo a verdade.

— Não aceitei. Agostino Tassi tirou minha honra. Ele me estuprou e violentou.

— Quando foi isso?

— No ano passado, pouco depois da Páscoa.

— Se uma mulher é estuprada, deve ter feito alguma coisa para provocar. O que você fez?

— Eu estava pintando! No meu quarto. — Fechei bem os olhos para conseguir falar. — Eu pintava a nossa criada Túzia com seu bebê para uma *Madona e criança*. Ela o deixou entrar. Meu pai não estava. Ela conhecia Agostino, que era amigo de meu pai. Meu pai o contratou para me ensinar perspectiva.

— Por que você não gritou?

— Porque não podia, ele enfiou um lenço na minha boca.

— Você não tentou impedir?

— Puxei o cabelo dele, unhei a cara dele e... o membro dele. Cheguei a atirar um punhal nele.

— Uma mulher honrada costuma ter um punhal no quarto?

Minha cabeça estava prestes a estourar.

— Uma mulher ameaçada tem.

— E depois disso?

— Ele voltou, com permissão de Tuzia. Veio para cima de mim e... dentro de mim. — O suor escorria entre meus seios.

— Você resistiu?

— Eu o arranhei e empurrei.

— Resistiu sempre?

Quis ver a expressão de Agostino naquele momento. Estava imóvel como um quadro.

— Diga alguma coisa, Agostino — implorei. Há apenas dois meses ele disse que me amava. — Não deixe fazerem isso comigo.

Ele olhou para baixo e limpou as unhas.

O *locumtenente* virou-se para Agostino.

— Quer alterar sua alegação de inocência?

Os traços fortes do rosto dele ficaram frios e feios. Eu não queria implorar. Para ele, não. Nossa Senhora, rezei, não permita que eu implore para ele.

— Não. É uma puta, como a mãe — ele disse.

— Ela pensou que estavam noivos! — gritou meu pai do outro lado da cortina. — Estava combinado, ele ia casar com ela e fazer uma *nozze di riparazione.*

O *locumtenente* se inclinou para mim.

— Não respondeu à pergunta, *signorina.* O *sibille* pode amputar os dedos.

— É Agostino quem está sendo julgado, não eu. Ponham nele o *sibille.*

— Aperte!

Madre di Dio, permita que eu desmaie antes de gritar. O sangue escorria pelos dedos. Minha blusa branca e nova estava encharcada de sangue. Papai, faça com que eles parem. O que eu devia fazer? Dizer o que eles querem? Mentir? Dizer que sou puta? Isso apenas libertaria Agostino. Mais um aperto.

— Ah, ah, ah, pare! — Era eu que estava gritando?

— Pelo amor de Deus, pare! — gritou meu pai e se levantou.

O *locumtenente* estalou os dedos para ele se calar.

— *Signor* Gentileschi, Deus ama os que dizem a verdade. — Olhou de soslaio para mim. — Agora diga a verdade, *signorina*, continuou resistindo, após a primeira vez?

A sala ficou turva. O mundo girava. O torniquete, minhas mãos, não havia mais nada. A dor era tanta que eu... eu... *Che Dio mi salvi*... as cordas atingiram o osso?... *Che Santa Maria mi salvi... Gesù... Madre di Dio*... faça com que pare. Eu tinha de falar.

— Tentei, mas, no final, não. Ele prometeu se casar comigo e eu... acreditei. — *Dio mi salvi*, pare, pare, pare. — Então eu deixei... contra a vontade... para ele cumprir a promessa. O que eu podia fazer?

Respirar, eu não conseguia respirar.

— Basta. O julgamento está suspenso até amanhã. Todos os envolvidos devem estar presentes — ele disse, fazendo um gesto de asco e triunfo.

Tiraram o *sibille* da minha mão.

Fiquei com raiva. Minhas mãos tremiam, o sangue pingou na blusa. Agostino veio na minha direção, mas os guardas o seguraram e levaram. Eu queria esperar até as pessoas saírem, porém um guarda me empurrou junto com todos e tive de seguir entre vaias e gritos de mofa, com as mãos sangrando. Na claridade da rua, senti alguma coisa bater nas minhas costas. Não me virei para ver o que era. Ao meu lado, papai me ofereceu seu lenço.

— Deixe sangrar.

— Artemísia, pegue o lenço.

— Você não disse o que o *sibille* podia fazer. — Passei à frente e andei mais rápido do que ele conseguia. Em casa, empurrei minha *cassapanca* com os joelhos até encostá-la na porta do quarto, me joguei na cama e chorei.

Como ele deixou aquilo acontecer? Como podia ser tão egoísta? Meu querido papai. Todas aqueles alegres passeios pela Via Appia: piqueniques com mamãe ouvindo as pombas e papai juntando folhas de salva para varrer o chão. Papai e eu esfregando os pés em panos embebidos em salva no mesmo ritmo das canções de amor que ele cantava, gorjeando nas notas altas, abanando os braços como um cipreste ao vento até eu achar graça. Papai era assim.

Era.

E todas as histórias que ele contava sobre grandes pinturas: sentado na minha cama, deixando eu me aconchegar em seus braços, me dando escondido uns confeitos de casca de laranja. Lindas histórias. Rebeca pegando água na fonte em Nahor, de pele tão clara que quando levantava o rosto para beber podia-se ver a água descendo pela garganta. Cleópatra navegando pelo rio Nilo numa barcaça cheia de frutas e flores. Dânae e a chuva de ouro, Betsabé, Judith, sibilas, musas, santos, ele fazia com que todos fossem reais. Ele fez com que eu quisesse ser pintora, deixou que eu desenhasse em seu grande livro *Iconologia*, de capa de couro, me ensinou a segurar o pincel quando eu tinha cinco anos; aos dez, me mostrou como moer os pigmentos e misturar as cores. Ele me deu um moinho de pedras e uma pedra mármore. Ele me deu a vida.

E se eu nunca mais pudesse pintar com aquelas mãos? Para que viver, então? O punhal continuava embaixo da cama. Eu não era obrigada a viver, se o mundo tinha se tornado ruim demais.

Mas tinha a minha Judith para pintar. Mais do que nunca, eu queria pintar.

Papa bateu na porta:

— Artemísia, abra.

— Não quero falar com você. Você sabia para que serve o *sibille.*

— Não imaginei...

— *Sì,* não imaginou.

Ele empurrou a porta e tirou a arca do caminho. Trouxe uma tigela com água e panos para limpar minhas mãos. Rolei na cama para longe dele.

— Artemísia, permita-me limpar.

— Se mamãe ainda estivesse aqui, não permitiria que você deixasse fazerem aquilo comigo.

— Eu não entendi, eu...

— Ela não ia querer que fosse em público, como eu não queria.

— Com o tempo, Artemísia, não vai mais ter importância.

— Quando o nome é só o que uma mulher tem, importa.

2

Judith

NA PADARIA PERTO DE NOSSA CASA a conversa parou de repente, sob olhares constrangidos, quando entrei com os dedos envoltos em tiras de pano. Os filhos do padeiro abriram as mãos, zombando de mim. Fui para casa. A mulher do nosso alfaiate estava à janela, e quando passei, cuspiu. Ao atravessar a Via del Corso no calor escaldante parei para ver as andorinhas voando entre as roupas que secavam nas janelas de cima. "*Puttana*! Vagabunda!", ouvi. Olhei a rua, mas só havia uma velha vendendo frutas. "*Puttana*!", uma voz rouca repetiu. Aprumei-me e segui, sem querer olhar em volta. O conteúdo de um penico foi jogado de uma janela no alto e se espalhou a três passos de mim.

O JULGAMENTO NÃO TERMINOU. Sempre que eu era intimada, tinha de ir ao tribunal ouvir mais acusações e mentiras. Eu ficava louca por não poder pintar. Quando papai foi trocar os panos das minhas mãos, as marcas em carne viva na base de cada dedo voltaram a sangrar. Depois que secaram, eu não podia dobrar os dedos nem um pouquinho, pois a crosta da ferida abria de novo. Também não podia segurar um pincel ou uma colher. Papai mandou Tuzia me dar comida. Desde que mamãe morreu, Tuzia queria que papai gostasse dela, não apenas dividisse a cama. Tinha ciúme do amor dele por mim. Por isso, deixou Agostino entrar. Era melhor morrer de fome do que receber comida dela, então não comi. Uma tarde, papai chegou em casa irritado porque Tuzia tinha me traído no tribunal, disse que uma fila de homens entrou no meu quarto. Então, meu pai mandou-a para a rua e pediu para nossa vizinha Porzia Stiattesi me dar comida.

Tentei manter os dedos esticados para que sarassem e eu voltasse a pintar. Mesmo assim, eles inflamavam e purgavam, depois veio aquela terrível coceira. Só o que eu podia fazer era andar pela casa, olhar através das janelas e estudar os esboços da minha *Judith*, a heroína que salvou o povo judeu. Papai tinha me contado a história quando fez o retrato dela. Ela entrou escondida no campo inimigo para seduzir o tirano assírio Holofernes e serviu vinho para ele. Provocou-o, continuou a seduzi-lo e serviu mais bebida, até que ele dormiu. Então, cortou a cabeça dele e mostrou-a aos soldados assírios no dia seguinte, e o exército fugiu. Era esse tipo de mulher que eu queria pintar. A Judith que papai pintou era tão angelical e delicada que jamais teria feito isso sem a ajuda de Deus.

Certa manhã, uma peixeira com dois cestos de peixes secos entrou na estreita Via della Croce, onde morávamos. Estava com as mangas do vestido enroladas e seus braços musculosos eram grossos e fortes como os do Moisés de San Pietro in Vincoli. Os braços de Judith tinham de ser assim: mais grossos e mais fortes do que os esboços que fiz, com as mangas arregaçadas também, prontos para um banho de sangue, firmes na determinação e raiva ao enfiar o punhal no pescoço de Holofernes. E Abra, a criada de Judith, também precisava de braços fortes para segurar o peito do tirano. Mais do que braços, minha Judith apoiaria um joelho na cama dele, como faz uma camponesa ao matar um porco.

A vendedora gritou os tipos de peixes:

— *Cefalo, baccalà.* — Riu alto para as crianças que brincavam na rua.

Ela era livre e, por um momento, invejei-a. Não que eu quisesse ser mulher de pescador. Só não queria passar a vida inteira enfiada em casa para fugir da humilhação.

Vesti um xale e escondi as mãos nele, passei por ruas laterais e atravessei a grande *piazza* rumo à igreja de Santa Maria del Popolo.

A conversão de São Paulo, pintada por Caravaggio, estava numa pequena capela. Estudei o *chiaroscuro,* a forma como ele usava a luz contra a escuridão e quis fazer igual. O quadro mostrava São Paulo no momento da conversão, deitado no chão, com a cabeça e os ombros em primeiro plano. Eu podia fazer Holofernes assim, com a cabeça quase saindo da tela, de cabeça para baixo, num ângulo impossível se estivesse totalmente dominado, mas ainda vivo, respirando pela última e terrível vez, enquanto tentava conter Abra segurando-a pelo queixo.

Lembro de ter ficado desapontada quando papai me mostrou a *Judith* de Caravaggio. A heroína estava totalmente passiva ao cortar o pescoço dele. O pintor deu toda a emoção ao homem, parecia não conseguir imaginar uma mulher que pensasse. Eu queria pintar os pensamentos dela, se isso fosse possível: determinação, concentração e certeza de que era preciso fazer aquilo. O destino de seu povo dependia dela. Ela não tinha prazer naquilo, apenas fazia. E pintar os pensamentos dele também. Surpresa e pavor. O mundo fora do controle. Sim, eu sabia o que era aquilo. Eu podia fazer.

Mas será que eu podia pintar Judith?

UM DIA, FUI INTIMADA a comparecer ao tribunal, mas Agostino não. Em frente de onde eu sempre me sentava duas mulheres estenderam um pano numa comprida mesa de madeira e colocaram uma bacia com água e panos. Para quê? Seria uma nova tortura? A mulher mais velha e maior, de pescoço grosso, me olhou com ódio, marcando as rugas dos olhos. A mais jovem, tão magra que parecia apenas um saco de ossos, não me encarou. Abracei meu próprio corpo com as mãos. O tabelião riu.

O *locumtenente* pigarreou para a sala fazer silêncio.

— Então você diz que com apenas dezoito anos não é mais virgem devido ao que fez o *signor* Tassi? É isso? — perguntou com aquele jeito implacável e comprometedor.

Concordei. Afirmar que não era mais virgem, quaisquer que fossem os motivos, me daria o estigma de descontrolada e com isso eu nunca mais poderia me casar.

— Diga para que seja registrado.

— Sim, isso mesmo.

— Isso mesmo o quê? Diga a frase toda.

— Não sou mais virgem.

O *locumtenente* mexeu em alguns documentos, apontou para as duas mulheres e informou ao tribunal:

— Estas são parteiras de muita experiência e reputação ilibada. Diambra, da *piazza* San Pietro, e Domina Caterina, da Corte de Masiano. *Signorina* Gentileschi, afirma em sã consciência e perfeitas condições físicas que não é mais virgem?

Apertei as pernas.

— Sim, senhor, devido ao que Agostino Tassi me obrigou...

— *Signorina*, cale-se. — Estalou os dedos para as parteiras. — Examinem as partes pudendas da *signorina* Gentileschi na presença do tabelião.

Ele esticou as pernas, encostou-se na cadeira e cruzou os braços no peito.

Gelei.

Ouviram-se murmúrios pela sala.

— Acreditem no que minha filha diz. Nunca mente — ouvi papai dizer.

A parteira jovem puxou a cortina, mas era tão fina que eu via o vulto das pessoas do outro lado. O bailio colocou uma tela entre a mesa e o *locumtenente*, mas o tabelião se postou na frente da mesa.

Não consegui me mexer. A sala do tribunal se acalmou. A parteira mais velha veio até onde eu estava. Segurei nos braços da cadeira, apesar de sentir as feridas dos dedos se abrindo. Ela pegou meu braço e me levou para a mesa. O pano que cobria estava manchado. Seria mancha de outra pobre mulher que também havia sido estuprada? Como ela conseguiu continuar vivendo? Ou será que foi mandada para algum convento?

O que aquilo poderia provar? Agostino ia dizer apenas que outro homem me deflorou.

Sentei na beira da mesa. Sem demonstrar qualquer expressão, a parteira mais velha fez sinal para eu deitar e dobrar as pernas. Os ossos das minhas pernas pareciam desmanchar. A mulher mais jovem lambuzou os dedos numa gordura de animal com cheiro rançoso e levantou minha saia. Olhou para mim como uma criada nova faz quando vai mexer nos miúdos de uma galinha pela primeira vez. Os dedos gordurosos entraram por dentro de mim. Enrijeci todos os músculos. Tive a sensação de estar forçando contra Agostino e estremeci.

— Fica mais difícil se você faz assim. Solte o corpo que acaba logo — disse ela, baixo.

Aceitei relaxar.

— Não me obrigue a lembrar — pedi, baixo também.

Ela enfiou mais os dedos. Senti um gosto amargo na boca e meus olhos arderam. Ela tirou a mão e lavou-a na água da bacia.

A mulher maior se aproximou, arregaçando as mangas. Tinha dedos grossos e era mais bruta que a outra. Dei um gemido e fechei bem os olhos. Mesmo assim, senti aquele calor no peito de quem vai chorar. Tentei não demonstrar. Não ia dar esse prazer a eles.

Fiquei de olhos fechados até ouvi-la despejar água na bacia. Abaixei a saia, virei de costas para o tribunal e me levantei. Ah, tomara que o chão se abra e me engula. Como desejei quando era menina e abri a porta do quarto, com uma braçada de dentes-de-leão para mamãe, e as sementes se esparramaram no chão quando vi papai nu de costas para mim e mamãe deitada na cama com a saia levantada, mostrando aquela parte secreta que ficava no meio das pernas. Levei um choque. Chorei vários dias e não quis falar com ela, não deixava nem que se aproximasse de mim. Era assim que aqueles homens queriam que eu ficasse, como se pega no ato.

— Confirmo o que ela disse. — Ouvi a mulher magra atrás de mim.

— Repita para ser registrado. — A voz do *locumtenente* soou casual, como se fizesse algo sem importância, de rotina.

— Eu, Diambra Blasio, toquei e examinei a vagina de *donna* Artemísia e garanto que não é virgem. Coloquei o dedo e vi que o hímen está rompido. Tenho experiência como parteira há dez ou onze anos.

Tentei não ouvir nada do que se passava em volta.

— E você?

— Eu, Caterina, da Corte de Masiano, examinei... toquei a vagina... coloquei um dedo... deflorada... hímen rompido... há algum tempo, não foi recente... tenho experiência... quinze anos.

Esperei na mesa até o julgamento ser suspenso e encarei firme o tabelião, que ousou lançar um olhar irônico sobre o nariz adunco.

Até chegarmos em casa e fecharmos a porta, papai e eu não dissemos uma palavra.

— Se mamãe estivesse aqui, você ficaria envergonhado.

— Eu estou.

— Do quê? De sua filha ficar lá para todo mundo ver, ou com vergonha de si mesmo?

Ele balançou a cabeça como um cachorro secando o pelo.

— *Madre de Dio*, o que vai ser agora? — perguntei.

— Mas isso prova, você não percebe? Os danos que aleguei.

— Não sou um quadro, sou uma pessoa! Sou sua filha — gritei.

Meu pai se inclinou sobre um pote cheio de pincéis, juntou seus apetrechos de pintura e saiu. Só isso. Foi pintar o *Casino das musas* do cardeal Borghese, no *palazzo* Pallavicini, onde estava trabalhando com Agostino antes do processo. Como se fosse um dia comum. Como se nada houvesse acontecido. Como se aquilo não tivesse consequências.

Eu não queria estar em casa quando ele voltasse. Vesti meu casaco cinza curto e ao sair puxei o capuz sobre a cabeça, embora o calor subisse do chão. No caminho da Via del Babuíno para a *piazza di Spagna* fiquei de cabeça baixa para nosso boticário não me reconhecer da porta da loja. Subi a colina Pinciana tomando cuidado com os buracos e evitando as pedras soltas; dei uma grande volta em torno do lugar onde sempre estavam os desocupados, naquele caminho íngreme entre a cidade e a igreja. Os desocupados seriam os primeiros a me chamar de algum nome. Ao chegar no alto da colina reduzi o passo até as torres gêmeas do campanário de Santa Trinità dei Monti. Ofegante, virei ao lado da igreja e subi a longa escadaria para o convento. Puxei a corda e toquei o sino.

Sabia que a irmã Paola viria atender. Era uma das poucas freiras italianas naquele convento francês e sua função era atender a porta, vender as ervas medicinais que as freiras plantavam e se comunicar com o mundo exterior.

— Ah, Artemísia! Que bom ver você.

O sorriso dela sempre me lembrava do riso travesso de Cupido nos quadros clássicos, mas naquela hora seu rosto tinha rugas de preocupação.

— Como vai? — perguntei.

Ela abriu a porta de madeira, que rangeu, e entrei na pequena antessala.

— Vou como Deus quer, o que para mim basta.

A voz dela subiu e desceu como um trinado de pássaro. O convento tinha um estranho clima sobrenatural. Respirei melhor.

— E o jardim, como vai?

— Está lindo neste verão. Venha ver. O alecrim e a camomila da irmã Margherita estão floridos e a minha erva-de-são-joão está quase em botão. O orégano da irmã Graziela tem caules grossos e está subindo para Deus.

Fui atrás dela, pisando na palha espalhada no duro chão de pedra do convento, e notei que seu sapato estava com a sola gasta. Senti uma tristeza maior do que os meus problemas e me envergonhei. Papai devia ter dado mais dinheiro ao convento naqueles anos em que morei lá, depois que mamãe morreu.

— Temos até lavanda secando na cozinha. O perfume dela é celestial.

Atravessamos o claustro de estuque cor-de-rosa e passamos por um corredor até o jardim nos fundos. Os canteiros de ervas enfileirados estavam cheios de folhas. Uma freira que eu não conhecia colhia as flores.

— Está lindo. Nossa Senhora deve ter sorrido para elas — falei.

— E dá um dinheirinho para o convento — acrescentou irmã Paola com ar esperto, levantando ao mesmo tempo os ombros, as sobrancelhas e o rosto redondo.

— Cuidado com essas perigosas investidas em riscos mundanos — falei, fazendo cara séria.

Ela riu.

— Ah, eu dou as ervas medicinais até quando a pessoa não pode pagar. A maior recompensa vem do Senhor. Quer ver a irmã

Graziela? Daqui a pouco nós vamos para as orações vespertinas — disse ela, sorrindo.

Entramos. Eu sabia chegar à sala de trabalho da irmã Graziela, mas deixei a irmã Paola me levar.

— Você desistiu do meu chamado para a vida religiosa? — perguntei.

— Claro que não — respondeu ela com uma ênfase exagerada. — Aqui nós acreditamos em milagres. Um dia, vou abrir a porta e você estará lá dizendo: "Agora estou pronta para entrar no convento." Levarei você para a nossa santa irmandade e todas nós daremos um *grazie a Dio*.

Devia ser fácil ficar lá para sempre, escapar do mundo sem que notassem, deixar o julgamento continuar sem mim, nunca mais encarar aquele juiz animal, o risinho do tabelião que fingia estar apenas cumprindo sua função. Nunca mais ter medo de encontrar Tuzia ou Agostino na rua. E papai ia sentir minha falta.

A irmã Graziela estava sozinha na sala, sentada num banco alto ao lado da janela estreita, com uma réstia de luz cor de mel brilhando no rosto e na ponta do nariz reto. Partículas de poeira flutuavam a sua volta num remoinho dourado. O hábito negro tinha um capuz branco que emoldurava seu rosto liso e oval, naquele momento brilhando de alegria e interesse. Olhava para baixo, pintando a margem de uma página. Lembrava a Virgem Maria na *Pietà*, de Michelangelo, na catedral de São Pedro. Como a Virgem, ela estava imersa em pensamentos de paz e eu a achava linda como a Virgem.

Ela havia colocado na beira da mesa de trabalho as conchas que dei anos antes. Cada uma com as cores mais lindas, puras e fortes: garancina vermelho-escuro, escarlate brilhante, marinho de lápis-lazúli moído, amarelo do açafrão e um verde tão vivo como a salsa da primavera. Fiquei contente por continuar usando as conchas.

Olhou-me.

— Artemísia! Bendita seja por vir aqui. Estava sentindo sua falta.

Fez um gesto para eu pegar um banquinho. Naquele momento, ela fazia iluminuras numa página com delicadas trepadeiras e gavinhas enrodilhadas e cheias de botões vermelhos.

Eu podia fazer aquilo, sentada ali ao lado de Graziela. Se ficasse lá para sempre, podia fazer livros inteiros. O convento ficaria famoso por seus manuscritos com iluminuras.

— Lindo. Gosto do passarinho amarelo.

— É um Livro de Salmos para o cardeal Bellarmino, aquele perseguidor de hereges que destrói quem pensa diferente dele. As pessoas não fazem mais esses livros à mão, mas é um presente do convento. Esperamos que assim ele separe um pouco de seu tempo na Santa Inquisição para atender a nosso pedido de consertar o telhado. Há anos somos obrigadas a recolher a água da chuva em baldes nas celas de cima.

Ela esperou irmã Paola sair.

— Produzo muito pouco por dia, só a parte menor das iluminuras. — Sua voz passou a um sussurro. — Parece que sempre está na hora dos ofícios religiosos, exatamente quando estou entretida no trabalho. Às vezes, trabalho uma semana e parece que não fiz nada.

— Vim contar uma coisa.

Ela descansou sobre a mesa o menor pincel que eu já tinha visto e, carinhosa, pôs a mão no meu braço.

— Nós soubemos.

— Do julgamento?

— Embora vivamos em clausura, essa história só não chegaria aqui se os muros do convento fossem mais grossos ainda. Ficamos muito tristes com o que você sofreu.

— Você sabe de tudo?

— Mais do que o necessário. Você está bem?

Tirei minhas mãos de baixo da capa. Ainda estavam machucadas e purgando sob as gazes manchadas.

Ela se assustou.

— Pobre ovelha do Senhor. Onde estava seu pai quando fizeram isso?

— Ele deixou. Disse que provaria minha inocência se eu confirmasse tudo tendo minhas mãos apertadas nas cordas. Não sei o que foi pior: apertarem meus dedos ou o que fizeram hoje. Puseram duas parteiras para me examinar, você sabe como: com um tabelião assistindo. Sei que as pessoas que estavam no tribunal podiam ver por trás da cortina. Eles queriam me mostrar deitada daquele jeito.

— *Dio ti salvi.* — Ela me abraçou, encostei a cabeça em seu colo. — É só mais uma forma de alquebrar uma mulher que acusa um homem. Eles não têm consciência.

— São animais, todos — lamentei.

— Podem ser, só não podem destruir você. — Ela me aninhou no colo, passou a mão nos meus cabelos e deixou que eu chorasse.

— Até meu pai me abandonou.

— *Cara mia* — sussurrou ela. — Nem sempre os pais são pais. Podem tentar, mas muitos não conseguem. São apenas seres mortais.

Virei a cabeça de lado e vi meu vestido manchado com a gordura da mão das parteiras. Puxei-o de cima da lã negra do hábito de Graziela e vi que os sapatos dela estavam tão gastos quanto os de Paola.

— Não há como invadir a fortaleza da alma. Nosso Pai Celeste é o guardião da fortaleza, e não nos falta. Lembre-se disso, Artemísia. Eles podem fazer de você uma vítima, mas não uma pecadora.

Solucei.

— Ponha para fora sua dor, *carissima.* Ponha para fora até não restar mais nada. Não se envergonhe da zombaria. É isso que eles querem. Querem que você murche até morrer, sabe por quê?

Balancei a cabeça no colo dela.

— Porque seu talento é uma ameaça para eles. Prometa-me que não vai rezar como se fosse uma pecadora. Não implore perdão. Aproxime-se do Senhor com dignidade e confirme a bondade Dele. Seja como for.

— Ele me abandonou.

— Então ame-O ainda mais. Ele vai gostar.

— Mas todos acham...

— Não importa o que os outros acham. O mundo é maior do que Roma, Artemísia, lembre-se disso. Pense em seu quadro *Susana e os anciãos.* Quando ficar famoso, o mundo todo vai saber de sua inocência.

— Por quê?

— Porque você mostra o constrangimento de Susana com os olhares lascivos daqueles dois homens, a fragilidade e o medo dela. Mostra que você compreendeu a luta contra as forças que estavam fora do controle dela. Fora do seu controle, Artemísia.

— Você lembra de tudo isso?

— Jamais esquecerei. O rosto dela virado para o lado e os braços levantados, tentando afastar a ameaça que os dois homens representavam. No dia em que você trouxe o quadro aqui, sonhei com o rosto dela ardendo em fogo. Percebi que você estava sofrendo alguma ameaça pela forma como fez Susana evitar aquele velho lascivo, sem gritar, e assim os denunciou.

— O quadro foi feito antes daquilo me acontecer.

— É, mas vi que você estava sendo ameaçada como a Susana. Esse é o brilho do seu talento, fazer com que uma obra de arte mostre seu sentimento e sua experiência.

— Agora, não posso nem segurar um pincel com estes dedos.

— Vai poder. Nada vai impedi-la de usar seu talento. Ainda é jovem. Não esqueça que o mundo precisa saber o que você tem para mostrar.

— O mundo. Será que o mundo se importa? O mundo é cheio de crueldade. — Passei o dedo na dura beirada de uma das conchas. — Se eu ficasse aqui com você, o mundo não iria se incomodar.

— Artemísia. — As palavras soavam cheias de autoridade. — Não se entra para o convento para fugir de alguma coisa. Entra-se para servir a Deus e por sentir um chamado irrecusável. Qualquer outro motivo não é verdadeiro.

— Eu podia ouvir um chamado.

— Já ouviu, o chamado da arte.

O sino do convento tocou para as orações vespertinas, o que significava que eu tinha de ir embora.

Ela me acompanhou pelo caminho, parou no poço no centro do pátio e falou, calma:

— Você não vai querer viver num lugar onde até o fim da vida verá os mesmos nove arcos, os mesmos afrescos, a mesma pereira rugosa, o mesmo crucifixo. — Andou até a árvore e torceu o cabo de uma pera amarelo-esverdeada até ela se soltar. — Pronto, pense no que eu disse, quando comer esta pera. Você já recebeu seu chamado. Não se sinta culpada pelo pecado de outro. Veja-se como Deus a fez.

— Você nunca se sentiu abandonada por Deus?

Ela recuou o rosto um pouquinho, único sinal de surpresa. Teve uma rápida perturbação como eu nunca havia visto.

— Sim, já me senti abandonada por Deus e pelos homens.

Do lado de fora do convento, no cimo da escada, parei para sentir o vento no rosto. Havia algo de leve e purificador naquela altura. Logo depois, ouvi as irmãs cantando o salmo *Magnificat* de que eu tanto gostava. "Minha alma glorifica o Senhor." A irmã Paola tinha me ensinado o sentido daquelas palavras em latim quando tive minha primeira menstruação.

Antes, quando mamãe me ensinou que eu sangraria a espaços de tempo, achei que Deus estava me castigando por rejeitar minha mãe depois de vê-la na cama daquele jeito com papai. No convento, quando veio meu primeiro sangramento, tive certeza de que era Deus me censurando por ser rancorosa. Rezei para Nossa Senhora me perdoar por tratar minha mãe assim. O sangue continuou vindo, farto como o mar Vermelho. Pensei que eu estava morrendo, corri para a irmã Paola e contei tudo. Ela disse que o sangue fazia parte do abençoado fato de ser mulher, exatamente como o perdão, e eu não precisava temer. Contou que o anjo apareceu para Maria e anunciou: "Não temas, Maria, pois és protegida de Deus."

Eu também era protegida, pois tinha caridade e, então, me ensinou o *Magnificat.* Repeti as palavras para decorá-las, elas penetraram em mim até entrarem no meu sangue. Minha alma então exaltou o Senhor, como fez Maria. Minha alma, até minha alminha glorifica ainda mais o Senhor com algo que eu tinha a oferecer. Talvez fosse o que Graziela quis dizer hoje com meu chamado para a arte.

No final do dia, o vento *ponentino* esfriava o ar plúmbeo e agitava meus cabelos, pensei nele que soprava desde a Espanha, passava pelo

Mediterrâneo e subia o vale do Tibre para me abençoar naquele lugar no alto, acima do calor pulsante da cidade. Lá, a rudeza da cidade não podia me oprimir. Da *piazza* ao pé da colina, as ruas se espalhavam em três direções. A Via dei Condotti seguia reta, ladeada por construções de quatro andares nas cores pêssego-claro e ocre romano. Mais ao longe, a rua se estreitava e as construções eram menores, como Agostino me disse que tinham de ser, quando me ensinou perspectiva, até que ruas e construções se juntavam num ponto de fuga distante.

Por que pensei nele? Desci o caminho íngreme para a densidão de ruas e pessoas.

Ao entrar na Via della Croce vi que uma desconhecida aguardava perto de nossa casa. Estava empertigada como um guarda do Vaticano, vestida de verde-escuro com uma faixa preta. Quando me aproximei, ela sussurrou, rouca:

— Não goste dele.

Mais uma difamadora. Virei de costas, mas ela me acompanhou até a porta de minha casa. Segui aprumada e olhando para a frente.

— Sou irmã de Agostino, escute o que vou dizer — disse, atrás de mim.

Parei.

Pôs-se ao meu lado.

— Vi o que fizeram com você hoje no tribunal. Sinto muito.

Olhei em volta, conferindo se alguém tinha ouvido.

— Não goste dele — repetiu ela.

— Gostar dele!

— Ele é um patife desde que nasceu. Violentou uma mulher em Lucca para obrigá-la a se casar com ele.

— Ele é casado?

— O casamento não impediu que se tornasse amante da cunhada. E agora contratou dois homens para matarem a esposa e assim poder se casar com você. Aqui entre nós, não acredite em nada do que ele disser.

3

Agostino

UMA NOITE EM QUE PAPAI NÃO ESTAVA em casa, saí às escondidas com nosso vizinho Giovanni Stiattesi. Fomos andando no escuro, sem levar tochas para iluminar o caminho e só passando por ruas pequenas, evitamos a *piazza* Navona e qualquer portão com lamparinas e de onde saísse música. Papai podia estar num daqueles lugares.

Giovanni e Porzia me convenceram a encontrar Agostino na prisão de Corte Savella. Achei que assim descobriria se a irmã dele tinha dito a verdade.

— Você pode dizer para ele, é um filho da puta — afirmou Giovanni com raiva.

Era exatamente o que eu precisava fazer: ver se tinha força para matá-lo com palavras. Assim, me sentiria segura para pintar Judith matando com uma espada.

Atravessamos o rio Tibre na ponte Sisto numa escuridão total, sentindo o cheiro do rio passando embaixo de nós. Giovanni segurava pelo pulso para não machucar minhas mãos, que estavam descobertas para Agostino ver. Com a outra mão, Giovanni segurava o corrimão de pedra.

— Por que faz isso por mim? — perguntei a ele.

Uma vez, papai me disse que Giovanni foi um amante que Agostino largou e que a raiva dele serviria para a nossa causa. Ele quis dizer que a raiva serviria no tribunal, mas não numa ação clandestina como aquela.

— Não gosto desse homem. Você foi enganada. Isso basta.

Ele me levou pelas ruas que conhecia até chegarmos aos fundos da prisão e lá entregou, furtivo, uma moeda para o guarda. Esperei num corredor de pedra, sob uma tocha. O lugar úmido cheirava a piche quente. Esperei um longo tempo e comecei a andar. Finalmente,

Agostino enfiou a cabeça na porta do final do corredor e veio com seus ombros largos, os braços abertos e um sorriso exagerado como um anfitrião afetuoso que recebe um velho amigo.

— Artemísia! Enfim, chegou! Fiquei esperando, a cada dia morria um pouco de vontade de vê-la. *Amore*, eu me caso, se você se retratar. Prometi e mantenho a palavra — disse, a voz ecoando pelo corredor com uma doçura falsa.

— Pensa que vim por isso? Para me casar com o homem que tirou minha honra?

Os olhos negros se arregalaram numa surpresa arrogante.

— Não haverá desonra, se se casar comigo. Vai salvar você.

— Está querendo dizer salvar *você*. Acha que quero me casar com um devasso, um patife, um perverso?

— Sabe que amo você. Lembra de tudo o que ensinei? Você me deve isso.

— Não se engane, não aprendi nada com você que não pudesse aprender sozinha.

— Como pode dizer isso?

— Pois você não sabe pintar pessoas. Sua obra não vai durar. No dia em que morrer, será esquecido, mas sua morte não vai ser logo, infelizmente.

A frase o atingiu. Ficou sem saber o que dizer.

— Então, pelo menos, culpe outro homem pelo estupro. Diga que não fui o primeiro, assim eles reduzem minha pena.

— Se eu cortasse ao meio sua garganta a Santa Virgem aplaudiria.

— Diga que foi Quorli, que já morreu. Que mal fará?

— O que você entende de mal? — Levantei as mãos com as feridas abertas e purgando na base de cada dedo. — Estas são as alianças de casamento que você me deu. Ficou lá vendo eles fazerem isso e agora diz que me ama?

Ele piscou ao ver minhas mãos.

— Acredite, eu não queria machucá-la.

— Também não queria machucar a mulher com quem se casou? Só estrangulá-la com carinho? Com uma corda e um pedido de desculpa?

Agostino deu um passo atrás, chocado. Sua testa ficou vincada de rugas, os olhos se arregalaram. Então era verdade.

— Você é um monstro e um assassino.

— Artemísia...!

— Canalha!

Virei-me para ir embora, sentindo o sangue correr até a ponta dos meus dedos, me dando força.

NA MANHÃ SEGUINTE, comecei *Judith matando Holofernes*. Mal conseguia segurar o moedor em forma de ovo para pulverizar os pigmentos na tábua de mármore. A dor não era importante. Tinha de ignorá-la, pensei. Só a pintura é importante. Pinte a dor, disse Graziela.

Não conseguia firmar a paleta com o polegar, então coloquei um banco sobre uma cadeira para a paleta ficar no alto e perto de mim. A sujeirada que a tinta fazia acelerou minha respiração. Fortalecendo-me contra a fisgada que sentia na pele quando segurava o pincel, misturei na paleta a umidade brilhante do ultramarino puro e dei um toque de preto para escurecer as mangas do vestido de Judith. Depois, dei uma pincelada para fazer um esboço com tinta. Meu coração bateu mais forte. Senti-me viva outra vez.

Todos os dias, assim que acordava, vestia por cima da camisola meu avental de pintar, calçava os chinelos velhos e pintava desde a primeira luz da manhã, antes de ser distraída pelos gritos dos falcoeiros em suas carroças rangentes e pelos velhos discutindo na rua. Eu adorava aquelas manhãs calmas, em que não havia sessão-espetáculo no tribunal, e detestava quando papai me dizia que era hora de parar a pintura, pois tinha de ir ao julgamento.

Estava contrariada porque minhas mãos não queriam fazer o que eu precisava. Segurei o pincel com os dedos duros e tentei trabalhar movendo o braço, não os dedos. Às vezes, perdia o controle e o pincel escapava da mão. Passei semanas indo ao tribunal todos os dias e voltando rápido para casa para pintar de novo até o anoitecer tardio do verão, animada com a ideia de que Judith e eu estávamos num mesmo ato de desforra. Enquanto isso, meu pai fazia o afresco *Casino das musas* para o cardeal Borghese.

Um dia, fiz dois riscos verticais entre as sobrancelhas de Judith, como Caravaggio fazia, para mostrar que matar era difícil para ela. No tribunal, no dia seguinte, Agostino me olhou ameaçador, agora que eu sabia que era um assassino. Quando voltei para casa, à tarde, apaguei os sulcos de minha heroína.

Queria retratar Holofernes no instante em que percebeu que ia morrer, como a cara de Agostino quando o chamei de assassino. Queria rugas na testa dele, olhos arregalados, chocados mas ainda conscientes, o branco aparecendo em volta das pupilas. Encharquei meu pincel com tinta preta. Tive de apertar os dedos para segurar o pincel e fazer o fino traço em torno das pupilas. As feridas abriram, mas continuei trabalhando, satisfeita com o que ia surgindo na tela: aqueles olhos escuros e aterrorizados me implorando.

Afastei a mão da tela e vi que ficaram algumas gotas de sangue na roupa branca da cama de Holofernes. O vermelho brilhante do sangue contra o branco me emocionou. Fiz sangrar mais, apertando os dedos, tendo prazer naquela dor, e pinguei sangue na cabeça dele, misturei escarlate com garancina para combinar com o vermelho e pintei. Filetes de sangue. Uma cascata densa encharcando a roupa de cama de luxo, enfeitada com borlas. Como o sangue encharcando a manga do meu vestido no tribunal. Ou o sangue que tentei estancar depois do estupro. Uma mancha de sangue nos dedos de Judith também. Se Roma queria circo, eu ia dar circo.

4

A sentença do júri

NA MANHÃ EM QUE A SENTENÇA SERIA DADA, abri a porta da rua para comprar pão do menino da padaria e vi encostado na parede de casa um quadro embrulhado num pano sujo. Levei para dentro e desembrulhei.

— Papai! É o quadro roubado!

— É mesmo? — Ele veio correndo pegar o quadro. — Pode ser uma cópia. — Levou para a luz, analisou as pinceladas e identificou algo. — É ele mesmo. Isso muda tudo. Vamos, rápido, temos de chegar cedo! — Jogou um colete por cima da camisa e saiu.

Chegamos à Tor di Nona antes de as portas serem abertas, por isso tivemos de esperar respirando aquele cheiro horrível da água estagnada do Tibre. Durante todo o verão e o outono não caiu uma gota de chuva. Havia nuvens de mosquito em cima do rio.

Lá fora, papai pediu para falar com o *locumtenente* enquanto enfiava uma moeda na mão do bailio.

— Preciso entrar antes que o tribunal se reúna, por favor. — Sem alterar a expressão, o bailio saiu. — Você agora vai ver como são as coisas — disse papai.

Ele andava de um lado para outro, o que me irritou. O bailio voltou e mandou meu pai entrar. Tentei ir junto, mas um guarda me impediu e empurrou-me pelas costas para a sala do tribunal, onde as pessoas já estavam entrando. Sentei no lugar de sempre.

O tabelião chegou, tão afetado e frio que me deu náuseas. Com os lábios franzidos, começou a arrumar as penas de escrever. Trouxeram Agostino e em seguida o tiraram da sala. Chamaram o tabelião também. As pessoas cochichavam e se agitavam, discutindo qual seria a sentença. Tentei calar aquelas vozes maldosas.

Apenas Porzia e Giovanni Stiattesi estavam quietos na primeira fila. Porzia empinou o queixo para me encorajar. Giovanni mexia num machucado no lábio. Quando depôs, algumas semanas antes, repetiu tudo o que a irmã de Agostino tinha me contado. Agostino negou, disse que sua esposa havia sumido. Giovanni insistiu. Porzia deu o mesmo depoimento. Apesar disso, o julgamento continuou, chamando mais testemunhas: outros vizinhos, o estucador de papai, o boticário de quem comprávamos os pigmentos e uns amigos de Agostino que diziam ter me possuído. Neguei cada um, destruí uma mentira depois de outra, mentiras que tentavam fazer com que o assunto fosse eu e não o que Agostino fez. Roma gostava de tudo aquilo.

Um mosquito zunia na minha orelha sem que eu conseguisse me livrar dele. A sala estava sufocante com tanta gente e a cadeira de madeira onde me sentei parecia muito mais dura do que antes. Alguém gritou para o julgamento começar. Outros concordaram.

— Culpado. Enforquem ele — gritou um.

— Enforquem a puta — berrou outro.

— Enforquem os dois juntos.

A sala inteira riu. Enrubesci, fiquei tonta e achei que fosse desmaiar na sala abafada.

Abriu-se uma porta e entrou o bailio, depois o *locumtenente*, papai, Agostino e o tabelião. A sala ficou em silêncio. O suor molhava minha roupa.

Minhas costas ficaram eretas quando Sua Senhoria se pronunciou:

— No processo de Orazio Gentileschi, pintor, contra o também pintor Agostino Tassi, ora encarcerado na Corte Savella, não houve comprovação do depoimento da senhorita Artemísia Gentileschi de que foi violentada diversas vezes pelo *signor* Tassi. Considerando isso e já que o quadro roubado foi devolvido, que o acusador aceitou o quadro e o acusado já cumpriu pena de oito meses durante o processo, o acusado está perdoado. Caso encerrado.

Os gritos ecoaram nos meus ouvidos. Eu não sabia se de aprovação ou de ódio.

O *locumtenente* levantou a voz:

— Porém, considerando que os testemunhos foram honestos e verdadeiros, o acusado Agostino Tassi fica banido de Roma.

Perdoado? Será que ouvi direito, em meio a tantas palavras? Estava pasma. Já que o acusador aceitou... Será que papai retirou a acusação, porque recebeu seu quadro de volta? Será que permitiu que Agostino fosse perdoado? Meus ouvidos latejaram, fiquei possessa de ódio. Lancei para o homem que era meu pai um olhar de raiva que ele jamais esqueceria. Ele não tinha consciência, nem honra, nem se incomodava com ninguém senão consigo mesmo. Nunca mais o chamaria de pai. Jamais me ouviria dizer aquela palavra que ele adorava.

Perdida, mal sabendo o que fazia, abri caminho em meio à multidão. Minha saia prendeu em alguma coisa. Puxei-a. Passei pela porta aos trambolhões através de um inferno de olhares, fui na direção oposta de casa e me perdi em ruas desconhecidas. Continuei ouvindo as palavras do *locumtenente*:

— *O acusado está perdoado.*

O calor subia do chão. Passei pelo Campo Vaccino e pelo Palatino. *Perdoado*. Livre.

Banido. Aquilo era ridículo. Gratuito. Bastava o cardeal Borghese dizer que Agostino ainda não tinha terminado a pintura do teto de sua casa e ele ficaria na casa do reverendíssimo, livre das acusações. O banimento não significava nada, naquela cidade governada pelo papa. Sofri tanta humilhação por nada. *Não houve contestação...* Uma pequena defesa, mal ouvida no barulho que se seguiu ao perdão. Não houve uma palavra sequer sobre minha inocência, nenhuma satisfação me foi dada. Aos olhos do público, eu continuava sendo uma mulher marcada. O que eu tinha pensado? Que sairia daquele tribunal pura como a Virgem Maria?

Devagar, um pé na frente do outro, andei rumo ao sul da cidade, passando pelo arco da Via Appia que abre para o campo. As cigarras emitiam seu sibilo metálico que parecia uma campainha irritante nos meus ouvidos. As casas estavam abandonadas: o reboco havia caído, mostrando os tijolos e as pedras embaixo. Vários arcos levavam a lugar nenhum. Muros quebrados e túmulos derrubados estavam cobertos de anêmonas, loios azuis e papoulas amarelas. Era uma fantasia da ruína, cada pedra uma vida perdida.

Sentei num muro meio desmoronado, à sombra de um alto pinheiro, e tentei esfregar a dor nas minhas costas. Uma trovoada ribombou no horizonte. Ah, por que o raio não caía ali onde eu estava e levava tudo: eu, meu pai, Agostino, a Tor di Nona, a própria Roma? Uma pedra branca e lisa faiscou, quase encoberta pela areia. Peguei-a no chão para jogá-la, mas não sabia onde. O que uma única pedra podia fazer contra o universo?

Enchi de areia um formigueiro e fiquei olhando a agitação cega de seres sem importância. Centenas, milhares de formigas pareciam os milhares de legionários anônimos e infelizes que marcharam para a guerra por aquela estrada, séculos antes, lutaram e esperaram a morte, de lábios secos, cheios de dor. Eram gente sem importância. Exércitos morrendo como formigas, formigas morrendo como exércitos, tudo uma lástima. Coisas maiores e menores do que a minha vida tinham se passado ali naquele lugar.

Lembrei da história que irmã Graziela contou, de Cristo ao passar por ali. O apóstolo Pedro vinha de Roma, e ao ver o Mestre perguntou: "*Domine, quo vadis*? Senhor, aonde vais?", e Ele respondeu: "Vou para Roma ser crucificado pela segunda vez." Envergonhado, Pedro voltou para enfrentar o próprio martírio, talvez daquele mesmo lugar. Eu também teria de voltar. Fechei os olhos, respirei mais devagar para me conscientizar da nova realidade e encontrar onde colocá-la em mim: o mundo ia me endurecer.

Graziela disse que eu tinha de esperar até minha *Susana com os anciãos* ficar famosa para Roma e então saber da minha inocência. O quadro podia nunca ficar famoso. Cuspi na pedra para tirar o pó e voltei pelo caminho, procurando as marcas dos pés de São Pedro nos seixos empoeirados.

Fui a Santa Trinità, em vez de ir para casa, e encontrei Graziela arrancando as ervas daninhas no canteiro atrás do convento. Abaixei-me para ajudá-la, embora não soubesse direito o que era erva e o que era daninha. Ela não perguntou sobre o julgamento. Sua calma foi boa para mim. Finalmente, perguntei:

— O que aconteceu com os anciãos, na história de Susana? Depois que ela resistiu ao assédio e eles espalharam o boato de adultério?

— Ela foi julgada e condenada à morte, pois os anciãos inventaram que a viram copular com um jovem num jardim. — Graziela sentou-se num banquinho de madeira e bateu a sujeira das mãos. — Mas, no último instante, o rei Daniel chamou cada ancião em separado e perguntou sob que árvore do jardim ela havia cometido adultério. Um deles disse que era um carvalho, o outro, um mastigue. Isso mostrou que mentiram, e os dois foram condenados à morte por prestarem falso testemunho.

— Então Susana se salvou?

— Sim. — Graziela empilhou as ervas daninhas e lavamos nossas mãos na fonte de pedra. — E você, como foi seu julgamento?

— Não havia um Daniel, tenho de esperar até minha *Susana* ficar famosa.

Ela deu um leve suspiro e franziu as sobrancelhas negras. A boca estava apertada numa expressão de desagrado e seu rosto ficou mais pontudo do que jamais vi. Voltamos para o convento, cabisbaixas, pensando.

Garantido. Naquele momento, tive certeza de receber um chamado para a clausura. Não teria de voltar para o mundo. Graziela contaria à irmã Paola, que iria cantar de alegria. Achei graça só de pensar na animação dela. Mas passar a vida desenhando pequenas gavinhas na margem dos livros de oração sem ousar, sem interpretar, sem dramatizar, aquilo não era para mim.

Quando o grande sino tocou chamando para as orações vespertinas, Graziela parou e baixou os ombros. Segurou com força o crucifixo do rosário que pendia de sua cintura.

— Vou sofrer por deixar de receber a sua visita, mas talvez seja bom você sair de Roma. Se sair, não pense que está sendo expulsa da cidade. Saia porque a cidade é pequena demais para seu talento.

— Tome — falei, colocando a pedra na mão que segurava o crucifixo. — Achei essa pedra na Via Appia. Talvez tenha sido perto de onde São Pedro encontrou Cristo. É bem lisa, serve para polir o dourado nas páginas dos Salmos para o cardeal.

Ficamos na escura antessala e nos demos um grande abraço.

Fui direto para casa.

— NÃO POSSO MORAR COM VOCÊ — falei, ao entrar em casa.

— Artemísia, onde estava? Fiquei preocupado. Não pode andar sozinha pela cidade.

— O que importa, agora que perdi a reputação?

Ele já tinha dependurado o quadro na sala maior e estava sentado em frente, tomando vinho, com os pés em chinelos de veludo descansando no banquinho forrado que foi de minha mãe.

— Não posso morar com você como se nada tivesse acontecido, agora o quadro está de volta na parede do lar feliz. Você me traiu! Meu próprio pai. Tirou qualquer possibilidade de recuperar meu valor.

Ele fez uma careta:

— Não, eu...

— Conseguir a devolução de um quadro é mais importante do que a minha honra? Para você, eu não tenho importância.

— Não é verdade. — A mão dele tremeu, o vinho derramou na mesa.

— Agostino está livre. Como acha que vou me sentir aqui, enquanto os dois vão todo dia pintar para um cardeal que não se incomoda com processos legais?

— Pensei que você quisesse que o processo acabasse.

— Não vai acabar com Agostino sendo perdoado. Isso não me perdoa, e para mim é impossível ficar em Roma.

— Com o tempo, Artemísia...

— Você acha que quero encontrar todos os dias vizinhos e comerciantes que acreditam naqueles mentirosos do tribunal? Que vida terei aqui, se despejam penicos em cima de mim? — Ele esticou a mão para me segurar. Afastei-me. — Pense nisso até a hora em que a comida acabar e for preciso comprar mais. Não creia que vou enfrentar ridículo e zombaria toda vez que sair de casa para comprar comida para meu querido pai.

— Artemísia, não seja boba. É uma coisa desagradável, mas passageira.

— Não vai ser passageira, se não fizer nada. Você precisa consertar certas coisas — falei, dando um olhar gélido.

Ele ficou perturbado, espalmou as mãos sobre a mesa.

— Vou... Vou fazer alguma coisa.

5

Irmã Graziela

Pietro Antonio di Vincenzo Stiattesi era irmão de Giovanni Stiattesi e morava em Florença. Ele contou as moedas de meu dote na mesa da taberna no Borgo, do outro lado do Tibre, onde papai achou que seríamos menos conhecidos. Eu me sentia como uma cabra sendo trocada. Dali a pouco, aquele estranho seria meu marido, mas sequer olhava para o canto da sala onde eu estava, por isso examinei-o de relance. As meias-calças dele estavam largas e as tiras que fechavam sua calça na frente eram de couro, não de seda. Eu só tinha visto homens com aquela peça de roupa em quadros, pois não se usava mais. Por que ele usava? Se aquele traje de núpcias era o melhor que tinha, entendi na hora porque meu pai conseguiu um casamento de conveniência. Por causa do dote.

Meu pai disse que o dote foi emprestado pelo fundo de dote do Estado e por outra pessoa. Não disse quem. Se tal pessoa não fosse Agostino, meu pai contaria. Como gelo formigando nas veias, percebi que o dinheiro do dote devia ser parte da negociação a portas fechadas enquanto eu e a ralé romana aguardávamos a sentença no tribunal. A ideia de me casar com dinheiro dado por Agostino me amargou a boca.

— Meu irmão vai ser um bom marido para você, ele é pintor — cochichou Giovanni, ao meu lado.

— Isso não é garantia de bondade — respondi, e logo me envergonhei pela rudeza. Eu devia ser grata.

Com a mão calejada de segurar a paleta, o irmão de Giovanni pegou as moedas na mesa, enfiou-as no bolso e finalmente olhou para mim. O rosto era agradável, um pouco menor e mais comprido que o do irmão, com olhos negros e fundos. Gostei dos cabelos cacheados e escuros. A boca pequena tinha um jeito de mexer só de um lado. Talvez, no futuro, eu conseguisse gostar dela. Senti um pequeno alívio. Havia moças, filhas indesejadas, que eram obrigadas a casar com homens deformados ou velhos, viúvos estropiados. Ele sorriu para mim e, rápido, retribuí. Fiquei segura por um instante. Em casamentos assim, será que era possível amar?

Pensei no meu *cassone,* a minha arca de enxoval, fechada e esperando na carroça. Meu pai me presenteou com seu martelo de pregar telas e disse para eu escolher algumas coisas que tinham sido de mamãe. Peguei o jarro e a bacia de lavar rosto de louça amarela e azul, o enfeite de cabelo de ouro com hematita e pérola, o pequeno vidro de perfume em ônix, a caixa de madeira entalhada que combinava com a de papai e uma lamparina a óleo de latão em forma de Diana, a Caçadora, que os gregos chamam de Ártemis, deusa da castidade. Por precaução, peguei também o punhal de mamãe. Ela o guardava embaixo da cama, caso precisasse se proteger quando papai ficava na rua até tarde. Eu não fazia ideia de que tipo de homem era aquele Pietro Antonio.

Um ano antes, quando pensei que fosse me casar com Agostino, pintei na arca do enxoval uma cena de festa de núpcias, que agora não iria ter. O *impalmamento*, a missa da união, e as *nozze,* a festa das núpcias, eram para ser no mesmo dia. Não haveria banquete com maçãs silvestres, capões em molho branco, tortas de marzipã, vinho, nem brindes em nossa modesta honra. Tampouco música, dança, amigos felizes trazendo doces e nos desejando felicidades, rindo, brincando, dizendo coisas agradáveis, nos empurrando para o quarto e voltando de manhã para saber que foi tudo ótimo. Nada disso. À noite, meu destino estaria selado.

Se eu pegasse um coche, dava tempo de chegar lá. Peguei meu casaco e fui para a porta.

— Encontro você na igreja do Santo Spirito.

— Artemísia, aonde vai? Não pode sair daqui — disse meu pai, mas eu já tinha saído.

— Para o Convento de Santa Trinità — avisei ao cocheiro.

Esperei na porta do convento, no frio seco de nuvens cinzentas. Dois pombos selvagens arrulhavam e andavam juntos na escada. Era encantador o jeito como bicavam e andavam, sempre juntos.

Paola abriu a porta.

— Posso falar com irmã Graziela? — perguntei, meio apressada.

— Está na igreja.

— Rezando?

— Não, lavando. Venha por aqui.

Entrei na igreja por uma porta lateral perto do altar. Continuava frio. Graziela esfregava o piso de pedra atrás do altar.

— Sua vida é estar sempre ajoelhada — eu disse.

— Ah, Artemísia, levei um susto. Não vi você chegar.

— Tem que limpar a igreja toda?

— Só atrás da escada. Como você sabe, agilidade e humildade andam juntas. — Ela afastou o balde.

— Vim contar que meu pai arrumou casamento para mim.

— Ainda bem. O que sabe do homem?

— Só que é pintor. De Florença.

— E você vai para lá?

— Vou hoje. Estão me esperando agora na igreja do Santo Spirito.

— Antes tarde do que nunca.

— Achei que queria, mas agora estou com medo. Todo o desejo sumiu.

— Não é para sempre. Não some para sempre.

— Como vou...? Não quero nem ser tocada.

— Se você se agarrar ao sofrimento, vai ter uma vida ruim, amarga. Deixe isso em Roma.

Fiquei sem jeito de estar em pé enquanto ela continuava ajoelhada, então sentei nos degraus da sacristia.

— Posso perguntar uma coisa?

— Sabe que pode perguntar tudo. Baixo, alguém pode aparecer.

— O que você quis dizer com abandonada por Deus e pelos homens?

Ela enxugou o chão com um trapo e se afastou para limpar mais.

— Fui casada, meu marido morreu.

— Não sabia, sinto muito.

— Conforme manda a lei, quarenta dias depois de meu marido morrer o irmão dele tomou a casa onde morávamos. Então, tive de sair. Voltei para a casa de meu pai, mas ele disse que não tinha dinheiro para me sustentar. — Ela esfregou o chão com mais força. — Tentou achar um viúvo velho para mim, mas não conseguiu. — E acrescentou, mais baixo: — Porque eu não era mais virgem.

— O que você fez então?

— Pode adivinhar, não? Eu não servia para homem nenhum, então, fui entregue a Deus.

Ainda ajoelhada, ela esfregou mais um pouco, parecendo falar com o chão e a escova:

— Vendi todo o meu dote, parte por parte, e dei o dinheiro para o convento. Vendi também minhas roupas, alguns pratos e copos finos, colheres e facas de prata, jarros, roupa de cama de linho, jarros de estanho, joias e um quadro de que eu gostava muito. — Parou e levantou-se. — O quadro mostrava Vênus e Adônis num jardim. Não era de nenhum pintor importante, mas eu gostava. Implorei para meu pai usar aquele dinheiro para me sustentar e ele reclamou que não dava para o resto da minha vida. Então, quando não tinha mais o que vender, entrei como noviça no convento.

— Você disse que não se deve entrar para o convento sem ter vocação.

— É verdade. Mas não disse como aprendi isso.

— Ah! — Aquele detalhe alterava tudo o que eu sabia sobre ela. — Você teve filhos?

— Não, fui casada apenas por quinhentos e vinte e seis dias.

— Por que ele morreu tão jovem?

— Quer que eu conte tudo, não? Então, que sirva de lição para você.

Ela carregou o balde, a escova e os trapos para o degrau da sacristia e sentou-se. Fez sinal para eu sentar também. Fiquei surpresa, pois era um desrespeito sentar naquele lugar. O frio da pedra atravessou minha saia.

Os olhos dela, de todos os tons de verde-oliva e cinza com um toque de âmbar, pareceram se aprofundar, como se estivessem vendo muitas coisas outra vez.

— Eu amava meu marido e com ele vivi um céu na Terra. Mas ele tinha uma amante. Até hoje gosto de pensar que era alguém que ele conheceu antes de se casar comigo, mas pode não ter sido assim. Eu só existia no momento em que ele me tocava, e eu esperava a palavra gentil que viria.

— Você deixou de amá-lo?

— Não. Quando é amor de verdade, não muda ao se descobrir uma amante. Tudo: comer, dormir, andar, olhar a chuva, tudo fica sombrio porque você sabe. Continuam existindo as caminhadas no campo e as noites de amor, mas sombreadas pelo que não é dito.

— O que aconteceu, então?

Graziela torceu o trapo no balde de água suja, apertando o pano com uma força que eu nunca tinha visto nela.

— O marido da amante descobriu e o matou. Jogou-o no Tibre, onde homens assim são jogados. — Ela ficou olhando a espuma cinza na água. — Para mim, foi uma perda tão vasta quanto o Egito — sussurrou ela.

— Não sabia, você parece tão... tranquila.

— A gente acaba ficando. — Levantou-se, pegou o balde, a escova, os panos. — Volto já, me espere na terceira capela à direita — disse ela, apontando. — Onde está o afresco de Volterre sobre a Assunção. Olhe bem. Acabei de saber que o homem de pé à direita, com o comprido *lucco* vermelho, é Michelangelo.

Ela foi casada, pensei, seguindo pela nave da igreja. Eu a conhecia desde os doze anos e não sabia. Por isso ela era diferente das outras freiras.

Olhei a terceira capela pela grade de madeira: o afresco tinha um homem de manto vermelho comprido até o chão, de cabelo e barba grisalhos e espertos olhos castanhos.

— Michelangelo — falei, baixinho.

Ao contrário das outras figuras da cena, ele não olhava para cima, surpreso, para a Virgem de azul subindo aos céus. Olhava para mim com uma expressão de terna preocupação, olhava dentro de mim até, me dava uma espécie de bênção. Eu ia para a cidade dele, viver lá e aprender no meio das obras dele. A mão que saía da manga comprida era marcada e calejada pelo uso do buril para esculpir. Tive carinho por aquelas mãos. Até a mão cheia de cicatrizes pode ter grandeza. Tive a ousadia de pensar que havia uma ligação entre nós, entre nossos espíritos. Podia ser que ninguém visse, mas ali naquela igreja silenciosa Deus podia, se quisesse, abençoar uma união de espíritos.

Graziela chegou.

— Irmã Paola vem se despedir de você. Só tenho um minuto.— Ela mexeu na manga do hábito e tirou um saquinho de musselina. Desamarrou-o e mostrou na palma da mão dois brincos de ouro com grandes e cremosas *perlas baroccas*, enroscadas como nozes. — São pérolas imperfeitas como os seres humanos — disse ela, baixinho. — Sei que é vaidade minha. Devia tê-las vendido com as outras coisas e dar um dote maior para o convento. Ganhei-as de Marcello no dia de nosso casamento.

— Guardou-as todos esses anos?

Ela riu, pensativa.

— Nove anos. Não foi fácil. Elas ficaram costuradas na minha roupa íntima. Uma vez, tive de colocá-las dentro do sapato.

Segurou um dos brincos e deixou-o balançar um instante.

— As belezas do mundo me seriam negadas, mas esta, pelo menos, não.

— O mundo numa pérola — falei.

Pensei em como a pérola se formou com infinita lentidão para proteger a ostra da irritação e inflamação, como se formou a serena calma de Graziela, ano pós ano, se aprimorando, mas sem esconder completamente a dura parte interna.

Ela pôs um brinco na minha mão. Parecia cálido.

— Só preciso de um. Você pode usar o outro num vestido — disse ela.

— Graziela, não posso aceitar.

— Pode, sim, para lembrar de não se entregar completamente aos homens ou a Deus. Não se iluda. Não pode acreditar na ilusão, pela sua felicidade e pela sua arte. Quanto à sua alma, deixe-a por minha conta. Tenho de passar muitas horas rezando e é cansativo rezar só pela própria alma. — Ela fechou o brinco na minha mão. — Você tem de trabalhar.

— Sim, tenho.

— Esconda o brinco no corpete e lembre: os verdadeiros princípios da vida não estão nas Escrituras. Estão nos laços de sangue, nas histórias, ditos, insinuações, olhares secretos, acordos clandestinos e em mãos cálidas que se tocam. Quando aprender a identificar isso, sua vida será mais fácil, rica em oportunidades e recompensas. Seja sensata, Artemísia. Fique atenta. Olhe na cara deles sem mostrar medo.

Olhei-a e pensei naquelas palavras. Eram importantes e por isso soavam como sinos que iriam ecoar pelos anos por vir.

Irmã Paola veio correndo pelo meio da igreja, as pernas curtas se movendo rápidas, as mãos no rosto, o rosto animado em expressões de alegria.

— Ah, Artemísia! Tive medo de não encontrá-la mais aqui. A irmã Graziela me contou! Estou tão contente que sou capaz de pegar o céu com as mãos.

— Lastimo desapontá-la, irmã Paola — provoquei.

— Eu disse que acredito em milagres.

— Por eu me casar?

— Porque vai estar no centro artístico do mundo. Para você, o que seria melhor?

— Bondade sua dizer isso.

Elas me acompanharam até a porta e irmã Paola fez o sinal da cruz na minha testa com seu dedo cálido, o rosto angelical ainda mais redondo por causa da alegria. Graziela segurou meus ombros e encostou a testa na minha. Ficamos assim por um instante, com nossas cabeças juntas, nossos sentimentos pulsando de um coração a outro.

— Está fazendo isso por mim — disse irmã Paola. — É a única vez em que a cabeça dela vai tocar num véu de freira. — Rimos um pouco, tristes. — Não nos esqueça, *tesoro* — disse Paola.

— Vocês estão no meu coração — falei, tocando no peito, onde tinha guardado a pérola. Graziela não conseguiu dizer nada.

Abri a pesada porta. Começava a chuviscar e puxei o capuz de meu casaco. Enquanto a porta se fechava, ouvi a voz suave e desesperada de Graziela:

— Escreva contando como é tudo.

Desci a escada.

Irmã Graziela ainda sofria. Depois de nove anos. Quando descobriu que o marido tinha uma amante? Que olhar secreto ela não conseguiu perceber? Em que momento de horror ela juntou um comportamento estranho, uma resposta gaguejada, um olhar de relance, um recado esquecido? Será que olhou de frente para ele? A primeira refeição que preparou para ele depois de desconfiar de algo: terá sido com o mesmo cuidado de antes? Será que ele gostou do brilho e do caimento dos cabelos dela, e será que ela chorou quando as freiras o cortaram? Será que eu também passaria por perdas assim? Se lembrasse do que ela disse e ficasse atenta, será que seria poupada de ter o mesmo fim, isto é, passar a vida em contemplação e sacrifício e infinitos atos de humildade?

Por todo o caminho de volta à igreja continuei lembrando do coração ainda sofrido de Graziela como se fosse uma relíquia.

6

Pietro

O COCHE PASSOU COM ESTRÉPIDO NO Tibre pela ponte Sant'Angelo, que tinha dezoito forcas armadas na direção da fortaleza-prisão do mesmo nome. Dezoito, a idade que eu tinha na época do julgamento. Agora, eu estava com pouco mais de dezenove anos. Enrolei o brinco num lenço e escondi sob as peças de linho da minha arca de enxoval.

Papai andava de um lado para outro na frente da igreja.

— Como você sai assim? Aonde foi? — perguntou.

— Fui ver as freiras. Está tudo certo, não me atrasei.

Dei meu casaco para Porzia segurar. Papai pegou meu braço com força e fomos andando pela nave escura até uma pequena capela lateral iluminada por quatro velas.

Durante a missa, me senti distante de mim mesma, como se eu fosse uma pessoa que passava por ali e assistiu a uma cena de mau gosto. Depois, lembrei de minha mãe, da mão suave que costumava pôr na minha cabeça e das músicas tristes que cantava. Ela ficaria satisfeita se soubesse que eu tinha me casado. Porzia sorriu para mim como se quisesse me encorajar e tentei fazer uma cara animada, recatada e agradecida, mas a igreja de pedra era tão fria que, sem meu casaco, não parei de tremer.

As palavras em latim ditas pelo padre passavam por mim numa confusão de murmúrios que me deram a impressão de estarmos fazendo algo escondido. Repeti as promessas da liturgia e tentei pensar nelas mas, quando o padre disse "Até que a morte os separe", achei que deviam ser as mesmas que Graziela pronunciou. Mal consegui repeti-las. Olhei para a cara de Pietro Antonio, como ela me disse para fazer. Estava sério, mas sem a ternura de Michelangelo em seu casaco vermelho me olhando até tocar minha alma.

Quando a cerimônia terminou, Porzia pôs o casaco nos meus ombros e disse, baixo:

— Sentirei sua falta.

— Tenho a impressão de que acabou uma fase da minha vida — respondi só para ela.

— Começa uma nova vida para você. Não se preocupe, Pierantonio é um bom homem — disse ela, baixo.

— Deus permita que esteja certa.

A chuva batia em minhas costas e continuei indecisa até entrar no coche onde tinham colocado minha arca do enxoval. Papai levantou os braços, constrangido com minha breve hesitação. Eu só esperava por um gesto carinhoso dele.

— Entre, entre — disse ele, enfiando em minha mão uma sacolinha azul que escondi nas dobras da saia ao entrar no coche. Notei que ele tinha rugas ao redor dos olhos, devia ser um momento bem difícil. — Vou fazer uma carta de apresentação para Michelangelo Buonarrotti, o Jovem. Não deixe de visitá-lo.

Fechou a porta, o coche deu partida e aquele Pietro (ou aquele Antonio) e eu partimos para Florença onde, pensei com alívio, eu estaria livre da desonra.

Marido e mulher. Fiquei repetindo isso para mim enquanto o coche seguia para o norte pela Porta del Popolo, na Via Flaminia, e pelo campo enlameado e cheio de carroças puxadas por bois. Eu tinha um legítimo marido. *Madonna benedetta*, que ele seja bom. Seguimos viagem, sentados de frente um para o outro, em silêncio. Eu devia falar ou esperaria que ele falasse primeiro? Os olhos agitados dele olhavam pela janela, olhei também. O que olhava com tanto interesse? Vinhedos com folhas de todos os tons, do dourado ao ferrugem? Plantações de amendoeiras? Pequenas casas de campo por trás da tênue cortina de chuva? Ovelhas ensopadas? Era como se a paisagem fosse mais importante do que a pessoa que estava bem na frente dele. Eu.

— O que está olhando?

— Tudo e nada. Os álamos estão sem folhas, o inverno vai chegar cedo. Talvez até com neve.

Que jeito estranho de começar um casamento. Falando do tempo.

— Chamam você de Pietro ou de Antonio?

Finalmente, ele me olhou e disse:

— Pierantonio.

— Hum, comprido.

Aos poucos, ele deu um sorriso torto, estranho, só de um lado do rosto.

— Artemísia também é um nome comprido.

— Posso chamar você de Pietro? Prefiro.

— Chame como quiser.

A premência de dizer mais coisas necessárias ficou sobre meu peito como um peso de ferro.

— O que sabe de mim? — perguntei.

— Sei o que houve.

— Sabe a história contada nas ruas, ou a verdade? — Fui acometida por uma necessidade urgente de dizer a verdade. — Sou inocente. Embora não seja virgem, sou inocente.

Ele concordou com a cabeça e fui grata.

— Esse Agostino...

— Não é digno do sangue que tem nas veias. É um homem grosseiro e patife.

— Você ia se casar com ele?

— Achei que era obrigada. Não dou nada por ele, mas me importo em ser considerada inocente pelo único homem no mundo que me interessa.

Ele pareceu constrangido com minha frase e virou-se para a janela outra vez. Aprumei-me. Dignidade, pensei. Queria que visse que sou uma mulher digna. Ele mexeu a boca, talvez tivesse entendido. Ou estivesse com pena, não desejando que eu explicasse mais nada. Ou talvez significasse que não se importava.

— Vamos morar na casa dos seus pais?

— Não, eles morreram.

— Ah, desculpe. — Achei bobagem dizer aquilo. Devia ter perguntado antes a Porzia.

— Meu tio levou Giovanni e eu para uma cidade na colina quando houve a última epidemia de peste, há doze anos, pois meus pais tiveram de ficar em Florença. A casa deles agora é minha.

Achei melhor não perguntar mais nada.

Estava com fome, mas tinha medo de dizer. Não queria pedir uma coisa poucas horas depois do casamento. Percebi com certo desespero quão completamente a mulher casada passa para os cuidados de outro, até para comer um pedaço de pão. Será que Graziela sentiu isso? E minha mãe? Lastimei não ter conversado mais com minha mãe.

— Giovanni me disse que você é pintor — falei, depois de um silêncio.

— Sou.

— Eu também.

— Você?

— Giovanni deve ter lhe contado — falei, mostrando minhas telas enroladas num canto.

— Houve uma época em que Bolonha tinha duas pintoras. Faziam flores — disse ele.

— Eu pinto pessoas. Quer ver? — A curiosidade passou pelo rosto miúdo dele.

Pietro concordou. Segurei as telas e deixei se desenrolarem. A primeira era, por acaso, *Mulher tocando alaúde*. Ele olhou com atenção.

— Que mão graciosa — observou.

Deixei a tela cair no chão e mostrei a *Susana*, que era muito grande para abrir inteira no coche. Ele não pôde ver a beirada do quadro, onde Susana enfia o pé na água da banheira de pedra.

— Ah! — exclamou, arregalando os olhos. Meu coração bateu mais forte do que na missa de núpcias. — Muito bom — disse, parecendo meio surpreso. Olhou o rosto de Susana e ficou com a expressão sombria. — Tem muito sentimento. Sentimento nela, quer dizer. Quando pintou?

— Há uns dois anos.

— Antes...

— Sim.

— Tão jovem. — Ele pensou um instante e disse: — Você faz uma mistura delicada e sutil dc cores, principalmente nos tons da pele. Brilha como vidro.

— Quer saber o segredo? Verniz feito com a resina de âmbar que os fabricantes de alaúde usam em Veneza. As cores brilham. A mistura consiste numa parte de resina para três de óleo de castanha ou de linhaça. Junte tudo em fogo brando e passe na tela no fim do dia, assim fica mais homogêneo e a tinta seca mais rápido. Só com o brilho da tinta as cores tendem a escorrer pela tela e pingar.

Ele estava com o rosto inclinado para a barriga de Susana, mas olhava para meu rosto, que estava no alto da tela e, naquele ângulo, o rosto dele ficava com um olhar sombrio e oculto.

— Com quem aprendeu?

— Com meu pai. Ele junta uma gota de verniz para cada tinta a óleo na paleta. Mas fui eu que tive a ideia de passar na tela toda.

Ele emitiu um som baixo e sonoro, mas não era uma palavra.

— Você vai ver. O pincel não prende quando você passa na tela e as cores ficam mais vivas. Agora você também sabe. — Sorri, esperando que fosse de um jeito sedutor. — É meu presente de casamento para você.

Ele não retribuiu o sorriso. Fez sinal para eu mostrar a terceira tela, *Judith*.

— Não está terminada — avisei, deixando a *Susana* de lado.

Ele soltou um "Uuufa!" e torceu o rosto.

— Não é bem o que quero dependurar no nosso quarto, mas é ótima. Uma composição difícil.

Percebi o sorriso vago, surpreso.

— Não se preocupe. Pretendo vendê-la assim que eu ficar conhecida.

Ele inclinou a cabeça de lado, como para mostrar que não tinha pensado que eu pudesse ganhar dinheiro, mas o gesto pareceu falso.

— Talvez eu dê esse quadro para Cosimo Médici.

— Não faça isso!

— Por quê?

— Não se dá um quadro.

— Não é uma forma de anunciar que há mais uma artista na cidade? E também de o quadro ficar entre as grandes obras que ele deve ter no palácio?

Vi que Pietro não gostou da ideia. Graziela tinha me avisado para ser sensata.

— Não é preciso resolver isso agora, ainda nem terminei o quadro. — Enrolei as telas de qualquer jeito. — Mas desejo que saiba, que, assim que possível, quero ganhar meu dinheiro.

— Por mim, está ótimo.

Viajamos até o anoitecer e finalmente paramos numa hospedaria para pernoitar. Minhas costas e meus ombros doíam de cansaço. Ele me ajudou a saltar do coche, pois meu corpo estava duro de passar tantas horas imóvel. A mão fria dele apoiou a minha com firmeza. Gostei do contato, pelo menos na mão.

A hospedaria estava cheia de colhedores de azeitona e vinheiros, carroceiros, camponeses e suas famílias. O suor do corpo deles se misturava com o cheiro da fumaça da lareira, dos casacos de lã molhada secando e o estrume na sola das botas. Fiquei na frente da lareira e deixei o calor se espalhar deliciosamente pelas minhas mãos e subir pelo pescoço. Entrou uma cinza no meu olho. Virei-me. Na sala embaçada duas crianças riam e gritavam; um cachorro andava em volta das mesas sem ninguém se incomodar.

Uma jovem mãe de cabelos presos num lenço amamentava o bebê ao lado de uma velha enrugada encostada na parede e envolta em panos, de meias grossas, mas sem sapatos. Os dedos encarquilhados mexiam como se estivessem fazendo alguma coisa, enquanto o resto do corpo permanecia indiferente à conversa barulhenta e aos risos ao redor. O fogo crepitando iluminava só o lado direito do rosto e do pescoço das mulheres. Aquela cena me emocionou. Roma pareceu bem longe.

Quando a menina que servia as mesas enfiou uma concha na panela de ferro, apertei-me entre Pietro e outro homem num banco da mesa arrumada sobre cavaletes. A menina serviu para todos os hóspedes tigelas, canecos de alumínio e jarros de barro com o vinho claro da Úmbria. A comida era assado de coelho com cebolas, feijão-branco e nabo, a comida simples do campo, com cheiro de salva, manjericão e alho. De cabeça baixa, Pietro comeu depressa, engolindo sem mastigar e com um gole no vinho.

— *Buono* — aprovou.

Eu não podia fazer uma comida como aquela. Passaria a metade do dia cozinhando e a que horas iria pintar? Dar tanta atenção a uma refeição que não ia durar parecia desperdício de tempo.

Olhei aqueles umbrianos rudes, cansados e barulhentos e deixei que o cálido vinho deles me aquecesse e o assado me enchesse com coisas do campo. Pietro partiu o pão com as mãos.

— Gostoso o pão, não? — perguntei. — A mulher do dono da hospedaria deve usar grãos da fazenda do cunhado, que fica ao lado da do sogro, e assou o pão hoje de manhã num forno de pedra com lenha da floresta do pai trazida pelo primo.

Ele riu da minha história.

— Tem certeza?

— Não, só imaginei.

Do outro lado da mesa, um homem cheio de caspa e sem os dentes da frente disse:

— Ela está quase certa. Melhor ouvir o que ela diz, rapaz.

— É mesmo? — perguntou Pietro, com um sorriso torto.

— Minha mulher diz isso há anos. Que os homens deviam ter orelhas compridas, pois são burros, e respondo que isso vai ser no dia em que as mulheres tiverem boca de coelho. Há trinta anos minha mulher e eu repetimos isso um para o outro — disse o homem, tomando a sopa ruidosamente.

— Trinta anos!

— Passa rápido como um morcego voando. Há quanto tempo são casados?

Pietro e eu nos olhamos, sem graça.

— Quatro ou cinco — ele riu e acrescentou: — Horas.

— Ei, *Madonna Santa, auguri,* parabéns. — O homem se levantou e anunciou alto para a sala.

— *Auguri* — gritaram as pessoas.

Dois rapazes começaram uma canção obscena que todos acompanharam e que falava nos dedos ágeis de uma leiteira. No final, uma mulher robusta deu uma risada alta que parecia um cacarejo. Pietro riu também, percebeu que eu estava sem graça e parou. Levantou-se, afastou o banco da mesa e estendeu a mão para mim.

— Vamos para o andar de cima.

Os homens riram, deram mais vivas e, quando me levantei a mulher que deu a risada apertou minha cintura e me puxou, dizendo:

— *Senti, bellezza,* você vai gostar depois que ele arrombar a porta. — E cacarejou outra vez, mais alto ainda.

Para fugir dela, subi rápido a escada, e todos riram de novo, pensando que eu não conseguia esperar mais. Senti meu rosto ruborizar.

Pietro acendeu um graveto na lareira, levou a chama para uma lamparina e segurou-a na nossa frente enquanto subíamos a escada.

— Não se importe com essa mulher — disse.

Santa Maria, que ele não seja rude.

O quarto de cima não estava aquecido, então me despi depressa, de frente para a parede, longe da lamparina. Apesar de ser um casamento de conveniência, eu tinha uma obrigação a cumprir, mas não conseguia pensar na mão dele tocando onde Agostino tinha forçado e onde o tabelião havia olhado. Pensar me deu náusea. Entrei nos lençóis, rápido. Deixe isso em Roma, lembrei.

O primeiro toque da mão dele me assustou, estremeci.

— Daqui a pouco você vai esquentar.

Grazie a Dio. Ele pensou que estremeci por causa do frio.

A voz dele era suave. Não ia ser um estupro. Não seria à força, a menos que eu resistisse. Faça com que eu não resista. Faça com que eu não grite.

Ele me pegou pela cintura e me puxou para si. Todos os músculos do meu corpo estavam esticados como uma tela. Ele apertou o corpo contra o meu. Estava com a pele fria como eu. Tínhamos esse ponto em comum. Sentia o mesmo frio úmido que eu. Isso me fez sentir carinho por ele.

Segurou minhas coxas e fiquei apertada nele. Tente, pensei. Ele esperou. A mão no meio dos meus joelhos me apressou. Abra, abra. Um pouco de cada vez. Não era ele que estava dificultando. Era eu. Fui relaxando aos poucos. Devagar, a mão dele subiu pela minha perna e causou um tremor dentro de mim. Um murmúrio suave, sem palavras, só som. Foi ele ou fui eu? Ele não pôs o peso todo em cima de mim. Estava sendo cuidadoso. Na esperança de passar a ser valiosa para ele, coloquei as mãos nas costas dele. Tomara que não estejam frias, pensei. Ofereci meu medo, e ele aceitou, primeiro, com muita delicadeza, até que pareceu entrar numa loucura passageira, e me protegi da fúria dele.

Senti tanta dor depois que precisei me controlar, mas houve algo de novo naquela situação: ele relaxou e dormiu, pesado e profundo. Não fugiu escondido. Não teve pressa. Não houve choro. Só calma.

Grazie, Maria. Ele não me fez ficar envergonhada.

7

Florença

A ESTRADA ESTAVA BLOQUEADA POR CARROÇAS cheias de azeitonas, puxadas por bois brancos como leite e enfeitados com colares de flores, mas Pietro não pareceu se incomodar com o transtorno.

— Gosto do *chuq-chuq-chuq* monótono que os colhedores de azeitonas fazem e do som ecoando pelos olivais — disse ele.

Pela janela do coche vi o chão sob as oliveiras com vapores fantasmagóricos. Era a névoa da manhã.

— Parece que o mundo todo está fazendo alguma coisa fora de casa — falei, contente por manter uma conversa normal.

— Eles trabalham duro por semanas, o dia inteiro, colhendo as azeitonas. Giovanni e eu fazíamos isso no olival de meu tio, quando éramos jovens. O pescoço fica doendo.

— Como Michelangelo deve ter ficado ao pintar o teto da Capela Sistina. Ou meu pai, que está pintando um teto na casa do cardeal Borghese.

— É, só que as azeitonas a gente colhe todo ano.

Eu ficava satisfeita sempre que conseguia que ele risse, embora ainda desconfiasse de seu nobre gesto de casar-se comigo. Perguntar por que se casara comigo parecia grosseiro. Será que a gratidão era a semente do amor?

Enquanto o coche seguia pela estrada, comemos salame, pão, maçãs verdes e queijo *pecorino* fresco, que o estalajadeiro tinha embrulhado num pano. Bem simples. Eu podia fazer comida simples assim.

Reparei numa torre quadrada e estreita mostrando sua coroa de ameias, parecendo um pescoço esguio sobre uma fileira de ciprestes.

— O que é mais bonito em Florença? — perguntei, querendo ouvir um pintor descrever uma graciosa espiral de igreja, uma estátua de mármore, um afresco.

Ele pensou um instante, cortou uma maçã e ofereceu-a para mim na ponta fina de sua faca.

— As mulheres.

— Você podia ter usado a faca no meu peito nu. — Sorri de leve para mostrar que não ficara ofendida com a resposta, embora minhas palavras estivessem mais próximas da verdade. Peguei a fatia da fruta, tomando cuidado com a faca no coche em movimento.

Ele piscou ao perceber a pele rosada na base dos meus dedos e algumas cicatrizes fundas que ainda estavam lá.

— Sinto muito, Giovanni me contou o que houve — disse ele.

— Acha que estas marcas vão sumir?

— Não sei. — Com a cara estranha, apontou com a faca as minhas telas enroladas. — Se você pintar assim e ganhar bastante dinheiro, pode esconder com anéis as marcas nos seus dedos. Ou se tivesse se casado com um homem rico.

— Prefiro casar com um homem bom.

Ele sorriu, constrangido, cortou mais uma fatia da maçã, estendeu para mim e esperou eu morder.

DOIS DIAS DEPOIS, AS nuvens se dispersaram à tarde e o sol iluminou os arcos de pedra cor de terra e as ameias da Porta Romana, entrada sul de Florença. A estrada era margeada de construções ocres com telhados vermelhos e janelas da cor do cinamono ou manjericão. Fiquei tão animada quanto Paola tinha ficado por mim. Florença!

— Este é o *palazzo* Pitti — disse Pietro, se debruçando na janela ao passarmos por um palácio de pedra, bem diferente de como costumavam ser os palácios, pois todos os três andares eram da mesma altura e da mesma pedra malcortada. Isso fazia com que a construção fosse mais imponente do que bonita. — O grão-duque Cosimo Médici mora aí. Belo lugar, não?

Concordei.

— Linda cor, cremosa. Que palácio. Impressionante. — Não pela decoração ou pelos entalhes, mas pela repetição das janelas em arco. Para mim, parecia austero, mas não ousei dizer. Era comovente que Pietro quisesse me impressionar.— Já entrou lá?

— Não, os Médici não são mais os mesmos. Este Cosimo II está longe do que foi seu homônimo.

Atravessamos uma ponte para entrar na cidade propriamente dita. As construções eram mais altas que as de Roma e apertavam as ruas em corredores estreitos, cheios de carroças puxadas por mulas e barracas de fruta e peixe. Os cascos dos cavalos estalavam no chão de pedra e ecoavam nas paredes também de pedra, fazendo as galinhas voarem para fugir das rodas do coche.

Pietro pediu para o cocheiro dar uma volta pela catedral, o Duomo de Santa Maria del Fiore. Quando vi o domo de terracota, perdoei o palácio por ser tão simples.

— Um dia vou lhe contar como Brunelleschi construiu esse domo — disse ele, orgulhoso como se fosse um operário do arquiteto.

— O campanário fica à parte — falei, surpresa com a altura dele. Enfiei a cabeça na janela do coche para ver o cimo e Pietro achou graça. A superfície lisa do mármore branco, rosa e verde brilhava na luz suave e a torre quadrada parecia um relicário divino, feito de pedras preciosas. — Roma não tem nada parecido — falei para o alto.

— Foi projetado por Giotto e terminado bem antes do domo — disse Pietro.

Nas ruas mais estreitas que saíam da praça da catedral, bandos de gente pisavam nas poças de lama e tinham de gritar para abrir passagem. O cheiro forte de esterco estava em toda parte. Será que eu não devia notar isso devido ao evidente orgulho que ele tinha da cidade?

— Nunca ande por essas ruas — avisou ele, enquanto sentíamos o cheiro da carne nos açougues. — As pedras são escorregadias por causa dos miúdos dos animais que os açougueiros jogam na rua. As mulheres caem e quebram as pernas. Dê a volta. Depois eu mostro a *macelleria* do meu amigo, que fica em outra rua. Assim você não precisa vir aqui.

A rua das queijarias também tinha um cheiro forte, embora gostoso, e quando passamos pela loja de temperos eu já estava respirando normal. Todos os tons de ocre, marrom, laranja, castanho e verde saíam de grandes sacos de musselina colocados na rua. Eram as cores da minha nova cidade. Em cada praça havia uma escultura, em cada nicho de rua, o padroeiro de alguma guilda. Por todo canto que eu olhava havia arte! Uma nova vida começava para mim.

Pietro mandou o cocheiro entrar na *corso* dei Tintori, a rua dos artesãos que tingiam panos. Cada janela tinha longas tiras de lã e seda dependuradas.

— A rua está decorada para a sua chegada — disse ele.

— Como estandartes de torneios medievais. — Mulheres compravam e vendiam seda num arco-íris de cores vistosas. — As roupas podem ser mais coloridas e refinadas, com tecidos melhores, mas as mulheres não são mais bonitas que as romanas — falei, esperando que ele considerasse uma provocação. Para fazer graça, torci o nariz com o cheiro de amônia que saía de tonéis fumegantes.

À margem do rio, mulheres e moças enxaguavam pesadas pilhas de lã na água verde-escura do Arno. O coche passou por elas e parou numa casa de pedras creme, com telhado de barro e janelas verde-claras.

— Esta é a minha casa — disse Pietro.

Abriu o portão que dava no pequeno pátio com uma figueira, alguns gerânios macilentos e um poço quadrado cercado de pedras cheias de limo. O balde e a corda no poço mostravam o que eu ia fazer todos os dias.

— Moro no terceiro andar — disse ele.

Minha casa. Talvez um dia ele dissesse *nossa*.

Percebi que as famílias mais abastadas moravam no térreo e no primeiro e segundo andares, como em Roma.

— Uma senhora chamada Fina, que mora no quarto andar, cuidava da casa para mim — disse ele.

Imaginei que isso queria dizer que não ia mais cuidar.

Pietro e o cocheiro carregaram o meu *cassone* e as outras bagagens enquanto eu olhava os três cômodos que seriam minha nova casa. A sala maior, que servia de ateliê de pintura e estar, tinha cavaletes de três alturas e um banco grande para o modelo posar, já que estava cheio de travesseiros jogados e panos dobrados. Havia várias cadeiras com assento de palha em volta de uma mesa rústica, com desenhos e quadros dele espalhados. Sem querer mexer em nada, afastei uma lanterna de ferro com cúpula de papel oleado e coloquei minha sacola de viagem e, sem querer, tirei uma lasca da mesa.

Onde ia deixar meu material de pintura? Talvez no peitoril da janela, a menos que misturasse com os dele, na mesa. Será que no futuro chegaríamos a confundir nossos pincéis, sem saber quais os meus e quais os dele?

A cozinha tinha uma pia de pedra e uma tina com torneira. Concluí que aquela tina eu teria de usar para carregar água por três andares, do poço até lá em cima. Ou será que ele faria isso?

O terceiro cômodo era de teto baixo e inclinado, por isso tivemos de abaixar a cabeça para entrar. Tinha uma cama com colchão de palha, duas arcas pequenas e um suporte para bacia. O piso de tijolos formava desenhos de espinha de peixe. No lado da cama, onde ele tinha jogado o casaco, havia um pequeno e fino tapete de cabra. Fiquei arrependida por não ter levado mais coisas da minha mãe, principalmente o tapete lateral de cama e a cadeira dobrável estilo romano, com almofada. Nada ali tinha almofada.

As paredes de gesso da casa estavam cobertas de telas sem moldura mostrando Sagradas Famílias, a Anunciação, Santa Teresa em Êxtase, com mulheres voluptuosas de roupas extravagantes em cores fortes e variadas. Numa *Anunciação*, a Virgem Maria ouvia o anúncio de que seria mãe do Salvador, mas seus olhos não demonstravam emoção. Eu os teria feito surpresos, um pouco mais redondos, com a íris mais clara para chamar atenção. A mistura de cores que ele fazia ficaria melhor com o verniz de resina, mas eu já tinha falado demais sobre isso.

Os quadros dele cobriam todas as paredes, às vezes um acima do outro. Onde haveria lugar para os meus? Se tivesse sorte, se fosse bastante talentosa naquela cidade de artistas, os meus quadros não ficariam em nossas paredes.

— Usou florentinas para posar? — perguntei, quando ele entrou com a última bagagem.

— Claro.

— Tenho de concordar, são uma beleza.

Embora ele apenas sorrisse, vi que tinha gostado. Eu me referi mais às mulheres do que aos quadros. Quem eram elas? Será que eu estava vendo uma série dos... devia chamar de *casos* dele? As mulheres me olhavam guardando segredos que eu achava que jamais descobriria. Por enquanto, pelo menos, o mistério de Pietro fez com que ele ficasse atraente.

Abriu as janelas de todos os cômodos e as portas duplas que davam num balcão estreito sobre o Arno. Fomos para o balcão. Uma parca fila de casas de operários pobres ficava pendurada nas verdes colinas em frente. O barulho do rio passando por uma pedra em seu leito era tranquilizador.

— Pense que essa água que estamos vendo agora um dia vai desaguar no mar e depois pode ir para qualquer parte do mundo. É uma linda paisagem.

— Você vai mudar de ideia quando sentir o mau cheiro do rio, por isso é bom ter sempre um pouco de açúcar ou de cinamono queimando na lareira.

Aquela pequena lembrança doméstica foi amável.

Vimos casais abraçados dando uma *passeggiata*, uma volta de começo de tarde, na rua que separava nosso prédio do rio. Fiquei constrangida outra vez ao pensar em como me casei; gostaria que Pietro e eu tivéssemos nos escolhido por amor, como outros casais começavam a fazer naquela época. Meu rosto deve ter demonstrado essa vontade. Ele me puxou para dentro como se tivesse lido meus pensamentos e fomos para o quarto. Ele me pegou no colo e me deitou na cama. Com aquele sorriso de lado, desatou os laços do meu corpete e descobriu logo o mistério dos fechos da minha saia. Nosso ato de amor foi mudo, rápido, apenas uma proximidade momentânea.

Adormecemos ao mesmo tempo, sem puxarmos as cobertas. Quando ele se mexeu, acordei assustada, lembrando onde estava. Meus olhos passaram pelo corpo dele em silhueta, iluminado pelo luar que entrava pela janela. O dorso reto, a visão dos músculos, a reentrância nas nádegas, tudo nele era surpreendente, dolorosamente e muito desejável. Tive coragem de tocar nele. A pele estava fria. Não podia ser amor o que senti tão de repente, mas admiração pela beleza das formas, foi isso que me fez tremer e ficar ali, insone. Se eu ainda fosse me importar com amor, acima de tudo mais, meu coração, decerto, se partiria ao meio.

NAS SEMANAS SEGUINTES, aprendi que ele era ou quente ou frio, ficava totalmente presente ou totalmente distante, em algum lugar inacessível. Nessas horas, eu estremecia na cama, não querendo parecer uma boba se ele me desprezasse depois de eu me oferecer. Seu temperamento mutante me impediu de desfrutar completamente as vezes em que ele era todo meu.

Graziela tinha dito para não me iludir. Na primeira carta para ela, escrevi:

> Confio nele, mas aos poucos, e tentando resistir ao fascínio do amor sem provas. Apesar de perceber sinais de afeto, ele só deve me querer para moer os pigmentos das tintas e limpar a paleta e o pincel. Não quero mais cicatrizes, mesmo que sejam invisíveis, causadas por um homem. Diga a Paola que ela estava certa: Florença é uma glória de arte e oportunidade. Por enquanto, estou bem feliz.
>
> *Con amore,*
>
> Artemísia

Para papai, escrevi apenas:

> Obrigada. Estou cheia de esperanças. Florença é muito linda.

As melhores horas com Pietro eram as tardes de domingo, quando íamos ver a arte da cidade. Ele escolhia o que mostrar a cada semana, sem me dizer antes. Queria fazer surpresa. Era esse lado lúdico de seu desligamento que me atraía. Nos domingos, eu acordava curiosa por alguma coisa nova: um tema, uma composição, um gesto ou uma interpretação. Se usasse os olhos e me obrigasse a ver devagar e com atenção, poderia encontrar algo maravilhoso. Desta forma, assimilei o gosto florentino.

Pietro estava de gibão, meias-calças, sapatos e chapéu novos. O chapéu era de veludo vermelho e ele me deu o braço com ar de cortesão que se divertia mostrando os tesouros de sua cidade. Contou-me histórias e pequenos fatos que humanizaram os artistas: que foi Ghiberti e não Brunelleschi o vencedor do concurso para fazer as portas do batistério; que Brunelleschi então saiu da cidade irado e foi estudar e medir as ruínas clássicas em Roma; que Donatello, o rapaz que era amante dele, foi junto e chamava-o de Pippo; que Brunelleschi desafiou os outros arquitetos florentinos a colocar um ovo em pé e mostrou ser esperto ao quebrar a ponta do ovo numa mesa; com isso recebeu a encomenda de construir um domo no lugar onde havia um buraco, no topo da catedral, há cinquenta anos. E que Michelangelo lastimou ter beijado apenas a mão e não o rosto da moribunda Vittoria Colonna, a luz e o consolo dos últimos dias de vida dele. Com as histórias de Pietro, a cidade ganhava vida.

— Masaccio foi um desajeitado que morreu aos vinte e sete anos — disse ele num domingo, quando entramos na igreja do Convento de Santa Maria del Carmine. Levou-me até uma pequena capela com afrescos nas paredes. — Esta capela se chama Brancacci em homenagem ao mecenas de Masaccio.

Fiquei pasma na frente da *Adão e Eva expulsos do Paraíso*. Sobre um fundo deserto e escuro, que não lembrava em nada um pomar, Adão cobre o rosto com as mãos. Os olhos de Eva eram buracos vazios quase fechados e a boca aberta parecia emitir um grito angustiado que ecoava pelos tempos e ressoava dentro de mim. Fiquei tão emocionada com a vergonha que eles demonstravam que minhas pernas enfraqueceram. Segurei no corrimão de pedra. Não havia um abismo de séculos entre Eva e eu.

— Tenho vontade de consolar Eva com um abraço — falei, baixo.

— Michelangelo, Rafael e Botticelli sentaram-se aqui na frente desse afresco para desenhá-lo — disse Pietro, tão casualmente quanto se tivesse estado entre eles, um século antes.

Não lembrei de mais nada do que vimos pelo resto do dia até nos deitarmos. Não consegui dormir. Fiquei vendo no escuro a expressão torturada de Eva. Deve ser assim quando alguém se sente totalmente abandonado, rejeitado, sem Deus. Apesar de tudo o que eu tinha passado até então, nunca senti tal desespero.

O ritmo da respiração de Pietro passou a dor de Eva para mim e eu me mexi, sem conseguir parar quieta. Isso o acordou.

— O que é? — murmurou ele.

— Não consigo dormir. Fico pensando em Eva.

Ele virou-se para mim e estendeu o braço como se quisesse me acalmar.

— Não pense, *amore*.

Ficamos respirando no escuro em sintonia e senti seu membro tocar em mim. Não, pensei. Agora, não. Como eu faria aquilo, quando estava assustada com a angústia de Eva após ceder ao desejo?

Estremeci com um espasmo repentino e um aperto involuntário. Ele me virou de frente e não pensei mais no sofrimento de Eva, fui tomada por um sofrimento mais suave. Depois, dormimos como se fôssemos uma só pessoa.

MESES DEPOIS, ERA DE MANHÃ, eu limpava sozinha os pincéis com aguarrás e senti um enjoo. O cheiro da aguarrás era muito forte. Abri as janelas, precisava respirar o ar fresco. De todo jeito, só senti o cheiro do rio. Sentei-me numa cadeira e segurei nos braços dela. Estava com um gosto horrível na boca. A sala ficou turva. Corri para encontrar uma bacia e vomitei.

A menstruação não vinha há mais de um mês, talvez dois. Embora soubesse que isso poderia acontecer, me assustei. Um filho. Fiquei nervosa. E se Pietro...? Não ousei nem colocar o pensamento em palavras.

Será que minha mãe teve aquela tontura estranha, aquele inchaço não só na barriga, mas na garganta e na cabeça, no momento em que desconfiou da gravidez? Mas ela morreu no parto, numa cama ensopada de sangue, gritando. Eu tinha doze anos e fiquei apavorada. Vi tudo. Fiquei com raiva de meu pai por matá-la, ou pelo menos foi o que achei que ele fizera, e calei-me durante meses, até o amor de Paola e Graziela dissolver aos poucos o meu estupor, e aí voltei a viver.

Não podia pensar naquilo. Queria um filho e queria que Pietro também quisesse. Não ia contar logo para ele. Só quando tivesse certeza.

Todos os dias acontecia a mesma coisa, o enjoo com o cheiro da aguarrás, até do óleo de linhaça. Eu não conseguia misturar as tintas. Mas à tarde me sentia ótima. Semanas depois, achei que estava mais gorda e com os seios inchados. Tinha de ser.

Isso significava que eu precisava tomar algumas providências. Naquele dia tão importante lavei o rosto, me vesti, prendi os cabelos num coque e coloquei o enfeite que foi de minha mãe. Enrolei as telas de *Susana*, de *Judith* e da *Mulher tocando alaúde* e prendi-as com um laço. Não sabia quando minha barriga iria aparecer, e me apresentar como pintora prestes a ser mãe seria incompreensível ou motivo de riso para certas pessoas. Eu queria mostrar na academia minhas quatro telas prontas, e embora tivesse terminado a *Judith*, não havia outros quadros grandes. Tinha alguns estudos mas, como não foram feitos com modelo vivo, não possuíam individualidade.

— Pronta ou não, tem que ser agora — falei para Pietro.

Ele sabia por que eu estava enrolando as telas. Para ir à Accademia. Tínhamos falado nisso antes mas, como era difícil dividir minha esperança, não falei muito.

— Por que vai agora?

— Por que sim. Prometo que amanhã eu conto.

Ele fez um olhar sombrio que não entendi. Abri a porta pensando se estava cometendo um erro.

— Conte agora.

Se eu contasse, ele podia impedir que eu fosse lá, e eu queria as duas coisas, a academia e o filho, separadas na cabeça dele. Tinha de agradá-lo. Coloquei as telas na porta e me debrucei sobre ele, que estava sentado, e enfiei os dedos pelos anéis da cabeça como ele gostava. Beijei a orelha dele e sussurrei:

— É uma surpresa para você. — Ele tentou me segurar, escapei, peguei as telas e saí.

Lá embaixo, no portão, procurei bons presságios para me darem segurança. O gerânio tinha explodido em flores vermelhas. Um casal de pássaros cantando na nossa figueira me deu bom sinal. E os sinos de Santa Croce. O céu se abria em azul pálido, liso como seda. O dia estava ensolarado, dourado. Tudo parecia cheio de bênçãos.

Com minhas telas embaixo do braço e um filho no ventre, saí para a rua, para a confusão de meninos de padarias equilibrando tábuas na cabeça cheias de pães; carrinhos de mão com figos, uvas e melões; mascates gritando seus produtos, de tigelas de cozinha a facas para vender. O estalar do chicote dos cocheiros e o estrépito das rodas passando sobre as pedras irregulares me encheram da vida na cidade. Minha cidade agora. Cidade de Masaccio, Fra Angelico, Michelangelo e eu. Artemísia Gentileschi. Talvez devesse me chamar Artemísia Lomi, nome de meus antepassados.

Quanto mais me aproximava do convento cisterciano no Borgo Pinti, onde ficava a Accademia dell'Arte del Disegno, mais difícil era tirar da cabeça o olhar de Pietro. Mandaram que esperasse numa antessala cheia de pequenos quadros mostrando São Lucas, o padroeiro dos artistas. Tentei estudá-los, mas não consegui me concentrar. Agora que estava lá, o medo me deu calor e frio ao mesmo tempo. Era a primeira vez que mostrava meu trabalho para estranhos importantes, sem a recomendação de meu pai. Eu tinha de falar por mim. Pensei no que iria dizer.

Um funcionário de rosto redondo e frívolo apareceu. Tinha um colete verde adamascado mas não usava gibão, parecendo estar em casa.

— Sim, *signorina*?

— Meu nome é Artemísia Gentileschi, sou romana. Filha de Orazio Gentileschi. Gostaria de mostrar alguns quadros meus.

— Ah, sim, *signor* Gentileschi. Sei que foi muito amigo de Michelangelo da Caravaggio.

— Sim, foi. Eu também o conheci.

— Aliás, ele morreu em circunstâncias estranhas. É bem provável que tenha sido numa briga por uma puta; estava de botas, esporas, espada e punhal, como um bandido. Foi preso e solto várias vezes por brigar com a polícia e xingar um guarda papal. E você diz que o conheceu bem?

— Não, na época eu era criança, *signore*. Meu pai...

Passei minhas telas enroladas de um braço para outro para voltar ao assunto.

— Seu pai mandou a filha trazer os quadros dele? Por que não veio ele?

— Não, *signore*. Os quadros não são dele, são meus. Também pinto.

O homem franziu o cenho, carrancudo. Fez um gesto impaciente, concordando; desenrolei as telas numa comprida mesa de madeira com altura regulável e mostrei-as. Ele levantou o tampo da mesa e tomou distância para ver, sem dizer nada. Pareceu levar um choque, que fingi não notar por polidez. Inclinou-se para mim, olhou minhas mãos e disse:

— Um momento.

Fiquei sentada esperando até ele voltar com um homem magro, de barba castanho-clara cortada em forma de espada. Os dois falaram baixo, ríspidos, na minha frente. O magro olhou de soslaio para meus dedos também, com olhos opacos, de um castanho cor de caracol. Fiz força para não mexer as mãos. Então era isso que discutiam. Eles sabiam. O mundo da arte e dos artistas era realmente pequeno. Assim, tive certeza de que precisava conseguir uma encomenda antes que minha barriga aparecesse. O que só confirmaria o que achavam e os xingamentos romanos de "puta" me seguiriam lá também. Entrelacei as mãos sobre a barriga.

O magro disse:

— Meu nome é *signor* Bandinelli, sou *luogotenente* da Accademia. Meu secretário diz que a senhorita trouxe estes quadros. Queria mostrá-los para nós?

Levantei-me.

— Para receber uma encomenda, claro.

— Os quadros são de sua autoria? Totalmente seus?

— Sim, *signore.*

Ele virou-se para examiná-los. Após alguns instantes, pigarreou.

— A maioria das pintoras que deseja se profissionalizar acha que basta fazer uma comparação conservadora com os mestres. Almejar tal singularidade expressiva — ele mostrou minha *Judith* — com *invenzione* como neste quadro pode comprometer sua precária conquista, assim como seu pedido para ingressar na Accademia que, aliás, não tem precedentes, por se tratar de uma mulher.

— Qual é o problema de pintar um tema que já foi utilizado? — perguntei.

— O problema, *signorina,* é que dar um brilho intencional num quadro de tema bíblico reduz o conteúdo espiritual.

Olhe na cara deles e não mostre medo, Graziela tinha dito.

— Talvez os grandes momentos artísticos que merecem ser lembrados não sejam apenas de elevação *espiritual.* — Eu ousava revidar o que ele disse? Sorri docemente, como se tivesse pensado melhor.

Bandinelli ficou examinando Judith e a serva, Abra. Devia saber que aquelas não eram mulheres fracas que se fortaleceram apenas por intervenção divina. Tinha de notar os braços fortes e admitir a força delas, Abra segurando Holofernes enquanto Judith o agarrava pelos cabelos. A julgar pela primeira reação de Pietro, eu sabia que os homens não gostariam de olhar aquela cena.

— Portanto, esse é um toque *caravaggesco*? A sombra no rosto dela? — perguntou o secretário.

— É, para dar efeito dramático. Para chamar atenção para o lado iluminado. E para sugerir que se trata de um ato feito às ocultas.

Detestei a mim mesma por explicar o que devia ser evidente.

Eles passaram para a *Mulher tocando alaúde* sem fazer comentários e olharam a nudez de *Susana* com o mesmo voyerismo lascivo dos anciãos na tela, como se ficassem excitados porque o quadro foi feito por uma mulher de reputação sombria. O *signor* Bandinelli franziu o cenho como se pensasse em algo. O quadro devia ser muito diferente. Não enfoquei nos anciãos lascivos olhando Susana no canto como em todos os outros quadros já pintados, os dois antecipando com alegria a conquista, enquanto ela aguardava o inevitável. Parecia que o *signor* Bandinelli não admitia que a ansiedade dela fosse o verdadeiro tema do quadro.

— É inútil e até perigoso uma pintora tentar ser original fazendo uma interpretação — disse Bandinelli, enquanto o homem de cara redonda concordava.

Concordei também, enrolei as telas e parei um instante, numa última oportunidade de receber uma migalha de incentivo.

Eles me olharam sem qualquer expressão.

— Tenho certeza de que vamos nos encontrar outra vez — falei.

Meu coração parecia tremer quando saí.

8
Palmira

ASSIM QUE APARECI NA PORTA, Pietro levantou os olhos do desenho que estava fazendo. Devagar, sem dizer nada, descansou sobre a mesa o carvão que usava para desenhar. Deixei o rolo de telas cair no chão e encostei-as na parede com o pé. Entrei na cozinha e olhei o pedaço de pão que havia sobrado do café. Pietro veio por trás, segurou nos meus ombros e deu palmadinhas como quem consola uma criança amuada. Parti o pão.

— O que você queria? Nenhum mecenas florentino comprou um quadro seu e a academia jamais teve uma mulher.

Virei-me para encará-lo.

— Mas podia, não há lei contra isso.

O sorriso torto dele, com cara de quem sabia de tudo, fez com que me sentisse boba. Que novidade, uma esposa que pinta. Que curioso. Que engraçado. Ela chegou a pensar que a academia iria aceitá-la. Boba. Pietro ia rir com os amigos na taverna e repetir o velho ditado: "Mulher é como ovo, quanto mais se bate, melhor fica."

Preparei um jantar frugal e fui dormir cedo, num silêncio amargo.

AO ACORDAR, na manhã seguinte, após um sono agitado, fiquei deitada pensando no que tinha havido na academia e o que eu teria dito de errado. Pintora, eles disseram. *Foi tudo pintado por você?* Como se meu pai tivesse guiado minha mão enquanto eu segurava o pincel. O desapontamento me deu enjoo e aí lembrei: um filho. Um calor me invadiu, contrabalançando a náusea, uma expectativa, surpreendente e estranha. Seria aquele o calor e o desejo do sentimento maternal? Nunca havia sentido, nunca ansiei ter um filho como certas mulheres, mas agora que ele estava ali, definitivo, eu sentia uma calorosa ansiedade de que Pietro também ficasse feliz.

Quando se mexeu na cama, coloquei a mão dele na minha barriga e perguntei, baixo:

— Que tal um filho aprender pintura com o pai e a mãe? Juntos.

Ele sentou-se na cama.

— É essa a surpresa?

— Hum, talvez. Seríamos a primeira família assim em Florença.

— Você está falando num filho? Quando? Logo? Um filho. Vou ter um filho lindo e sadio.

— Daqui a seis meses, acho.

— Precisamos nos preparar.

Ri.

— Ainda não.

— Vamos chamá-lo Pietro Giovanni Andrea Filippo Leonardo Michelangelo Stiattesi. Um ótimo nome para um ótimo filho.

A animação dele e o meu alívio fizeram com que eu esquecesse o desapontamento com a academia.

Parecia que eu estava com uma espécie de halo luminoso em volta e tentei fazer o máximo de pinturas possível naqueles seis meses, embora o cheiro da aguarrás me enjoasse e alguns dias eu não conseguisse produzir nada. Não queria dar muita importância a isso, apesar de parecer um mau presságio: a maternidade se opunha à pintura. Pietro foi terminar seus quadros no ateliê de um amigo e levou pincéis e tintas para o cheiro não me incomodar.

Um dia, depois que ele saiu, vi que podia pintar cobrindo o rosto com um pano. Ao voltar, ele me viu com aquela máscara.

— Tire isso — disse, ríspido.

— Por quê? Assim respiro menos a tinta e a aguarrás.

— Tire isso — repetiu ele, sem me olhar.

Não entendi por que se ofendera com aquele pano. Tive medo de perguntar, por causa da expressão sombria dele. Será que não queria que eu pintasse? Coloquei minha paleta, pincéis, garrafas de óleo de linhaça e aguarrás no balcão, fechei a porta e tirei o pano do rosto.

— Não quero mais ver você com esse pano no rosto.

Fiquei ocupada na cozinha. Fiz o jantar com macarrão, berinjela e favas no azeite, embora estivesse sem vontade de comer. Espalhei os travesseiros no banco de modelos e deitei lá com a mão na barriga para ver se sentia algum movimento da criança. Pietro e eu ficamos calados enquanto ele jantava.

— É que eu tenho tanta vontade de pintar — expliquei, calma.

Ele bateu com a colher na mesa.

— Quando eu era pequeno, minha mãe e todas as mulheres que não podiam abandonar a cidade usavam panos na cara ao primeiro sinal de peste na região. As máscaras eram para evitar a contaminação. A última vez que a vi, ela estava assim e me beijou por cima do pano, antes de meu tio levar meu irmão Giovanni e eu embora daqui.

Engoli em seco.

— Eu não sabia. — Uma gota de suor escorreu pela minha testa. — Desculpe, não vou mais fazer isso.

Ele se aproximou do banco, olhou para mim e pegou minha mão.

— Levei um susto. Não queria imaginar você...

— Está tudo bem. De todo jeito, minhas costas doem muito se fico pintando.

No dia seguinte, desenhei na cama, equilibrando meu caderno de estudos na barriga e tendo como tema o quadro de Pietro dependurado na parede em frente. Ele chegou em casa com um berço de madeira e uma colcha que colocou ao lado da cama. Sentou-se do meu lado e balançou o berço. Vi que tinham sido comprados de segunda mão, mesmo assim eram sinal da felicidade por vir.

— O que é isso no berço?

Embrulhado na colcha, havia um pote de cerâmica com tampa de cortiça. Ele pegou-o.

— O que é isso? — repeti.

Ele sorriu e me entregou:

— Adivinhe.

Sacudi o pote.

— Não faça assim, a rolha pode sair.

— É alguma coisa de comer?

— Não.

— Para o bebê comer?

— Não. Abra.

Tirei a rolha de cortiça. Dentro havia um pó amarelo e fino.

— Tem cheiro de flor. É para o bebê? — perguntei, de novo.

Ele se levantou, virou-se e mostrou o traseiro. Ficou numa pose tão engraçada que ri, apesar de minhas costas doerem.

— Quando o bebê estiver assado, você passa azeite nele e depois esse pó — disse ele, como se estivesse polvilhando o próprio traseiro.

— Onde arrumou?

— Na botica. Franco chama de unguento dessecativo.

— Como você sabe essas coisas?

Sorrindo, ele deu de ombros e empinou o queixo.

— Acho que sou inteligente.

Era estranho ele saber uma coisa que eu não sabia.

— Gostaria de fazer mais do que apenas ficar aqui — falei, tentando me acomodar melhor de lado, mas não adiantou. Nas últimas semanas, Pietro quis me ocupar mudando os quadros nas paredes do quarto, mas até desenhar me cansava e estava há dias sem fazer nada senão procurar uma posição confortável.

— Depois que o bebê nascer, você vai ficar tão ocupada que vai querer um dia só para ficar na cama.

O nascimento estava quase chegando. Era uma questão de horas. O medo subia a cada dia dos meus pés para apertar minha barriga e eu precisava de toda a força para afastá-lo. Olhei Pietro andando inclinado pelo quarto como um corvo à beira de um rochedo.

— Pare! — Estiquei a mão, ele parou e segurou-a, o teto baixo do quarto obrigava-o a ficar inclinado. Eu queria olhar bem para ele, caso fosse a última vez em que o veria.

— Quer que eu mande chamar? — perguntou pela quinta vez.

— Não. — Ele estava se referindo à parteira. No pátio, o menino que morava na casa ao lado esperava um sinal nosso para ir buscá-la.

— Se eu me levantar, acho que melhoro. — Ele me ajudou e fomos andando devagar até a sala.

De repente, um líquido morno escorreu pelas minhas pernas. Fiquei sem jeito e voltei lentamente para a cama. Logo depois, parecia que uma enorme mão apertava e dilacerava minhas entranhas. Gemi até a dor ir embora.

Pietro se ajoelhou ao meu lado e passou um pano frio na minha testa.

— Seja corajosa, *amore*.

— Não, não sou. — Aquilo me irritou, como se coragem fosse fácil. — Não sou corajosa. É que não tenho outra escolha.

— Então, seja corajosa por não ter outra escolha. — Ele sorriu de leve e vi que estava querendo ser carinhoso.

— Quero este filho, Pietro.

A mão enorme pareceu apertar e dilacerar de novo, a sensação passou, depois voltou durante uma hora. Então, veio uma dor que fez as anteriores parecerem nada. Retesei-me e quando piorou mais ainda gritei:

— Agora, chame a parteira agora!

Ele se levantou de um salto, bateu com a cabeça na viga do teto, correu porta afora e chamou o menino. Voltou antes de a dor diminuir. Tive medo.

— Se não parar de sangrar... como foi com minha mãe... se for menino... ou menina, não faz diferença. Papai logo me ensinou o nome das cores... Ah... Vermelho alizarina. Vermelho veneziano. Púrpura. Garancina carmesim, papai disse que é feito de uma planta. vermelho-escarlate. Do cinabre espanhol. Vermelho pozuelano, de um vulcão perto de Nápoles. Vermelho de Ticiano. Se... acontecer alguma coisa comigo, você ensina para ele. Ou para ela. Ensina para ela, Pietro.

Ele segurou minha mão.

— Eu ensino, prometo.

— Se eu morrer, Pietro, dê meus quadros para meu pai. Não, não dê. Ele pode olhar. Quero que ele olhe. Para mamãe. Não, não é direito. Dê para Grazie... eee... la.

— Fique quieta.

— Um para ela e outro para Paola. O resto para você.

A parteira e a ajudante entraram no quarto com uma bacia de madeira e uma cadeira de parto, com alças e correias nos braços para eu segurar e um buraco no assento. Parecia um aparelho de tortura feito pela Inquisição. Fechei os olhos.

— Pode sair, *signore,* acenda a lareira — disse a parteira.

Gritei, chorei e fiz força.

— Não, não faça força ainda, falta muito — disse a parteira.

Durante horas tentei fazer o que diziam, tentei não fazer força, pedi que me deixassem, descansei. Voltou tudo outra vez. Não sabia onde Pietro estava. Não me importava. Gritei toda vez que a dor vinha. Será que aquilo não acabava?

— Acabe com isso — gritei. — Me dê alguma coisa, eu sei que você pode parar a dor.

— Não, filha. Você nasceu para suportar esta dor. Desde Eva, esta é a parte que compete à mulher.

— Não! Eu nasci para pintar!

Veio a dor pior e mais demorada.

A parteira me colocou na cadeira.

— Agora, força para baixo! — disse ela.

Segurei firme e fiz força. Parecia que estava empurrando contra o chão. Rugi como animais selvagens. Até que veio o alívio. Sono. Eu queria dormir.

Acordei na cama. Como fui parar lá? Ondas de dor subiram da minha barriga até o alto da minha cabeça. Segurando-a. Uma menina. Que cor, garancina suave. A cara parece uma mãozinha fechada. Uma orelha tão pequena e transparente, esculpida em cera. E Pietro. Ele estava lá. De joelhos. Perto de mim, sussurrando:

— *Che amore di bambina.*

Pietro com um enorme galo vermelho na testa.

NÓS A CHAMAMOS DE PALMIRA PRUDENZIA. Palmira, pela mãe dele; Prudenzia, pela minha. Ele não pareceu nem um pouco desapontado por ser menina. Quanto a mim, estava completamente feliz. Uma filha.

Uma maravilha. Um milagre. Um dia seria uma linda mulher. Eu já sentia o efeito, uma mensageira do amor. Pietro beijou minha orelha.

— Ela está destinada a viver num palácio — previu. — Olhe a pele que tem. As veias parecem tramas de azul e vermelho como nas pedras do *palazzo* Pitti.

Um dia, escrevi para meu pai.

Você agora é avô. Ela se chama Palmira Prudenzia. Tem lábios em forma de uma flecha de Cupido, queixo pontudo e delicado e pele fina de cetim. Mamãe talvez dissesse que parece comigo. Por enquanto, o único talento dela é gargarejar, mas quem sabe? Pode ser a primeira artista nascida em Florença. Você iniciou uma dinastia. Vamos levá-la para conhecer a grande arte da cidade, como você fez comigo em Roma. Mas tenha certeza de uma coisa: ela não será humilhada em público. Vou cuidar para que isso não ocorra.

A academia não me aceitou. Ainda.

Estou ótima.

Sua filha,

Artemísia

Meu pai respondeu:

Querida Artemísia,

Quando você nasceu, eu não conseguia olhar para mais nada senão para você, tão pequena, as mãos tão novas. Lembro de ficar quase uma hora vendo seus pequenos dedos róseos tentando pegar um raio de luz. Se eu estivesse em Florença agora, seria a mesma coisa. Gostaria de cantar para cla.

A academia é tão conservadora quanto a Igreja. Ela avança a passos da espessura de um fio de cabelo, mas não pode ignorar para sempre um talento como o seu. Você se esqueceu de visitar Michelangelo Buonarroti, o Jovem? Ele teria me dito, se você fosse lá. Mora na Via Ghibellina.

Ensine a Palmira Prudenzia o nome de

Orazio Gentileschi

Levamos Palmira para ser batizada no dia 25 de março, ano-novo no antigo calendário florentino, quando todas as crianças nascidas nos últimos doze meses eram levadas ao batistério em frente ao Duomo. A fila de casais carregando seus bebês dava voltas em torno da construção octogonal. Pietro segurou Palmira para ver pela primeira vez as magníficas portas de bronze dourado feitas por Ghiberti.

— Segundo consta, Ghiberti escreveu nas portas "Veja que belas portas eu fiz".

— Podemos dizer o mesmo de Palmira — falei.

Pietro me olhou sorrindo, os olhos negros brilhando de orgulho.

Nos degraus do Duomo havia uma mendiga de pés descalços, olhar furioso e cabelos sujos, soluçando e recitando aves-marias. Eu já tinha visto penitentes assim em Florença, mas nunca tão desesperadas.

— Ela está sempre aqui na igreja da Santa Croce, ou na de San Lorenzo, se penitenciando de algum pecado — disse Pietro.

Será que era assim que eles queriam que eu ficasse no julgamento? Estremeci.

— Às vezes, ela fica até na ponte Vecchio — continuou Pietro. — Onde quer que tenha gente passando. Isso não é religião, é só para se exibir. Não preste atenção, se não, ela grita mais.

Eu nunca tinha entrado no batistério. Muitas pessoas se espremiam na porta de Pisano, a entrada sul. Em meio aos casais com seus bebês e algumas crianças chorando, apertados em volta da pia batismal, Pietro e eu parecíamos um casal normal, lado a lado, nossos corpos se tocando, oferecendo nossa filha a Deus. Naquele momento em que Palmira era ungida com os santos óleos, ficamos uma só pessoa em três: pai, mãe e filha.

Segurei no braço de Pietro e cochichei:

— Ela agora está entre todos os grandes artistas, escultores e poetas de Florença que foram batizados aqui neste mesmo lugar. Deus abençoou o trabalho deles. — As esperanças que eu tinha nela transbordaram em lágrimas.

Em meio ao borrão das lágrimas olhei o Cristo de mosaico no altar e me encolhi sob seu olhar penetrante. De um lado, Ele recebia os bons no Céu; de outro, os maus eram devorados por demônios.

Os tormentos do Inferno eram mostrados com tanto esmero quanto as bênçãos do Céu. Os pequenos mosaicos quadrados de vidro vermelho, azul e dourado mostravam detalhadamente pessoas sofrendo todos os tipos de queimadura e espancamento, fervidas em barris, com as entranhas arrancadas. Talvez fosse superstição, mas coloquei a mão na cabeça de Palmira para ela não ver aquelas cenas.

— Quem fez o teto? — perguntei.

— Não se sabe — respondeu Pietro.

Aquela obra era de um tempo em que os artistas trabalhavam, anônimos, só pela glória de Deus. Não eram gente de verdade, com amores e medos, com filhos, talvez. E pensar que tais maravilhosos artistas já estavam esquecidos. Um enorme buraco me engoliu e ameaçou estragar a alegria do dia. Ninguém sabia nem o nome deles.

PALMIRA BALBUCIAVA NO BERÇO QUE nós balançávamos com os pés enquanto pintávamos. Eu sentia uma alegria nova e completa, apesar de passar pouco tempo pintando, no intervalo entre as mamadas. Às vezes, como meu pai escreveu na carta, eu não conseguia trabalhar, não conseguia tirar os olhos da boca bem desenhada de Palmira soprando cuspe ou de suas pequenas unhas que pareciam flocos de cera. Outras vezes, quando eu estava absorta pintando algum detalhe difícil (um olho, mão ou pé em perspectiva), os gritinhos dela tiravam minha concentração e eu precisava de mais tempo para voltar ao ponto em que estava antes. Quando começou a engatinhar, quase comeu um pote de amarelo napolitano que deixei num banco baixo demais.

— Olha, ela está com sede de arte — mostrei para Pietro. Palmira deu ao nosso casamento um verniz de normalidade.

Uma vez, Pietro nos usou como modelos para um quadro de *Madona com criança*. Vestiu-me um manto de veludo azul com listras rosa, emprestado, e colocou Palmira dormindo no meu colo. Mandou que eu olhasse para ela, o que jamais me cansei de fazer.

— *Che bellina*, minha filha linda — eu sussurrava.

De vez em quando, ela chutava minha barriga com os pezinhos. Pietro nos olhava firme, pintando a cena por horas, e mais que nunca me senti próxima do amor.

Apesar de tanta esperança, ficar sem produzir por tanto tempo me deixava inquieta. Eu queria segurar minha filha e também queria pintá-la. Pensei em quantas modelos nos últimos duzentos anos quiseram estar do outro lado do cavalete, enquanto posavam de Madonas, Evas, Marias Madalenas, Vênus, Dalilas, Salomés, Judiths.

— Você teve alguma modelo que quisesse pintar?

— Nunca perguntei.

— Mas deve ter alguma nessa cidade. Estou querendo descobrir.

— Silêncio.

No fim da sessão de pose, deixei Palmira no berço e dei uma olhada no quadro. Levei um choque: meu rosto estava oval demais, meu pescoço fino demais, meus dedos compridos e finos demais.

— Essa não sou eu. Não é por falta de talento, você é um ótimo pintor. Você quis me retratar assim — observei.

Ele ruborizou ao olhar a tela.

— O que eu sou? Apenas um esqueleto para cobrir com roupas e refletir a luz? Você só viu as dobras do tecido, Pietro, por quê?

Ele ficou limpando a paleta, sem me olhar.

— Tem um motivo.

— Qual?

Ele pensou um instante, descansou a paleta e foi para a porta. Corri para não deixá-lo sair.

— Diga!

— Quer mesmo saber?

— Quero.

Ele parecia aborrecido.

— Dom Carlo, que encomendou o quadro, a conhece. Você o encontrou uma vez, lembra? Ele sabe como você é. Sabe o que aconteceu em Roma.

— E daí?

— A sua fama. Não posso colocar a Madona com o rosto de uma mulher manchada.

— Manchada! Pietro, você acha mesmo que sou uma mulher manchada?

— Claro que não, mas o que acho não interessa — disse ele, calmo. — Dom Carlo... recusaria o quadro.

Senti uma fraqueza, encostei na mesa, de costas para ele. Ele se aproximou e segurou nos meus ombros.

— Eu não queria lhe dizer.

Concordei.

— Será que essa fama nunca vai me largar? — Virei-me para ele, ofendida, mas não por causa dele.

Encostou minha cabeça no seu ombro.

— Um dia, vou pintar você num vestido dourado e todo mundo vai saber quem é. Vai ficar tão lindo que não vou deixar ninguém comprar o quadro. Nem mesmo Cosimo Médici. Nem mesmo o papa! — disse ele, levantando o braço para o alto.

Ri da animação dele. Pintar quadros para ficar com eles parecia bobo. Nós dois tínhamos o que fazer.

— Amanhã continuamos, sim?

Eu não queria que ele tivesse outra modelo e olhasse para ela como queria que olhasse para mim. Onde uma coisa dessas poderia acabar? E ele tinha dito que as florentinas são lindas.

No dia seguinte, pelo tempo que ele precisou de um cabide para dependurar o manto azul da Madona, fiquei parada e em silêncio, posando e esperando ser amada.

Ele vendeu o quadro por um bom preço e ficamos contentes. Quando visitávamos igrejas, ele punha Palmira no colo e ficávamos de braços dados. Nos Uffizi, que agora abriam para visita de artistas um dia por semana, Botticelli derramava sobre nós a doçura da vida. Na *Vênus* saindo do mar dentro de uma concha vi nossa filha como uma linda e encantadora jovem que não tinha consciência da própria beleza. Na frente da *Primavera* a mão rechonchuda de Palmira tentou pegar a imagem de Flora, atraída por seu traje colorido.

— Por que ela prefere essa figura entre as outras? Ela é apenas um bebê.

— Não vai ser por muito tempo. Daqui a pouco, vai preferir roupas bonitas — disse Pietro.

Será que desde cedo as pessoas já demonstram suas tendências? Será que o bebê Michelangelo teve alguma reação frente à estátua de Donatello que mostra o jovem Davi? Será que toda vez que via uma escultura num nicho ele esticava a mãozinha que um dia seguraria o buril de escultor? Pensei que idade teria eu na primeira vez que meu pai me mostrou os quadros de Roma. Será que meus olhos examinaram, ansiosos, as cores e formas?

Pietro e eu pintávamos lado a lado, com Palmira engatinhando entre as pernas de nossos cavaletes. Quando começou a andar, tropeçou no cavalete de Pietro e derrubou-o em cima dela. Chorou, nós corremos para acudir.

— Pssiu, Palmira, está tudo bem, mamãe está aqui. Papai também.

O corpinho dela estremecia aos soluços e apertei-a no colo, me sentindo um pouco indefesa. Pietro segurou os pés descalços dela.

No dia seguinte, ele fabricou um móvel para colocar crianças pequenas. Consistia num mastro que ia do chão ao teto e tinha uma barra lateral na altura da cintura dela. Nós a prendíamos com um pano no mastro e assim ela podia dar voltas sem ficar no nosso caminho enquanto trabalhávamos, mas continuando perto de nós. Fiquei tão emocionada com a ideia de Pietro que escrevi contando do móvel para Graziela e Paola. Ele viu que eu podia ser pintora e mãe. Não eram muitas mulheres que podiam dizer isso do marido.

9

Inclinazione

Juntei várias telas e me senti segura para mostrá-las a Michelangelo Buonarroti, o Jovem. Tinha de escrever uma carta de apresentação para ele, mas como não sabia usar o estilo floreado que a carta exigia, pedi para Pietro escrever, dizendo que meu pai já havia me recomendado antes e pedindo uma entrevista.

— Seu pai conhece Buonarroti?

— Conhece, há muitos anos.

— Não vou escrever.

— Pietro, por favor. Não sei usar palavras difíceis. Dite o que devo escrever e eu assino Artemísia Gentileschi, esposa do pintor Pierantonio Stiattesi. Assim ele fica conhecendo você também.

Ele concordou. Arrumei uma pena e escrevi o que ele ditou.

— Fale mais devagar — pedi, caprichando em cada letra.

A resposta veio logo: um convite para ir à casa de Buonarroti na Via Ghibellina. Pietro leu, arqueou a sobrancelha, mas não disse nada. Fui sozinha ao encontro e consegui chegar, depois de tropeçar numa pedra da rua e receber espirros de água de uma carruagem que passava. Ansiosa e ofegante, estava na frente de uma porta estranha, numa rua estreita. Um menino que fazia as vezes de criado me acompanhou ao andar de cima, passando por uma antessala vazia e um parlatório retangular, de teto revestido de madeira. Um homem de *lucco* verde, sem mangas, passava uma pilha de papéis de uma mesa alta para uma mesa comprida no meio da sala. O criado anunciou meu nome.

— Ah, *signora*, eu a aguardava — disse ele, com a voz macia sob o bigode espesso.

— Desculpe a demora, senhor, eu não conhecia o caminho.

— Eu quis dizer que esperava sua visita desde que seu pai me escreveu. Você devia ter vindo aqui logo que chegou a Florença.

— Eu não sabia.

— Não tem importância. Mostre os trabalhos que trouxe.

Ele afastou livros e pastas para dar espaço na mesa de madeira polida com moldura de pedra entalhada. Abri os novos estudos e desenhos. Ele olhou com atenção, cofiando a barba afilada enquanto resmungava alguma coisa. O som parecia apreciativo. Prendemos *Judith* e *Susana* nas mesas de desenho. Ele levantou os tampos das mesas, deu um passo atrás e desenrolei as telas. As sobrancelhas dele se juntaram e um sorriso brincou em seus lábios.

— Exatamente como seu pai escreveu.

— Gosta, *signore*? — ousei perguntar.

Buonarrotti deu uma risadinha e me olhou com carinho inconfundível, mesmo sob aquela barba espessa.

— Sua *Susana* é de carne e osso. As rugas no pescoço, as marcas sob os braços, a dobra na barriga: pintores homens não pensariam nesses detalhes. E essa *Judith* tem uma composição muito difícil, ao mesmo tempo em que é tão real e verdadeira como se você tivesse estado lá. Sua interpretação da cena vai mudar o que o mundo pensa dessa mulher.

Meu coração bateu tão forte que achei que Buonarrotti fosse ouvir.

— Obrigada, senhor.

— Estou transformando as salas deste andar numa galeria em homenagem ao meu tio-avô, Il Divino. Esta aqui vai ser uma alegoria das qualidades e conquistas dele. Muitos artistas vão colaborar. Todas essas paredes estarão cheias de quadros.

Olhei para cima e vi nichos com molduras pesadas, de arabescos dourados sobre branco.

— Posso lhe encomendar um painel em *quadro riportato,* sob medida? — perguntou.

Inclinei a cabeça e fiz uma pequena reverência da forma mais elegante que pude.

— É o meu maior desejo.

— Uma figura, um nu feminino. Quero que represente a *Inclinazione*, para significar o talento natural do Divino, que você compartilha com ele.

Não consegui controlar meu rosto para demonstrar apenas modéstia. Ele deu um sorriso paternal e olhou a *Susana* outra vez.

— O seu quadro vai ser o único nu feminino. Sem dúvida, você tem talento para retratar o corpo feminino, com a vantagem de conhecer o próprio corpo. A Accademia proíbe que as modelos posem nuas. Então, os pintores são obrigados a imaginar como é o corpo feminino e usam jovens rapazes como modelos, mas a imaginação deles não é confiável. Em todos os quadros, os pintores criam apenas o ideal. Os toques de realismo que você dá não fazem parte da concepção deles. — Ele riu quase fechando os olhos, como se desfrutasse antecipadamente de algo que ninguém tinha.

Abriu um exemplar da *Iconologia,* de Cesare Ripa, igual a que meu pai tinha, e encontramos a *Inclinazione* segurando um compasso e com uma estrela brilhando acima dela, como se a guiasse.

— Faça-a com fundo de céu azul. Dê a ela um toque de orgulho. Pode escolher a modelo que quiser, terá uma boa ajuda em dinheiro. Saiba que é um prazer para mim encomendar esse quadro.

— Começo amanhã mesmo. Com todo o empenho.

ERA A MINHA PRIMEIRA ENCOMENDA! Tive vontade de ir pulando e gritando a novidade de Florença a Roma. Não sabia se haveria encomenda se meu pai não tivesse escrito para ele, mas não pensei nisso. Num ímpeto de esperança e animação dediquei-me com afinco aos estudos preliminares assim que cheguei em casa. Pietro olhou em silêncio do canto da sala, de braços cruzados. Não contei o que Buonarroti disse do meu talento.

— Onde encontro uma modelo? — perguntei.

— Na academia.

Achei que era uma ótima oportunidade para mostrar à academia que mesmo sem a ajuda deles havia recebido uma encomenda de alguém importante.

— Vou lá amanhã — anunciei.

— Quem vai tomar conta de Palmira? Preciso trabalhar. — A voz dele era sem expressão e definitiva.

— Não vou demorar.

— Vou desenhar estátuas dos Uffizi.

— Eles deixam você fazer isso?

— Tenho um amigo que é porteiro lá. Ele nos deixa entrar.

— Nós?

— Meus amigos e eu.

— Não posso levar Palmira para a academia.

— Deixa-a com Fina.

Eu encontrava Fina quase todos os dias na escada ou no pátio, pegando água no poço, e sempre conversávamos um pouco, mas nunca estive na casa dela, que ficava no andar acima do nosso. Sempre que via Palmira, ela chamava-a de nomes engraçados e carinhosos como Stella del Mattino, se era de manhã, ou Diva del Lungarno, se Palmira estivesse chorando. Às vezes, fazia um carinho em Palmira, ou mexia com ela. A primeira vez que deixei Fina segurar minha filha, o rosto dela brilhou como se estivesse iluminado por dentro e ela murmurou:

— *Fiore Dolce.*

Subi a escada para pedir. A porta estava aberta e Fina cantava enquanto lavava roupas. Fiquei surpresa com sua forte voz de contralto. Era óbvio que ela estava contente.

— Que dia lindo — disse, como quem garante.

— Como sabe? Não saiu de casa.

— O dia entra pela casa, se você deixar. As janelas estão todas abertas. Você ouviu o tordo cantando?

— Não, acho que não.

Fina parecia estar com a beleza do dia no rosto, pois mesmo suas feições simples e arredondadas eram agradáveis.

— A música que você estava cantando me lembra minha mãe. Ela estava sempre cantando em casa. Meu pai também. Canções alegres sobre aventureiros, as lutas dos *condottieri* e as apostas para ver quem conseguia beber mais. Já as canções de minha mãe eram dos trovadores.

— Cantar ajuda a levar a vida.

Parecia que a casa dela consistia apenas num grande sótão com cama, uma mesa pequena, arca, estufa a azeite, lareira, pia e banheira. Um detalhe chamava a atenção: uma poltrona que um dia foi bonita, com assento e encosto de veludo gasto com franjas de seda esfiapadas e tachas de bronze. Já tinha visto melhores tempos. Havia roupas espalhadas por toda parte.

— Toda essa roupa é sua? — perguntei.

— *Madonna*, não! Você acha que sou rica? As roupas são da família que mora na casa embaixo da sua.

Ajudei-a a desamassá-las com um batedor de roupa de madeira enquanto ela derramava água quente na banheira.

— Você lava roupa para fora?

— Sim, inclusive para Pierantonio, antes de casar com você.

— Há quanto tempo você o conhece?

— Desde que ele era só uma coisinha na barriga da mãe.

Fiquei curiosa de saber como era quando menino e o que mais ela sabia, mas só poderia perguntar depois de conhecê-la melhor.

Ela se debruçou na janela para dependurar algumas roupas nos dois varais horizontais.

— A *signora* Bruni, que mora no térreo, não quer varal no nosso pátio, pois as visitas dela podem ver, então dependuro aqui na janela. É uma mulher boba, pois agora todo mundo que passa na rua vê as roupas.

— Tenho um trabalho para você, mas não é lavar roupa.

— Não tem muitas outras coisas que eu faça bem. O que quer?

— Você sabe que sou pintora e acabo de receber uma encomenda ótima...

— Pinta? Como seu esposo?

— É.

— Por dinheiro?

— É.

— *Mamma mia*, se é por dinheiro, acho que ele deixa. Imagina, uma mulher pintando para ganhar dinheiro. Não é posando para pintura? Sabe que é muito bonita, não?

— Não sou modelo. Sou pintora. Acha absurdo?

Ela inclinou a cabeça e esticou o lábio inferior fazendo uma sombra de bigodinho no lábio superior.

— Tenho de ir à Accademia del Disegno amanhã e Pietro não pode tomar conta de Palmira enquanto saio. Posso trazê-la para cá?

— Ah, é o que você queria? Claro, traga. Sabe que adoro a pequena *principessa*.

— Pode ser que eu precise outras vezes, Fina, se você puder. Claro que eu pago.

No dia seguinte, na Accademia, o camareiro de cara enjoada me viu, torceu o nariz e perguntou:

— O que deseja?

Dessa vez, eu não ia passar dos limites.

— Quero informações sobre modelos mulheres, senhor.

— Temos uma lista de nomes para os artistas consultarem quando precisam. — Pegou uma pasta de papéis amarrada com uma tira de couro e colocou-a sobre a mesa. — Você pode escrever seu nome — disse ele, empurrando um tinteiro para mim. — Se souber escrever.

Tire o mofo dos miolos, pensei.

— O senhor deve lembrar que sou pintora. Quero uma modelo para uma encomenda do *signor* Buonarroti para a galeria que fará em homenagem. O senhor deve saber do que se trata.

Ele ficou emburrado.

— A lista é para uso exclusivo dos membros da academia — disse ele, juntando os papéis.

— O *signor* Buonarroti é membro?

— Claro.

— Então vou escolher uma modelo para ele.

Ele fungou e disse, ríspido:

— Consulte a lista.

Não devo parecer convencida, pensei. Não devo fazer com a boca aquela expressão de solene desprezo que minha mãe detestava. Só devia fazer o que precisava, agradecer e ir embora.

Copiei cuidadosamente vinte nomes e endereços, depois paguei o *messaggero* da academia para avisar cada uma das modelos que eu escolheria uma na próxima sexta-feira, na minha casa.

Muitas mulheres apareceram, enquanto Pietro saiu para um barbeiro de rua e, depois, foi desenhar nos Uffizi outra vez. Mandei uma moça de cada vez tirar a roupa, mas em geral me desapontei com o que vi. Gostei do rosto de uma, dos seios e ombros de outra, do corpo e do ventre de uma terceira. Talvez fosse assim que os homens pensavam ao ver uma mulher na rua. Escolhi Vanna, uma linda loura de pele cor de mel, esguia e com a combinação certa de força, leveza e graça. Minha única preocupação foi com o fato de ela fungar constantemente.

Fiquei alegre e generosa e tive uma ideia que faria Pietro ficar em casa, em vez de nos Uffizi, e que seria vantajoso para ele em relação aos amigos da academia.

— Meu esposo, Pierantonio Stiatessi, é ótimo pintor. Você se importa se ele a desenhar enquanto faço os estudos preliminares? Nua, claro.

Ela pensou um instante e perguntou:

— Paga o dobro?

— Mais metade do preço.

— Certo. Se você não sair da sala.

— Claro.

— E nenhum dos dois contar na academia.

— Certo.

Na manhã seguinte, Pietro e eu pusemos nossas pranchas de desenho nos cavaletes e aguardamos Vanna no ritual de tirar a roupa devagar, dobrando com cuidado cada peça antes de tirar a próxima. Ela deixou óbvio que procurava não olhar para Pietro, mas os movimentos lânguidos mostravam que sabia, de um jeito ingênuo, que ele estava observando seu corpo nu. Dei algumas instruções, ela fez o movimento que pedi e comecei a desenhar.

Pietro, não. Embora eu só olhasse para Vanna e dela para o meu desenho, vi que ele passou um bom tempo sentado, imóvel. Tentei perceber pela expressão de Vanna como Pietro a olhava. O jeito como ela levantava a cabeça, empinava o queixo e baixava os olhos, mostrava segurança, orgulho da própria beleza, até um pouco de arrogância. Em pouco tempo eu estava mergulhada no trabalho e tudo em silêncio, exceto pelo som de nossos carvões arranhando no papel, o fungar de Vanna e o pigarrear de Pietro. Depois de trabalhar um pouco, Pietro afastou seu cavalete do meu para ter um ângulo diferente. Foi boa ideia. Assim, um não sofria a tentação de olhar o desenho do outro.

Quando passei para a última pose, Vanna olhou longamente para Pietro enquanto estava de costas, se vestindo. Recebeu com uma dignidade afetada as moedas que entreguei.

— Quer que eu volte amanhã? — perguntou, antes de fungar.

— Sim, quero que venha todos os dias.

À tarde, Pietro e eu estudamos os esboços. Ele usou a mão mais pesada e segura e extraiu a enorme sensualidade da figura, mas não viu o que vi: os músculos dos seios que começavam nas axilas e as covinhas na mão dela.

— Seu traço é mais seguro e você fez melhor a perspectiva do pé. Olhe aqui e aqui. Por que tenho tanta dificuldade em fazer isso?

Ele levantou os ombros, devagar, mas não respondeu.

Na manhã seguinte, Pietro pôs a prancha de desenho no cavalete e prendeu uma folha de papel. Quando Vanna chegou, os dois se olharam de um jeito que fiquei desconfiada. De repente, ele saiu da sala dizendo que tinha de resolver uma coisa na rua. Parecia bem fora de propósito desperdiçar uma oportunidade como aquela.

Vanna começou a se despir.

— Hoje não precisa tirar toda a roupa, só os sapatos e levantar a saia. Sente aqui na mesa para que seus pés fiquem sem apoio.

— Ele não quer que você pinte — disse Vanna.

— Como sabe?

Ela deu de ombros.

— Eu vejo.

— Você não é paga para ver, mas para posar.

Passei o dia todo esboçando só pés e tornozelos, esqueci o resto. Desenhei pés vistos de lado pela esquerda, à direita, de lado e de frente várias vezes, depois fiz pequenos estudos. Fiquei satisfeita com o resultado e liberei Vanna para ir embora.

Logo que ela saiu, Pietro entrou, apressado e firme, jogou o gibão numa cadeira, me pegou pela cintura e me rodou pela sala.

— Recebi uma encomenda. Começo amanhã.

— *Buono*. De quem?

— Uma igreja no Monte Uliveto. — Ele se serviu de vinho.

— Então não poderá desenhar a modelo. Qual é o trabalho?

— Um afresco.

— Você nunca fez afrescos.

— Só como aprendiz.

— Será em teto ou parede? — Fiquei atrás dele quando se sentou e esfreguei seus ombros onde, certamente, iria doer depois que ele fizesse aquele trabalho.

— Parede.

— Que bom. Você escolhe o tema?

— Não, é... — Ele bebeu um gole do vinho e olhou de soslaio para os desenhos que fiz dos pés. — É para restaurar um afresco.

Qual a vantagem daquele trabalho? Pelo jeito como Pietro partiu um pedaço de pão e olhou meus desenhos, vi que não devia perguntar, mas senti um vago desconforto.

Nas semanas seguintes, ele só saiu depois de Vanna chegar. Trocavam algumas palavras e ele ia embora. O trabalho fora de casa pode ter sido uma coincidência, ou pode ter sido uma generosidade dele me deixar só com a modelo. Não perguntei. Trabalhei. Papai tinha me ensinado que, quanto mais simples o fundo do quadro mais nítida deve ser a figura. Assim, só com o céu e nuvens atrás dela, fiz três vezes mais estudos do que em qualquer outro quadro.

—Você me dá opções demais — disse Buonarroti, rindo. — Assim a cabeça do velho fica girando.

Ele havia espalhado todos os desenhos no chão da grande sala de teto de madeira e olhou-os de longe, depois de perto. O piso de madeira rangia enquanto eu aguardava, até que ele escolheu um nu sobre uma nuvem cinza, com as pernas esticadas para a frente, numa onda branca. O pé da frente estava em perspectiva. Senti uma súbita alegria.

— O quadro vai ficar exatamente ali — disse ele, mostrando um canto do teto bem à entrada. Depois, anotou num papel as medidas que a tela deveria ter e me entregou.

— Agora, venha, quero lhe mostrar uma coisa. — Ele sorriu, antecipando algum prazer, e passei atrás na escada estreita até um pequeno pátio interno sem plantas, com uma fonte no centro. Ele se encaminhou para um caixote de madeira que estava sobre as pedras do pátio. — Chegaram ontem — disse ele, levantando a tampa e afastando a palha de proteção. Em meio à palha, havia um baixo-relevo da *Madona com menino* ao lado de uma escada. — É a primeira obra dele, feita quando tinha apenas dezesseis anos.

— De Michelangelo? — Respirei, mal conseguindo acreditar.

A placa de mármore estava lá, descuidada, num caixote. Inclinei-me, ousei tocar no caixote que parecia tão sagrado quanto a manjedoura. A *Madona* tinha uma graça ingênua, amamentando o menino cuja cabeça estava no meio do manto, com a pequena mão e o braço para trás em abandono, os dedos dobrados exatamente com os de Palmira.

— Ele consegue tanta expressão em tão pouco relevo. — Minha vista turvou-se. — Ela me faz sentir que a maternidade é sagrada.

Notei o pé da Virgem e vi que o tornozelo era largo para um pé tão pequeno. Até Michelangelo tinha dificuldade em desenhar pés, quando era jovem.

— O baixo-relevo pertencia aos Médici, mas Cosimo doou-o agora para a galeria, desse modo ele voltou para casa — disse ele, baixo.

Olhei para Michelangelo, o Jovem, que tinha de novo aquela ternura no rosto que me lembrava o tio-avô dele no afresco da igreja de Santa Trinità.

— Ele parecia com você? — perguntei.

— Pode comparar.

Ele me levou para um pequeno ateliê no térreo, cheio de cestas de cartas colocadas sobre bancos e com um retrato na parede. O rosto tinha a mesma ruga sombria que ia das narinas ao bigode, as mesmas curvas até os sulcos da testa, as mesmas três linhas no canto dos olhos, o mesmo olhar suave e penetrante do homem que estava ao meu lado.

— Que responsabilidade mostrar essa parecença ao mundo. Você o conheceu?

— Ele já estava velho quando eu era menino. Uma vez me disse: "Trabalhe, Michelangelo, e não perca tempo."

— Bom conselho para mim também — concluí, olhando o retrato.

NA VOLTA PARA CASA, foi a *minha* cabeça que girou. Tinha visto a primeira obra de Michelangelo, tinha visto o rosto dele e o descendente queria que eu o homenageasse com um quadro. Uma encomenda tão importante e, com as moedas que ele me deu para comprar material, eu estava realmente com uma vida de artista na maior cidade artística do mundo.

Parei no nosso boticário, Franco. Estantes cheias de garrafas e potes lacrados com cera; raízes e galhos com folhas secas dependurados do teto. Bandejas com cubos de pigmentos enrolados em papel e marcados com um polegar para identificar as cores: tudo isso estava à minha espera em filas arrumadas. Podia comprar qualquer uma.

— *Buon giorno, signora.* Como vai a *bambina*? — perguntou Franco.

— Crescendo rápido. É a alegria da nossa vida.

— Veio comprar mais talco perfumado?

— Não, quero pigmentos.

Escolhi alabastro para a cor da pele, vermelho espanhol para os pontos luminosos, fios de açafrão para triturar, argila ocre para secar e moer. Acrescentei bastante grafite cinza e branco para as nuvens e disse:

— Tenho de fazer um céu bem azul.

— Tenho um ótimo *azzurro dell'Allemagna* — disse Franco, lambendo restos de comida entre os dentes e o lábio.

— Não, desta vez quero ultramarino puro.

Ele me examinou sob as grossas sobrancelhas.

— Pedras de lápis-lazúli são caras como ouro. É para Pierantonio?

— Que importância tem para quem é?

Ele ficou indeciso, lambendo o lábio e os dentes outra vez.

— Se você não tem, diga, procuro em outra botica. — Coloquei minha sacola sobre a mesa com força para ele ouvir o tinir das moedas.

Ele resmungou alguma coisa, virou-se e abriu um armarinho. Trouxe um saco de pano bem amarrado, abriu-o e mostrou as pedras.

— São do Extremo Oriente — disse, dando um tom misterioso e sussurrado. — Pense em quantas mãos estrangeiras passaram até chegar aqui.

— É, cada mão aumentando um pouco mais o preço. Quanto é?

— Qual das pedras? — perguntou ele, segurando a maior.

— Todas.

Ele arregalou os olhos, acertamos o preço.

— Posso saber quem vai ter esse quadro? — perguntou.

Peguei minhas compras e desenhos, virei para ele da porta, sorri satisfeita e respondi:

— A cidade de Florença.

CONTRATEI UM MARCENEIRO para fazer o chassi alto e fino nas medidas que Buonarroti deu para uma figura em tamanho natural e também um cavalete maior e uma caixa para meus desenhos, pincéis e pigmentos. A partir daquele dia, passamos a ser uma família com dois artistas. Talvez, um dia, três.

Preparei a tela e moí os pigmentos, mas só ia juntar o óleo de linhaça no dia de usar as tintas. Com Vanna posando, fiz um esboço em tinta, e as semanas voaram na alegria de dar forma através da cor e da sombra. Trabalhei muito animada, esquecida de tudo, exceto do prazer de criar com cores. Estava fazendo o tornozelo quando ouvi a voz de Palmira como se viesse de uma terra distante:

— *Mama*, estou com fome.

Levei um susto. Já era fim de tarde.

— Ah, querida, desculpe. Já vamos comer.

Rápido, fiz uma pasta de *pici* que sobrou do dia anterior. Juntei favas cruas com azeite, queijo *pecorino* e pimenta-sino para Vanna comer conosco também. Cortei uma fatia do queijo, coloquei mel e dei para Palmira.

— Ter uma filha traz essa vantagem, obriga você a parar de trabalhar e assim podemos comer — disse Vanna.

— É, as crianças são tão boas quanto esses novos relógios de carrilhão que inventaram agora — concordei, colocando um prato de figos para ela. — Você nunca pensou em pintar? — perguntei.

— Não. Para que tanto trabalho? Os homens pintam, as mulheres posam. É assim que deve ser.

— Se acha, por que veio, sabendo que sou pintora?

— Preciso do dinheiro. Sou sozinha, com dois filhos. Você sabe tão bem quanto eu quais as opções que me restam.

Pensei no que teria acontecido com o marido dela, se é que algum dia teve um, mas, por respeito à privacidade dela, não perguntei.

— Acha que vai ficar famosa como modelo?

— Sim. Podem não saber meu nome, mas vão me ver numa parede ou num teto de *palazzo* onde eu jamais poderei entrar.

— E gosta de pensar nessa fama?

— Claro. — Ela parecia ao mesmo tempo defensiva e distraída, uma estranha combinação. — Alguém que me veja num quadro pode me reconhecer numa *piazza* ou numa rua e me olhar de novo. Ou até falar comigo, pode ser.

— É, pode. E tem também o futuro.

— Você quer dizer quando nós duas já estivermos mortas? — Ela empinou os ombros, o que fez os seios se destacarem. — Eu vou viver muito mais tempo do que qualquer artista que me pintar. E com a mesma aparência que tenho hoje.

Não tive o que dizer. Ela só via a superfície das coisas. A minha contribuição era, para ela, imaterial e, portanto, de pouca consequência.

— Seus filhos gostam de figos? Leve um pouco para eles — falei, enquanto ela fazia uma expressão arrogante. — Por favor, leve, a figueira no pátio dá mais frutos do que comemos.

— Eles vão ficar chocados com o realismo — disse Buonarroti, olhando o quadro pronto num cavalete na sala de recepção.

— Uma mulher nua sobre uma nuvem é realista?

Ele riu.

— Uma mulher. Real, rosada, de carne e sangue. Ela é diferente.

— A modelo vai gostar de saber o que você acha.

— A academia, Bandinelli, Cosimo, todos eles verão o quadro e ficarão encantados — disse ele, enquanto contava 34 florins de ouro na mesa, colocava-os num saquinho de veludo marrom e me entregava. Ele sorriu. — Quer saber qual a parte dela que eu gosto mais?

Os seios? As coxas? Eu não tinha ideia, mas disse:

— O rosto.

— Não. É desse braço esquerdo roliço com o lindo cotovelo. Você é um novo Rubens. E sou a primeira pessoa em Florença a reconhecer isso.

— Fico eternamente grata.

De costas para mim, ele mexeu em papéis e penas de escrever numa gaveta da mesa e tirou um pincel da grossura do meu indicador. O comprido cabo era de nogueira com a virola de metal e fios de zibelina. Entregou-me o pincel.

— Olha, guarde isso, foi do meu tio-avô.

— De Michelangelo?

Ele se inclinou para mim, de um jeito divertido e paternal, concordando com a cabeça.

— É o único tio-avô pintor que tive, só pode ser ele.

— É um tesouro! Jamais vou usar.

— Ah, use sim. Que sirva para lembrar que existe um critério no talento que Deus concede — disse ele, balançando o dedo para mim. — O talento não pode ficar escondido. — Olhou de novo meu quadro e disse: — Cada beleza vista ali lembra, acima de tudo, aquela fonte celestial de onde todos viemos. Esta frase é de um poema que ele escreveu.

— Deus escreveu? — brinquei.

— Não, Michelangelo.

— Dá no mesmo.

AO CHEGAR EM CASA, enfileirei as 34 moedas com os lírios esculpidos para cima para Pietro ver. Lembrando o que irmã Graziela disse, não mostrei o pincel que ganhei. *Seja sensata.*

Enquanto aguardava Pietro chegar, fiquei inquieta, numa insatisfação que não senti ao terminar *Susana* e *Judith*. Aquele quadro, *Inclinazione*, podia ter ficado lindo. Podia parecer real, mas faltava alguma coisa. Para mim, o prazer tinha sido visual, de criar a forma através da cor; e táctil, de misturar a tinta cremosa e espessa na minha paleta, mas não era um prazer intelectual. O quadro não tinha *invenzione*. Não contava uma história. Fui paga pela técnica, não pela arte.

Resolvi não escrever para meu pai falando nisso.

— Não acredito — disse Pietro quando chegou em casa e viu as moedas. Parecia incapaz de fechar a boca enquanto contava. — Buonarroti pagou apenas dez moedas de ouro aos outros artistas que fizeram quadros com uma única figura.

— Como você sabe?

— São coisas que a gente fica sabendo. Faz parte do negócio.

NAQUELA NOITE, na cama, ele ficou imóvel como uma pedra.

10

A Academia

Lavei os cabelos e limpei com um graveto a tinta que havia ficado sob minhas unhas. Lustrei os velhos sapatos com banha de porco e passei água no meu vestido bonito, cor de vinho. Depois de molhado, o corpete não ficou ruim, mas a saia parecia um trapo. Suando frio de nervoso, levei tudo para Fina.

— Bendita menina. Não deve enfiar na água um vestido tão fino. Basta limpar o que está sujo. Agora vamos levar um bom tempo para conseguir que fique decente outra vez.

— Estraguei o vestido?

— Ponha mais lenha no fogão.

Fina me ensinou a passar o vestido usando dois ferros em forma de arcos pontudos que ela aqueceu no forno. Mas eu fazia mais dobras no pano do que alisava, então me mandou abandonar a tarefa.

— Segure a saia para não arrastar no chão que está sujo.

Levamos quase a tarde inteira para aprontar o vestido.

— A partir de agora, vou pagar para você lavar toda a nossa roupa.

— Escute, aonde vai com esse vestido?

— O convite da Accademia del Disegno diz: "Cerimônia para sócios e exposição comemorativa do dia de São Lucas."

— E então? — Ela me olhava, curiosa.

— Buonarroti, o homem que me fez a encomenda, mostrou o quadro para os sócios da academia. Acho que vão me aceitar lá.

— E Pierantonio? Também foi convidado? — Ela fez uma cara feia para a saia enquanto passava.

— Não.

— E o que ele disse?

— Não disse.

— Cuidado, é só o que tenho a dizer.

— Cuidado. Como posso ter mais cuidado do que já tenho? Tive de mostrar o convite para ele.

Quando Pietro leu, sorriu e fez com a boca aquele movimento para o lado. Falei:

— Aquele camaroteiro convencido, com cara de massa de pão. Vai ver que pôs meu nome na lista de modelos. Acha que o convite é por isso?

Pietro me olhou como se eu fosse uma idiota que incomoda as pessoas na rua e perguntou:

— Como vou saber?

Ajudei Fina a virar a saia do outro lado.

— Vou tomar cuidado.

A SALA DE EXPOSIÇÃO DA ACADEMIA estava cheia de homens falando alto, formando pequenos grupos na frente dos quadros. O *signor* Buonarroti me viu chegar e veio na minha direção, de braços estendidos.

— Um dia você vai ser a pintora preferida aqui, marque bem o que digo — disse ele, baixo, no meu ouvido, depois me apresentou ao camaroteiro, que quis me registrar como modelo.

— Acho que já nos conhecemos — falei, sem conter um sorriso maldoso ao estender a mão.

— É verdade.

O *signor* Bandinelli me saudou cordialmente, o que estranhei, recomendou que visse os quadros e foi cumprimentar outras pessoas.

O *signor* Buonarroti mostrou o *granduca* Cosimo Médici, de colete púrpura com cortes no tecido que mostravam seda verde por baixo, combinando com bragas bufantes e meias-calças também de seda verde. O colete tinha uma barra de bordados a ouro e Cosimo usava uma estreita gola frisada.

Ah, pintar um quadro com aqueles detalhes delicados e o verde brilhante, dar o brilho com camadas de tinta que não fossem mais espessas que a própria seda, usando pincéis de fios de cabelo tão finos que os traços iam parecer trama da seda. Mas era impossível. O único verde com aquele brilho era de malaquita da Macedônia, que só ficava assim se os grãos fossem pouco moídos. Não servia para pintar uma roupa de seda porque deixaria partículas de grão na tela. Uma pena. Seria um belo retrato de Cosimo, mas só na minha imaginação.

Cosimo era jovem, devia ter vinte e poucos anos, e, infelizmente para ele, não era bonito. O nariz em forma de bulbo fazia sombra sobre a boca e ele usava uma barba meio ridícula, triangular, espremida sob a boca amuada e rósea.

— Cumprimente-o com a reverência mais delicada possível — aconselhou Buonarroti. — Vamos lá — disse, segurando meu braço.

Mal acreditando no que estava para ocorrer, fui andando. O *granduca* notou minha presença mas, antes que Buonarroti pudesse me apresentar, o camaroteiro bateu com o bastão no chão pedindo a atenção dos presentes.

Os membros da academia formaram duas filas, uma de frente para a outra, com o *signor* Bandinelli numa ponta. Fiquei ao lado de Buonarroti. Na nossa frente, sorriu para mim um homem de barba, bochechudo, usando a cor marrom dos eruditos.

O *signor* Bandinelli pigarreou e anunciou:

— *Granduca* Cosimo Médici, membros da Accademia dell'Arte del Disegno, convidados. No dia de São Lucas, padroeiro dos artistas e artesãos, temos o prazer de anunciar os novos membros da academia no ano de 1615.

Uma palpitação me fez pôr a mão no peito.

— Os artistas da cidade de Florença têm a mais alta consideração pelos membros da academia, que desfrutam dos seguintes privilégios: aulas de desenho, pintura, escultura, arquitetura, retórica e matemática. Acesso a todas as eventuais palestras, ao palácio dos Uffizi e, com autorização, a acervos particulares. Uso do ateliê, da biblioteca da academia, das roupas, objetos e modelos registrados para posar. Pedimos que as pessoas citadas a seguir deem um passo à frente para receberem os papéis de matrícula e assinarem o registro.

— Antonello Ignazio Barducci.

— Jacopo d'Arcibaldo Daviolo.

O camaroteiro entregava os documentos, e ao ouvir cada nome os acadêmicos batiam seus bastões no chão e diziam:

— *Bravo!*

Senti uma comichão nos pés, minha respiração estava ofegante.

— Antonio Guido da Fiorentino.

— Gianlorenzo Frapelli.

Contive a respiração.

— Francesco Alfonso Grepini.

Meu coração batia na boca do estômago.

— Giacomo Luigi Romano.

Eu tinha vontade de cavar um buraco no chão.

— E Artemísia d'Orazio Gentileschi Lomi.

Por um momento o som de meu nome ecoou pela sala. Depois, o som dos bastões contra a pedra do chão e o grito:

— *Brava!*

Meu coração enlouquecido saiu do peito e engoliu a todos. Dei um passo à frente, assinei um grande A. G. L., olhei os homens e vi apenas sorrisos, do *granduca* ao caloroso e orgulhoso *signor* Buonarroti, parecendo o próprio Divino. Tinha vontade de abraçar a todos.

Ninguém mencionou que eu era a primeira mulher a entrar para a Accademia. Só havia aquela palavra: *Brava.*

Seria ressentimento o que vi nas costas duras daquele homem enfiado num canto da sala? E na sobrancelha arqueada do cavalheiro ao lado dele? Será que alguém não bateu com o bastão no chão? Eu teria de conquistar algum dos presentes com palavras e não só com meus pincéis? Depois. Depois eu pensaria nisso. Naquele momento, eu estava sendo cumprimentada.

— Já era hora de você ser um dos nossos — disse o *signor* Bandinelli. — Só o seu quadro *Inclinazione* já a faz digna de entrar para a academia.

— Só ele? Agradeço humildemente, *signore.* — Pelo jeito, ele ainda não gostava da minha *Susana,* nem da *Judith.*

Serviram vinho e doces, Buonarroti me fez percorrer a sala e garantir que todos soubessem que pintei *Inclinazione.* Será que eu acabaria descobrindo que todos os acadêmicos valorizavam mais a técnica do que a difícil e cuidadosa *invenzione*?

Na hora em que nos aproximamos do *granduca*, o camaroteiro pôs-se no caminho e disse:

— Venha comigo, senhora, dar uma volta.

Uma ordem traiçoeira. Com a mão, ele me indicou o caminho e, depois de juntar mais três novos sócios, levou-nos ao andar de cima, onde ficavam a biblioteca e os ateliês. Mostrou-nos os armários de desenhos, o esqueleto humano, os moldes de escultura em metal e descreveu longa e detalhadamente as aulas. Nada daquilo precisava ser feito naquela hora. O mais rápido que pude, paguei minha taxa de matrícula e me inscrevi numa aula de escrita e retórica. Quando desci, a reunião estava terminada e o *granduca* tinha ido embora. Estava acabado, como num sonho.

Ao sair da academia, apertei no peito meus documentos, com vontade de dançar até chegar em casa. Ia escrever uma carta para meu pai. E para Graziela e Paola também. Mas minha animação diminuiu ao pensar em contar a Pietro.

Segui depressa pelas ruas estreitas, desviando de dois mendigos numa *piazza*. Na frente da *macelleria* do amigo de Pietro havia galinhas e gansos sem depenar, dependurados em ganchos de ferro, o sangue pingando numa tina que escorria na rua. Passei por cima dela, entrei e pedi salsichas temperadas, que não costumávamos comprar e eram as preferidas de Pietro. Depois, fui até uma *vinaio*.

— Quero uma garrafa do melhor vinho. Para uma comemoração. — Minha voz acordou o cachorro que dormia na escada para a adega.

Abri caminho entre crianças brincando na rua, entre Irmãos da Misericórdia em seus hábitos negros carregando um caixão rumo à igreja da Santa Croce. Atravessei a grande *piazza* na diagonal. Na porta da igreja, a penitente de cabelos desgrenhados se chicoteava e gemia, por isso nem parei, como costumava fazer, no túmulo de Michelangelo que ficava logo à entrada da igreja. Ele havia de entender a minha pressa. "*Brava*", disseram eles.

O que poderia dizer a Pietro para amenizar a história?

As sedas coloridas no *corso* dei Tintori pareciam acenar em minha homenagem. Passei depressa pelo Lungarno, subi os três lances de escada, dois, respiração pesada, só mais um, ouvi o choro de Palmira. Abri a porta de casa. Num canto no chão, segurando meu roupão, Palmira estava histérica. Corri para ela.

— Ah, Palmira, *tesoro*, onde está o papai?

Meu coração parou. Pietro não estava em casa. Sabe Deus por quanto tempo deixou-a sozinha. Podia tê-la levado para Fina.

Peguei-a no colo e beijei suas bochechas vermelhas, a testa, as orelhas, as mãozinhas. As lágrimas dela salgaram minha boca.

— Coitadinha. *Poverina*. Não chore. — Senti o corpinho tremer com os soluços. Apertei-a e a ninei. — Mamãe já chegou.

Ela se acalmou e a mãozinha úmida de lágrimas segurou o bordado no meu corpete. Passou os dedos pela fita no meu decote, mas não estava disposta a sossegar. Sabendo que estava com toda a minha atenção, tomou fôlego e fez beicinho:

— Quero um vestido igual o seu.

— Você vai ter muitos, prometo. Mamãe agora está na academia. Talvez um dia você também esteja.

Dei para ela comer meio ovo quente e sopa com *zucchini* na tigela azul de louça que ela mais gostava. Quando terminou, saiu do meu colo, pôs meu roupão nos ombros e andou pela sala como se estivesse num vestido longo com cauda. Ela sabia que, se fosse outra hora, eu não a deixaria fazer isso.

Cortei a linguiça de porco para Pietro em fatias finas, como velhas moedas escuras, e coloquei-as na beirada de um prato de estanho. No centro, arrumei fatias de pera em volta da outra metade do ovo cozido.

— Viu que bonito? Parece uma estrela. — Servi o azeite em outro prato. E o pão.

Como eu contaria para ele? Não podia deixar minha voz parecer exultante. Ensaiei dizendo "Fui aceita" de um jeito bem sem graça, como quem fala "Vai chover". Não podia confiar na minha voz. Espalhei orégano em pó no azeite, formando as letras A de Accademia e D de Disegno. Ao lado do prato coloquei os papéis de admissão e o prato com as grandes iniciais A e D perto. Servi duas taças de *grappa* e esperei.

— Pare um instante — pedi a Palmira, e fiz um desenho engraçado dela, com a cauda do meu roupão saindo da folha de papel.

— Esse desenho sou eu, mamãe? — Os olhos dela brilharam de prazer um instante, antes de lembrar que estava zangada.

— É o meu tesouro. Como ela se chama?

— *Tesoro.*

— E o que mais?

— Palmira — disse ela com voz doce como mel. Vi que eu estava perdoada.

Tirei uma fatia de linguiça do prato e arrumei o resto de forma a esconder o espaço vazio. Dei uma pequena mordida, estava deliciosa. Tentei me ocupar arrumando o armário de pintura, mas fui comendo a linguiça e arrumando o resto, e a cada fatia que faltava o motivo da ausência de Pietro ficava mais evidente. Ele já devia ter sabido da notícia. Apaguei com pão as iniciais feitas com orégano no azeite, coloquei o prato de lado e peguei papel de carta.

Pai,

Tenho uma notícia que vai deixar você muito feliz. Fui aceita na Accademia dell'Arte del Disegno, primeira mulher a entrar.

Quando levei lá os quadros *Judith* e *Susana*, eles zombaram de mim dizendo que as mulheres não deviam pintar nenhuma nova *invenzione*. Levei então os quadros para o *signor* Buonarroti. Agradeço a você ter escrito para ele. É um homem gentil e carinhoso. Ele me encomendou um grande nu para o teto da galeria que vai homenagear Michelangelo. Tenho a impressão de que os acadêmicos viram o quadro e mudaram de ideia a meu respeito. Não devo ficar muito satisfeita, o futuro continua incerto.

Palmira Prudenzia está com quase três anos e não para quieta. Tem os olhos negros de Pietro e cabelos cacheados, castanhos. Gosta de perguntar, outro dia quis saber como faz para crescer mais depressa. Pois cá estou eu, artista da academia e mãe. Mal consigo acreditar. Só me preocupo em saber o que Pietro vai achar da minha entrada.

Sua filha, sempre,

Artemísia

Anoiteceu e o mundo lá fora perdeu a cor. Acendi uma vela e também a velha lamparina de minha mãe, assim a casa ficaria acolhedora para quem chegasse. Muitas vezes, mamãe aprontava o jantar de meu pai e ele só chegava quando a comida tinha esfriado. Para se animar, ela cantava baixinho uma música que falava na luz dançante da lamparina e que para mim sempre pareceu triste. As fatias de pera estavam escurecendo nas bordas, não aguentei vê-las tão feias e comi duas. Afinal, aquela era minha comemoração. Primeira mulher na história a merecer entrar na Accademia.

Estava dando a Palmira o resto das peras quando Pietro surgiu na porta, tirando o colete com raiva. Suas feições miúdas e bonitas tinham um toque de ódio.

— Você podia ter esperado — disse ele.

— Por que deixou Palmira sozinha? Ela estava chorando quando voltei. Eu podia ter esperado o quê?

— Eu entrar para a Accademia — respondeu, jogando o colete por cima dos ombros e passando pela mesa sem olhar meu registro de admissão. A chama da vela tremulou. Ouvi a porta de nosso quarto bater e ser trancada.

— Pietro, o que há? *Per amor de Dio*, o que é isso? Não faça assim — pedi, batendo na porta. Palmira correu e abraçou minhas pernas. — Você devia se alegrar, entrar para a academia significa que nós dois teremos mais encomendas. — Um soluço abafado passou pelo pequeno espaço entre a porta e o batente. — O que você quer? Que eu pare de pintar? Que pare de ser o que devo ser? Pare de respirar? — perguntei para a porta. Segurei Palmira no colo e fiquei andando da sala para a cozinha, indo e voltando.

Palmira encostou a cabeça no meu ombro, como se soubesse o que estava acontecendo. Sentei-a na bancada da pia e a segurei com uma das mãos, enquanto lavava os pratos com a outra na pia de pedra. Arrumei a cama de Palmira no cômodo maior e deitei-a com carinho. Ela enfiou a mãozinha fechada sob o queixo como um esquilo. Cobri-a com a colcha e falei, baixinho:

— Juro, minha querida, que não deixarei que se case sem amor. Não vai se casar por conveniência, não vai precisar melhorar o que a vida lhe deu.

Encostei-me na parede do quarto. Mas a vida não era assim, dar um jeito com o que se tem? Se não fosse Agostino, se não fosse meu pai, eu podia me casar com alguém que me amasse e se orgulhasse de mim. Se estivesse casada por amor, ainda estaria em Roma, a academia podia nem me conhecer. Pensei em Graziela. Casamentos por amor também não são garantidos. As duas coisas que eu mais queria na vida eram pintar e amar, mas uma impediu a outra. Por que a vida era tão perversa que não me dava um tanto do bom sem outro tanto do ruim?

Joguei pela janela com força a água suja dos pratos.

11

Judith

NEM PIETRO NEM AQUELE CAMAROTEIRO com cara de massa de pão iam me impedir de conhecer Cosimo Médici. Comecei a fazer outra *Judith degolando Holofernes,* com a mesma composição, mas com rostos diferentes e trajes mais ricos. Dessa vez, a roupa de Judith seria dourada, essa parecia ser a cor preferida dos florentinos, e teria mangas mais bufantes, arregaçadas para mais liberdade de movimentos. E como os florentinos gostavam de joias e enfeites, pus uma fita dourada no lenço de Abra e dei uma pulseira para Judith, de filigrana de ouro com uma Ártemis esculpida em pedra verde. E como as roupas finas eram dos principais produtos da cidade, usei um espaço maior para a roupa de cama de veludo vermelho de Holofernes ter mais volume. Com costuras em fio dourado. E dei um toque sensual com um pingo de sangue no peito cálido de Judith e outros tantos no vestido florentino dourado. Tudo para agradar Sua Alteza Sereníssima Cosimo Médici.

O mais difícil era escrever a carta oferecendo o quadro de presente e meus préstimos para futuras encomendas. Lutei três dias para melhorar a humilde linguagem de trabalho. Sentei à mesa e gastei papel com começos errados, enquanto cuidava de Palmira brincando com uma boneca de papel que fiz com uma carta inútil.

Preferi escrever uma carta mais fácil.

Cara Graziela,

Palmira já está com três anos e cheia de perguntas. Outro dia, quis saber por que as formigas têm pelo. Fina, o meu anjo protetor que mora no andar de cima, ensinou uma canção para ela sobre uma menina que monta num passarinho amarelo e voa para uma terra distante, e agora Palmira está sempre cantando. Me fez lembrar os pássaros que você desenha na margem dos seus manuscritos. Tem pintado mais Salmos? Conseguiu que consertassem o teto do convento?

Pietro parece não se incomodar que eu pinte, mas se incomodou muito com o fato de eu ser aceita na Accademia del Disegno antes dele. Fiz outra *Judith* para presentear Cosimo Médici. Perdoe, Graziela, mas fiz o punhal dela em forma de uma cruz, isso vai deixá-los intrigados por séculos. Se Cosimo aceitar o quadro para o palácio onde mora ou me encomendar outro, prevejo mau tempo em casa. Reze por mim.

Sua admiradora e discípula sempre,

Artemísia

Quando terminei, foi mais fácil escrever a carta para Cosimo.

UMA SEMANA DEPOIS QUE ENTREGUEI o quadro e a carta, Cosimo me convidou para ir ao *palazzo* Pitti no dia e hora que fossem mais convenientes para mim, um detalhe gentil.

Pietro resmungou:

— Claro. Você não podia esperar outra coisa, já que oferece sua arte de graça.

— Você sabe que também pode fazer isso.

— Empurrar quadros para cima dele? Prefiro pintar para mecenas menos importantes e esperar Cosimo notar meu trabalho.

— Esperar quanto tempo? Somos mortais, Pietro. A cada respiração que damos, a areia cai na ampulheta.

— Não seja mórbida.

— Não, sou realista.

Era início do outono em Florença, aquele curto e adorável espaço de tempo que ficava entre os longos dias abafados do verão e as chuvas de novembro. Por isso, passei pela ponte Vecchio a pé, em vez de gastar dinheiro indo de coche. O Arno estava reduzido a um riacho preguiçoso e lamacento, não espelhava mais as construções ocres que costumavam se refletir, tremulantes, em suas águas verdes. As margens exalavam um cheiro pútrido de mato e folhas secas, nuvens de mosquitos subiam do rio estagnado. Mas isso não me desanimou.

Se Pietro estivesse comigo, se irritaria com o mau cheiro do rio e com os mosquitos. Era capaz até de voltar para casa, garantindo que voltaria ao palácio outro dia, depois desanimaria. Parecia estar sempre fazendo coisas para se prejudicar como, por exemplo, aceitar o reparo num afresco sem insistir na encomenda de um quadro novo em contrapartida. E jamais usava o verniz de âmbar veneziano, embora ambos tivéssemos certeza de que destacaria seu trabalho. Eu não conseguia entender esse comportamento. Se alguém gosta de uma coisa, se valoriza o trabalho que faz com o coração e as mãos, então deveria naturalmente, sem hesitar, colocar a alma inteira nesse trabalho. A grande arte exige isso.

Prossegui, abrindo caminho em meio às nuvens de mosquitos.

O *palazzo* Pitti era uma construção de linhas severas que ficava à esquerda da Via de Guicciardini. O palácio assustava, parecia a morada de um déspota (embora não fosse o caso) e não de uma família apreciadora da arte. Ao chegar à porta alta e pesada, dei meu nome ao porteiro, que conferiu numa lista. Ele me conduziu ao andar de cima, o *piano nobile*, o andar principal, onde ficavam as salas de audiência. Vi por uma janela que o palácio era maior ainda do que parecia da rua; tinha duas alas paralelas que subiam uma colina gramada formando um U, com um pátio de carruagens ao centro.

Passei pela primeira sala cheia de janelas e de esculturas antigas e por uma porta de mármore que abria para outra sala com cornijas brancas e douradas, paredes revestidas de brocado rosa forte e cobertas de quadros. Eu não devia olhar os quadros, a educação mandava que olhasse para Cosimo. Ele e seus convidados estavam sentados numa mesa de frente para o pátio, comendo o que parecia ser um faisão recheado com azeitonas e alcachofras. Um prato oferecia marmelos, tâmaras, figos e amêndoas, tendo por cima penas de faisão arrumadas em arco como uma fonte. Em Roma eu jamais pensei que comida pudesse ser obra de arte.

Um mordomo anunciou meu nome. Aproximei-me e fiz uma reverência.

— Eis aqui a mão feminina que domina com maestria o pincel — disse Cosimo, dando as boas-vindas. — Esperava encontrá-la na academia.

— Sua Alteza Sereníssima, sinto-me muito honrada — respondi, mantendo a reverência e olhando o entalhe no piso de pedra que havia entre nós. — E peço perdão por chegar quando Sua Alteza está com convidados.

— Eu é que me sinto honrado com sua presença, *signorina.*

Que gentil ele me dar aquele tratamento; pelo jeito, era um gracejo florentino deixar o *signora* para mulheres mais velhas que eu. Pensei no que ele deveria saber a meu respeito.

— Deu um rosto duro para a sua Judith.

— Ela está concentrada. Como todas as heroínas, sente a responsabilidade de sua tarefa.

— Como você certamente sente a sua — disse ele, rindo. — E posso saber quem foi o modelo masculino que mereceu essa vingança?

— Não se trata de vingança pessoal, Alteza. Se há alguma vingança, é contra a tirania. — Meu Deus, não posso ofendê-lo, pensei.

Ele concordou lentamente com a cabeça, pensativo.

— Vou encontrar um bom lugar para colocar sua *Judith* na Sala dell'Iliade. É onde meus convidados precisam despertar de prazeres mais passivos. Esteja certa de que sua obra estará em boa companhia e que não vai ser um presente. Você será muito bem paga.

— Sinto-me outra vez muito honrada, Mais Ilustre Alteza.

— Esse quadro não pode ser a única mostra de mãos e mente tão talentosas.

A esperança subiu em ondas do meu peito.

— Faça outro com o mesmo talento e receberá em dobro.

— Outra Judith?

— Sim, certamente há outras cenas na vida dela que merecem o seu pincel.

— Farei o mais rápido e com o maior prazer.

— *Mama*, por que os pombos voam? — perguntou Palmira no dia seguinte, pulando ao meu lado enquanto eu percorria ruas, *piazzas* e igrejas em busca de uma ideia.

— Deve ser para fugir dos meninos e meninas que correm atrás deles.

Como encontrar outra cena com a mesma carga dramática da degola de Holofernes? Pensei na versão que meu pai fez, com as duas mulheres em volta da cabeça decapitada. Copiei-a quando estava aprendendo a pintar. As figuras estavam bem colocadas, mas não era a cena que eu queria.

No final da Loggia della Signoria estava a escultura em bronze *Judith e Holofernes*, de Donatello. Nunca dei atenção a ela. Em vez de ficar deitado, Holofernes estava sentado no colchão e Judith prestes a atacá-lo com a cimitarra. As figuras estavam numa posição esquisita, fazendo um efeito sem graça.

Parei na frente do *Davi*, de Michelangelo. O olhar zangado que estendia pela *piazza* della Signoria parecia gritar para o gigante Golias: "Como ousa pensar que pode me destruir com sua espada!" Aquele, sim, era um ato de ousadia. Era firme. Os florentinos adoravam o *Davi* porque era o mais fraco que enfrenta e vence o mais forte. Era como eles se sentiam em relação ao mundo; esse confronto existia também na história de Judith.

Palmira corria atrás dos pombos, obrigando-os a voar, enquanto eu ficava no meu local preferido, com *Davi* de perfil olhando para Golias, à esquerda. Como eu poderia usar aquela bela curva do pescoço dele? Com a cabeça virada de lado, ele estava alerta, mas não tenso, apenas atento, no ombro a funda que usou para atirar pedras em Golias. Se minha nova *Judith* pudesse mostrar o instante após a degola, quando a cabeça de Holofernes está na cesta de Abra, talvez as duas se encarando, assustadas com algum perigo novo, um barulho no acampamento. Isso seria um desafio: pintar um som. *Judith* podia olhar o perigo à esquerda, exatamente como estava *Davi*, com a mesma curva no pescoço firme.

Em vez do estilingue, ela descansaria a espada no ombro, no debrum de renda de sua camisa branca. Gostei dessa ideia, a lâmina da espada podia cortar uns fios da renda, tão diferentes os dois mundos, da espada e da renda, mas se tocando perigosamente. Sim. Seria nova. Seria minha. E não seria para um tempo em que as mulheres escondem seus talentos em favor dos homens, até dos maridos.

JÁ ESTAVA TRABALHANDO NA TELA HÁ MESES quando, certa manhã, levei Palmira ao outro lado do Arno, à Via Maggio, rua dos antiquários, pois ela ia gostar. Entramos numa loja de objetos e comprei um velho espelho de mesa quadrado, de metal, com um suporte de madeira que permitia girar o espelho. Coloquei-o numa mesa em casa e fiquei observando o meu pescoço e o de *Judith* que, na verdade, era de Vanna, pois tinha voltado a contratá-la para modelo. Mas eu tinha pintado um pescoço delicado demais, o de Judith não podia ser tão feminino e lindo. Foi bom pedir para Vanna não posar naquele dia, embora ela exigisse ser paga. Pintei o meu pescoço por cima do de Vanna, o meu era mais grosso, com os primeiros sinais de queixo duplo.

Quando ela chegou no ateliê no dia seguinte, Pietro ainda não tinha saído. Vanna deu uma olhada no quadro e reclamou:

— O que você fez? Estragou o retrato, essa não sou eu!

— Realmente, não é você, é Judith. Mas os olhos, a boca e os cabelos são seus.

Ela fez um ar arrogante.

— Esse pescoço é feio. — E, com olhos arregalados e lacrimejantes, pediu ajuda a Pietro: — Não acha feio?

— É o pescoço do *Davi* que está na *piazza* della Signoria — avisei, antes que Pietro dissesse.

— Você acha que isso me orgulha? — perguntou Vanna. — As pessoas não vão saber que sou eu, com esse pescoço de homem. Pietro, por que deixou ela destruir o meu retrato?

Encurralado entre nós duas, ele deu de ombros e levantou as mãos, sem jeito.

— Vanna, por favor, assoe o nariz e comece a posar. Só preciso de você mais alguns dias.

Ela pensou um instante e disse:

— Só fico se dobrar meu pagamento.

Ficamos os três nos olhando, esperando alguém fazer alguma coisa.

— Faça o que ela quer — resmungou Pietro.

— Está bem, está bem — concordei, entregando a Vanna o brinco que Graziela me deu. — Ponha o brinco para eu ver a sombra que faz no seu rosto.

Dispensei Vanna assim que pude e usei meu próprio rosto de perfil como modelo.

PINTAR O BRILHO E A TRAMA DO VESTIDO de veludo marrom de Judith, as contas de ônix preto e dourado costuradas nas intrincadas barras duplas de fitas florentinas, o enfeite de cabelo de hematita que pertenceu a minha mãe, o punho da espada de Judith em forma de górgona gritando. Gostei de fazer tudo isso mas, quando cheguei à cabeça de Holofernes na cesta de Abra, foi mais difícil. Pensei no Golias de Caravaggio, mas só conseguia fazer a cara verde-acinzentada parecer com Agostino. Aborreci-me, pois não queria pintar com raiva. Seria limitador e mesquinho e restringiria minha arte e minha expressão para sempre. Pensei muito, com isso atrasei meu trabalho, mas não podia desistir. Não queria ficar ligada para sempre à semelhança com Agostino, com minha obra dependurada em meio a todos aqueles quadros criados sem paixão.

Escrevi para Graziela e contei que eu estava paralisada. Como me livrar do ódio, perguntei. Fiquei ansiosa até receber a resposta dela.

Cara mia,

Seu esposo não isolou você do amor de Deus e você continua com raiva porque pensa nele. Só o seu orgulho faz com que ele permaneça na sua cabeça e no seu pincel. Se você acabar com o seu orgulho, acabará também com seu ódio. Não é uma atitude inteligente manter um ódio provocado por uma dor. Cuidado, Artemísia. Isso pode solapar a energia que faz você atingir seus objetivos. Ao se preocupar com esse problema, você já percebeu que ele não está à altura das suas metas maiores, e isso, *tesoro*, é o começo da humildade.

Grazie a Maria já estão consertando o telhado do convento. A irmã Paola quer saber se você visitou Santa Maria Trinità dei Monti, em Florença. E pede para lhe informar que o grande Cristo na cruz numa das capelas tem a cabeça inclinada para São Giovanni Gualberto, que está ajoelhado adorando. Quero muito saber tudo o que você viu em Florença, todos os quadros e esculturas, igrejas, *piazzas* e torres sob a luz do sol, à sombra ou até debaixo de chuva. Se tiver tempo e se for do seu agrado, ponha em palavras tudo o que viu com seu olhar de artista.

Irmã Paola envia todo o amor, como eu.

Sua em Cristo,

Graziela

Senti uma ardência nos olhos que turvou as letras. Até então, eu não tinha percebido o quanto sentia falta delas.

Respondi à carta na hora e descrevi o primeiro baixo-relevo da *Madona com menino*, além do musculoso *Davi*, de Michelangelo, e o jovem e atraente *Davi*, de Donatello; o *Duomo*, o *Adão e Eva*, de Masaccio, a *Vênus*, de Botticelli. Achei que não seria adequado dizer o quanto aquelas obras me intrigaram. Desisti da carta, fui caminhar com Palmira e fiz vários desenhos das obras que tentei descrever e um de Palmira correndo atrás dos pombos. Juntei tudo no mesmo envelope da carta.

Nos intervalos da pintura eu tinha de comprar comida e cozinhar, pois uma refeição era muito próxima da outra, depois precisava lavar os pratos. Nunca sabia quando Pietro estaria em casa ou não. Depois que terminou a restauração do afresco, ele tirou de casa um cavalete e alguns apetrechos de pintura. Não sei para onde levou.

— Assim você fica com mais espaço — explicou.

Uma parte de mim murchou como videiras se preparando para o inverno. E ele passou a andar como meu pai, com roupas mais elegantes; pintava, comia e bebia fora com os amigos, perdendo a alegria de acompanhar o crescimento de Palmira. Eu lembrava de meu pai cantando com Agostino ou Caravaggio na rua, chegando em casa de madrugada, pavoneando-se do que tinham feito e como eram grandes pintores, papai tropeçando, batendo em cadeiras e caindo pela casa antes de se deitar, cheirando a bebida. Será que meu futuro também seria assim?

O inverno foi muito frio, chegou a nevar. O poço de onde retirávamos água congelou e certas manhãs precisávamos quebrar o gelo com um ferro. Palmira teve febre, calafrios, tosse, e me deixou muito assustada. Parei de pintar durante um mês, enquanto ela esteve doente. No começo ela chorava muito, soluçando, depois ficou fraca até para chorar. Passei dias e noites apavorada com a ideia de perdê-la. Pietro ficou mais em casa para quebrar o gelo do poço e subir com a água que eu esquentava. Depois, molhava um pano na água morna e passava na testa dela para baixar a febre. Preocupado, ele foi inúmeras vezes ao boticário e cuidou da lareira enquanto a tosse de Palmira me fazia ficar ao lado dela. Uma noite, ficou andando pela casa, pegando coisas e colocando no lugar outra vez, sem saber o que fazer.

— Sente aqui ao nosso lado, pode ser que ajude — convidei.

Ele ficou indeciso. Pegou outra cadeira de espaldar duro e assento de palhinha, sentou-se e pôs a mão na colcha que cobria Palmira.

— Quando eu era pequena, uma vez fiquei doente e lembro que adormecia, acordava e ouvia meus pais falando baixo, as vozes suaves flutuando numa névoa. Não sabia o que diziam, mas não tinha importância. A mistura daquelas vozes era simples e amorosa, me confortava.

Um cacho do cabelo de Palmira estava grudado na testa, perto do olho. Pietro tirou-o e apertou o corpinho dela, um pouco sem jeito, depois deitou a cabeça na cama. Foi o gesto mais carinhoso que o vi fazer.

— Diga alguma coisa para ela também ouvir sua voz.

Ele virou a cabeça de lado e, desajeitado, lacrimejou:

— Palmira, papai está aqui, você vai ficar boa.

Concordei, encorajando.

— Amo você, pombinha.

Meu coração pareceu inflar como se ele tivesse dito aquilo para mim e retribuí, ofereci uma taça trasbordando de amor. Eu queria que aquele instante durasse, então passei a mão pela cabeça dele, como ele gostava. Fechou os olhos. Quando a respiração de Pietro ficou profunda e ritmada, encostei a cabeça no ombro dele e cobri nós dois com meu xale.

Nós três devemos ter dormido um pouco, tão próximos quanto no dia do batizado de Palmira. Depois, ela se mexeu e acordamos, com a nuca e as costas duras, mas isso não foi nada, comparado com a rispidez que voltou a existir entre nós. Pietro me olhou de um jeito sombrio e calado, surpreso com a própria demonstração de afeto. Dei-lhe um beijo na testa e ele sorriu de lado, meigo e confuso.

Palmira finalmente se recuperou na primavera e Pietro voltou a ficar mais tempo fora de casa. Eu não sabia aonde ele ia, nem ousava perguntar. Estava preocupada com mais uma coisa: apesar de estar atrasada um mês na entrega do quadro, eu ainda não fizera o rosto de Holofernes. Pinte bastante, pensei.

Mas não pintei. Palmira passou a ser ainda mais valiosa para mim devido à ameaça que sofri de perdê-la, então fiquei mais tempo com ela. Sentia um prazer indizível em segurar sua mão pequena e macia e passear com ela à margem do rio.

— Olhe, Palmira, a luz refletida na água. Vê como ela dança? A cor não é só verde, é azul, marrom, cinza. Olhe o movimento das cores.

— Não consigo.

— Fique parada que você vê. Olhe para um lugar só.

Mas ela não conseguia ficar parada, tão alegre por estar fora de casa.

Do outro lado do rio havia uma torre com três arcos e ameias. Inventei a história de uma princesa que estava presa lá e amava um rapaz que foi transformado num pássaro branco de pescoço comprido e vivia na parte de baixo da torre, na margem gramada do rio, e que continuava a amá-la. No verão, quando a água do rio baixava,

Palmira e eu o atravessávamos a pé, de mãos dadas. Ela adorava sentir a água fria passando pelas pernas e brincar de pescar com uma vara de bambu.

Contei-lhe sobre Graziela e Paola, que moravam no convento numa colina em Roma. Comprei numa feira duas tigelas de madeira, enchia-as de gravetos e fiz velas de papel como se as tigelas fossem barcos. Inventamos bonecas de papel que Palmira pintou de preto com um carvão da lareira, menos as mãos e o rosto. Batizou-as de irmã Graziela e irmã Paola. Ensinei-a a escrever os nomes e ela identificou cada boneca nas costas. Não usava o "irmã" como se elas fossem duas senhoras. Amarrei um barbante nas tigelas, colocamos os "barquinhos" na água e vimos as freiras navegarem no rio enquanto seguíamos pela margem, muito felizes com nossa brincadeira. Vendo Palmira puxar o barquinho de Graziela, percebi que, como ela sarou, a observação que Graziela escreveu na carta era verdade. Eu não tinha me isolado do amor de Deus.

Poucas semanas antes de entregar o quadro, aumentei o rosto de Holofernes e alarguei seu nariz. Ele se transformou num assírio, nada mais. Tirei o tom esverdeado de seu rosto de maneira que parecesse uma pedra lisa ou um metal da mesma cor da górgona gritando no punho da espada, e assim dei a entender que foi o que ele fez um instante antes de ser decapitado. Agora, Holofernes estava quieto, e deixei-o descansar em paz.

O QUADRO TINHA DE SER ENTREGUE ao *granduca* numa reunião vespertina da corte no *palazzo* Pitti. Pietro não compareceu, o que foi insensato, pois na Palatina estava toda a coleção dos Médici e todos os atuais artistas patrocinados pelo grão-duque, com quem Pietro poderia conversar sobre composição, interpretação e técnica de pintura. Poderia também encontrar um novo mecenas. Eu o apresentaria a Cosimo como ótimo pintor. Mas Pietro não se interessou.

Mandaram uma carruagem me pegar em casa. Ao subir nela, percebi que meu corpete rasgou nas costas. Fina tinha feito aquele corpete novo e apertado, verde-escuro com mangas cambiáveis, isto é, que podiam ser trocadas. Assim, se eu recebesse outro convite, podia substituir as mangas e parecer que estava com outro vestido. Não consegui descobrir onde rasgou, só podia esperar que o rasgo não aparecesse.

No palácio, a cor dos trajes, dos quadros, dos afrescos nos tetos saltava aos meus olhos ao percorrer as salas até a grande e quadrada Sala dell'Iliade. As paredes estavam cobertas com três fileiras de quadros, sem uma ordem aparente, com molduras de madeira entalhada, uma festa para os olhos. Minha *Judith degolando Holofernes* também estava lá, numa elegante moldura dourada em baixo-relevo. Prendi a respiração ao vê-la ao lado de obras de arte. Quem teria pintado aqueles quadros? Rafael? Ticiano? Tintoretto? Rubens? Andrea del Sarto? Como eu gostaria que alguém me falasse sobre aqueles artistas.

Fiz a reverência ao *granduca*. Dessa vez ele usava cores opostas às da última em que o vi: os calções e o colete eram verde-esmeralda, com mangas em tiras para mostrar o forro de cetim púrpura. Segurei no encosto de uma cadeira de veludo quando minha nova *Judith*, coberta com um pano, foi colocada ao lado da outra num cavalete de madeira entalhada. Quando descerraram o quadro, olhei só para Cosimo, que cofiou satisfeito a barba triangular e rala, passando os olhos de uma tela para outra.

— *Brava, signorina, magnifico* — disse ele, e todos os presentes concordaram em uníssono. — Acabo de descobrir que Artemísia Gentileschi Lomi tem a mente racional do homem e a mão sensual da mulher.

Tive de olhar para meu quadro. A luz das velas nos castiçais nas paredes destacavam o rosto e a garganta de Judith, o turbante e a manga do vestido de Abra e até a barra branca do corpete e as dobras do vestido dela. Percebi melhor ainda a bela sombra onde terminava o pescoço e começava o colo. Fiquei muito satisfeita.

— *Non c'è male* — ouvi alguém dizer. Eu detestava aquela gasta expressão florentina *Não está ruim*.

Cosimo prosseguiu:

— Além do mais, com os dois quadros dela colocados lado a lado, temos dois aspectos do feminino: o ativo e o contemplativo. *Brava*, outra vez.

Outras pessoas já achavam que o quadro era mais do que "não ruim", cumprimentavam com "ótimo" e "formidável" e faziam reverências.

Um senhor de barba grisalha, de uns cinquenta anos de idade, usando calções marrons e postado à parte no salão, veio sorrindo na minha direção. Eu conhecia aquele nariz comprido e reto, aquela barba contornando o queixo como as costas de uma colher de estanho. Mais característica do que a barba era a verruga sob o olho esquerdo. Eu tinha certeza de que o conhecia.

— Tem um grande futuro, *signorina* — disse ele. — Que vai, sem dúvida, estar de acordo com sua beleza. — Seus olhos castanhos eram sinceros.

O que dizer para demonstrar minha gratidão pelo elogio?

— Quem sabe o senhor poderia me falar sobre esta magnífica coleção de arte?

Um bando de damas em trajes de brocado violeta, ultramarino e verde-escuro passou sobre o piso de mármore como um enxame de insetos iridescentes num lago tranquilo. Elas me rodearam, agitando a gola alta e dura dos vestidos, e o homem de marrom afastou-se.

— Você é de Roma? — perguntou uma delas, se abanando com um leque de papel pintado.

— Ou veio mais do Sul?

Fiquei sem ter como escapar.

— Eu ia perguntar para aquele senhor sobre os quadros, ele parece saber...

— Quem? O *signor* Galilei? Ele não entende nada de pintura. É o matemático da corte, a cabeça dele zune com tantas estrelas e números.

Outra mulher perguntou, num sussurro maldoso:

— Lá no Sul conheceu algum homem tão moreno quanto aquele que está no colchão? Intimamente, quero dizer. Conte aqui para nós. — As outras disfarçaram o riso.

Empertiguei-me e respondi apenas:

— Não. — Para não demonstrar que percebi a ofensa que me fizeram.

A CARRUAGEM ME LEVOU PARA CASA sozinha pela ponte Vecchio, e quando passou com estrépito sobre o Arno, cheirei um ramo de lavanda que as damas receberam na festa para não desmaiarem com o fedor do rio.

Lembrei com raiva que depois de Agostino nenhum homem tinha me chamado de linda.

A cidade estava envolta numa escuridão de veludo negro. Sem lua. Sem estrelas. Só algumas lanternas tremulavam à entrada dos casarões ou iluminavam os pequenos nichos nas paredes com imagens de santos padroeiros. Subi até a casa de Fina e carreguei Palmira de volta, meio adormecida. Ela estava com quase quatro anos e bem grande para a idade. Tinha a minha altura.

— Sonhei que estava no palácio com você, *mama*. Com um lindo vestido vermelho — murmurou ela.

— Que ótimo.

— O vestido era enfeitado com pérolas — continuou ela, que dormiu de novo quando a coloquei na cama.

Pietro não estava em casa. Acendi uma vela e abri uma das portas do balcão, esperando sentir uma brisa fresca, em vez do mau cheiro do rio. Em algum ponto da margem um sapo coaxou, sem conseguir dormir, como eu. Cosimo Médici parecia um grande e nobre sapo verde-esmeralda rodeado de insetos esvoaçantes que se abanavam com leques. Ao ficar ao lado do *granduca*, estive no coração de Florença, cercada de obras de arte, pintores, futuros clientes. E Cosimo me encomendou uma Maria Madalena.

Sim, foi uma grande vitória, tão doce quanto marzipã em forma de lírio, mas não era duradoura. Como contas num colar, os anos por vir eram uma série de eventos de gala na corte ao som da espineta, com a presença de poetas e atores e o sabor de bolos de amêndoa e balas perfumadas. Eu seria convidada para essas ocasiões só quando Cosimo tivesse um quadro meu para inaugurar, descerrando o pano. Ótimo. Simplesmente ótimo. Eu estava fazendo o que gostava, aprendia a cada dia, e era respeitada por isso. Prendi entre as panelas de ferro num gancho no teto o ramo de lavanda que recebi na festa. Depois que secasse, eu moeria as folhas no pilão e juntaria uma caneca de água do poço, levaria ao fogo numa panela por um minuto e faria uma boa lavanda que passaria no pescoço e no rosto na próxima vez que fosse ao palácio. Quem sabe o matemático da corte estaria lá também?

Espantei um mosquito, mas não tive forças para fechar a porta do balcão, tão cansada estava. Tirei a roupa e vesti a camisola. O estrídulo dos morcegos sobre o rio era o som mais solitário do mundo.

O que fazer a seguir? Escrever contando tudo para meu pai? Isso mesmo. Ele ficaria satisfeito com minha vitória, embora Pietro não ficasse. Mas papai sempre achou que eu era um produto dele. "(...) *relações carnais que trouxeram graves e enormes prejuízos para mim, humilde acusador, então não pude vender o talento dela para a pintura por um preço tão alto.*" Eu ainda sofria por ele me considerar uma novidade à venda, mas a amargura era um sentimento perigoso. Podia se incrustar no meu rosto para sempre ou aparecer na forma de arrogância feminina e algum mecenas se sentiria ofendido, como a academia ficou no começo, e me dispensaria. Eu não podia me dar o luxo de mostrar ressentimento. Em público, tinha de ser discreta. Além do mais, meu pai não estava vendendo meu talento. Eu estava. Era uma grande diferença, que não existiria se eu tivesse ficado em Roma, isto é, se não tivesse havido julgamento. Nunca tinha pensado nisso.

Naquela noite, Pietro não voltou para casa. Seria gostoso comentar baixo a inauguração do quadro: se não pudesse ser com ele, com alguém como aquele senhor que me chamou de linda, por exemplo. E falar sobre o duque, a corte, os prováveis clientes, a música, a comida, as roupas e, se estivesse com Pietro, me despir aos poucos à luz das velas enquanto mordia um figo, com lembranças da noite se derramando como uvas maduras de uma tigela cheia. Uma cena a desejar, mas que não era fundamental. O fundamental era pintar.

Assustei-me com o sinistro e choroso miado de um gato no cio e meu sangue pareceu gelar por um instante. Percebi um anseio vindo de algum canto escuro, um desejo de tocar, acarinhar, brincar como um gato. E de ser tocada, me aconchegar, me dobrar sob o toque de dedos, a pressão da carne.

Inquieta, peguei o pincel de Michelangelo no fundo da minha arca do enxoval e tirei-o do pano onde estava embrulhado. Nunca o havia usado. Segurei-o no alto como se estivesse pintando alguma coisa ou alguém. Quem? Aquele homem que tinha a cabeça nas estrelas. A gola branca e grande que fazia uma curva nos ombros dele, o nariz reto e nobre, seus olhos meigos e inteligentes. Lembrei de onde o havia visto antes: na minha frente, na cerimônia de entrada na academia. Sorrindo.

Deitei no banco almofadado e toquei a pele macia do meu pescoço, que Vanna achava feio. E daí, se achava? Nem todo mundo concordava. Além do mais, eu tinha algo que ninguém tinha. Os pelos do pincel, macios como pelos de gato, no meu pescoço, atrás da minha orelha, me afligindo e excitando, como se a mão do próprio Divino guiasse o pincel pelo meu pescoço, fechando meus olhos para a luz da vela e para qualquer coisa que me distraísse daquela sensação, entre os seios, abaixando o algodão da minha roupa, fazendo de leve um grande círculo e depois outro, os círculos diminuindo, indefinidos, círculos cada vez menores em volta do bico dos seios, sentindo o formigamento na barriga, contraindo, soltando, contraindo, um pulsar subindo, uma onda prestes a arrebentar, já arrebentando. Tremi e relaxei, calma, satisfeita e sonhadora por um longo tempo.

12
Galileu

O DIA DE SAN GIOVANNI AMANHECEU com um azul esplêndido. Quando abri as portas que davam para o balcão, o cálido e suave mês de junho me convidou a parar e respirar fundo. Os pássaros que Fina tanto amava saudavam o feriado do padroeiro da cidade.

— Vai ser um dia maravilhoso. Tem certeza que não quer ir comigo ao *palazzo* Pitti? — perguntei para Pietro, enquanto ele vestia suas novas meias-calças cor de canela. — Cosimo nos convidou. Vai ter um grande banquete com música e apresentação da *Commedia dell'Arte*. Depois podemos passear no jardim.

— Deixo para você o jardim e a música — disse ele, distraído. — Vou ao *calcio*, o jogo de futebol, ter minha dose anual de esqueletos de bárbaros sendo quebrados — continuou, com um sorriso de mofa.

Ele fez graça com a brutalidade, mas todo dia de San Giovanni ia ao futebol e dava seu quinhão de berros. Em anos anteriores, eu o acompanhei à *piazza* di Santa Croce para assistir aos jogos em que quatro times disputavam uma bola, com empurrões e chutes, cada um com o nome de uma igreja das quatro regiões da cidade, e provocaram um motim em nome do time de São João Batista. No ano anterior, os Irmãos da Misericórdia, que socorriam vítimas de sinistros na cidade, carregaram dois jogadores em liteiras.

Como era feriado e o convite era para duas pessoas, achei que poderia levar Palmira. Ela iria gostar. Além disso, eu não queria que Fina ficasse presa em casa quando cada *piazza* da cidade estava cheia de música e canções.

Pietro cantou como um barítono empolado, numa pose que parecia disposto a enfiar o queixo no peito, enquanto nós três descíamos as escadas e saíamos. A cidade inteira estava nas ruas. No ponto em que o *corso* dei Tintori se bifurcava com Lungarno e tínhamos de nos separar, Pietro mexeu na orelha de Palmira.

— Fique bonita na frente do duque, hein? — E deu-me um vago beijo na testa, dizendo: — *Ciao, amore.*

Ciao, amore. Ele raramente me chamava de *amore*, por isso degustei um pouco a palavra. Quase fui com ele ao futebol, já que estava tão alegre e carinhoso, mas um convite para o palácio dos Médici não era para se desprezar. Quando voltássemos para casa, Pietro e eu contaríamos o que tínhamos feito e visto. Era como viver o dia em dobro.

Ainda bem que as lojas que vendiam joias na ponte Vecchio fechavam nos feriados. Se não, seria difícil passar por lá sem cansar de ouvir Palmira dizer "oohs" e "*che bella*" em cada vitrine. Era a primeira vez que ela ia ao *palazzo* Pitti, e assim que subimos a escada arregalou os olhinhos. Ficou tão encantada com os lindos trajes dos convidados que emudeceu como um coelho, só cochichava para eu olhar um vestido ou "ver aquela roupa". As pessoas pareciam menos reais para ela do que os tecidos. E eu sabia que quando chegássemos em casa seria impossível fazer com que ela parasse de comentar tudo.

Na grande Sala Bianca ela ficou olhando as dezenas de *candelaria* de cristal.

— Vão acender esses candelabros, *mama*?

— Acho que não. As pessoas vão sair daqui antes do anoitecer para assistir ao último jogo do *calcio.*

Os aparadores exibiam bandejas de iguarias decoradas com penas de faisão: fatias de melão enroladas em presunto e *crostini* com patê de fígado de faisão. Palmira adorou a beleza exótica das comidas, mas teve medo de prová-las, preferiu os biscoitos com geleia que tinha no bolso. As mesas foram arrumadas em forma de um grande U, de frente para as janelas e o pátio embaixo. As portas abrindo para o terraço estavam emolduradas por ramos de lavanda e manjericão para afastar as moscas e o cheiro de estrume do pátio das carruagens, embaixo.

Olhei a arquiduquesa Maria Maddalena, que estava sentada à mesa central. Usava uma fina coifa negra que lembrava uma touca de freira caindo em ponta na testa. Não entendi por que escolhera um enfeite tão sério, que destacava ainda mais seu rosto oval e comprido. No pescoço, um grande e escuro rubi numa corrente de ouro que parecia prestes a estrangulá-la. Os filhos apareceram por trás dela e disseram alguma coisa baixinho. Tive a impressão de que ela os afastou, em vez de atender o que pediram. Cosimo queria que a *Maria Madalena* que eu ia pintar fosse uma espécie de homenagem a ela. Como eu podia fazer com que uma prostituta, mesmo que de alto nível, fosse uma homenagem a uma outra mulher?

O banquete consistia de galinha-d'angola assada, bucho com molho de pimenta-sino e espinafre. De sobremesa, pêssegos ao forno recheados com pasta de amêndoas. Palmira adorou.

Após o jantar, levei-a para um grande terraço onde o *signor* Galilei conversava com alguns cavalheiros. Eu tinha certeza de que era ele, apesar de não estar com seu colete marrom. Naquele dia estava tão elegante quanto qualquer membro da corte, num comprido *lucco* azul, sem mangas. As mangas brancas de sua camisa eram bufantes como nuvens e os cabelos grisalhos brilhavam entre os fios castanhos. Será que ele se lembraria de mim?

Os outros homens do grupo pareciam tratá-lo com deferência, ouvindo-o falar, e quando algum se manifestava, todos olhavam Galilei para ver sua reação. Ouvi a conversa um instante. Era uma animada discussão sobre os méritos da escultura em relação à pintura, tema bem diferente da agitação futebolística que dominava a outra margem do Arno. Daquela discussão eu podia participar. Deixei Palmira fazendo a boneca de palha dançar no corrimão da escada e entrei no grupo.

— A escultura é mais real do que a pintura por ser tridimensional, e não bidimensional — disse um cavalheiro. — Assim, pode ser mais ilusória e, portanto, é a maior de todas as artes.

— Discordo totalmente — falei, alguns passos atrás de Galilei.

Assim que me reconheceu, ele abriu um sorriso que chegou até a pequena verruga que tinha sob o olho esquerdo. Cedeu espaço para eu entrar na roda.

— O que a *signorina* acha? — adiantou-se um dos cavalheiros, como se fosse novidade uma mulher ter opinião.

Eu não conhecia aqueles senhores, mas entrei na roda, usando a mesma linguagem artificial deles:

— A pintura também pode iludir a visão, como faz a escultura, pois dispõe de todas as cores da natureza para dar formas, enquanto a escultura dispõe apenas de luz e sombra. Embora a escultura tenha o relevo que pode ser sentido pelo tato, a pintura mostra um relevo visual que não precisa ser tocado. É esse o seu maior desafio e, portanto, sua superioridade.

— A *signorina* tem razão — disse Galilei. — Para que imitar a escultora Natureza usando a própria natureza, isto é, a pedra, para dar volume? — Ele virou-se para mim, buscando aprovação. — Nas duas artes, há mais um motivo para a pintura ser superior à escultura. Sendo bidimensional, está mais distante da realidade, e quanto mais longe a imitação ficar do objeto imitado, mais admirável será a imitação.

— Trata-se de um princípio geral que pode ser aplicado a todas as artes? — perguntou um dos cavalheiros.

— Sim. Deveríamos admirar um músico que nos emociona com um amante desprezado ao mostrar sua tristeza sob a forma de música, em vez de soluços. — Ele deu um sorriso jocoso para mim. — As canções são expressões opostas à dor, enquanto as lágrimas e os soluços são bem parecidos.

— Se é assim, *signor* Galilei — falei, com um olhar que dava a impressão de que ia contestá-lo —, a música do alaúde está acima da canção e da pintura por estar mais distante da expressão humana.

Os homens do grupo brincaram com ele por enfrentar um argumento mais forte. Galilei abanou a mão, bem-humorado, e perguntou:

— Embora eu tenha sido totalmente derrotado na minha argumentação, posso ter o prazer de dar uma *passeggiata* no jardim com minha vencedora?

Fiz um gesto chamando Palmira, que pulou na nossa direção.

— Esta é minha filha, Palmira.

— Ah, que linda menina. A mãe em miniatura.

Descemos para o térreo do palácio, depois entramos numa passarela que levava ao jardim e a um anfiteatro gramado, onde alguns meninos imitavam um jogo de futebol. Ali, as folhas dos ciprestes e das jardineiras decorativas eram mais verdes, a grama mais aveludada, a brisa mais fresca, o canto dos pássaros mais harmonioso que em qualquer outro lugar onde eu já havia estado.

— Tudo aqui parece ter uma pincelada de verniz que acentua as cores.

— Quem diz é a pintora que existe em você.

Quer dizer que ele realmente se lembrava de mim.

— Para onde vai essa alameda do jardim? — perguntei.

— Espero que para muitos encantos. Mais exatamente, para sebes que formam labirintos.

— Ah, você vai gostar, Palmira. — E como havia muitas pessoas passeando por ali, ela ficaria satisfeita olhando os trajes.

— Você ia me perguntar algo, na última vez em que nos vimos — lembrou ele.

— Sim, o que sabia dos quadros do palácio. Mas agora preciso saber outra coisa.

— O quê?

Palmira viu uma borboleta negra com listras marrons e paramos para ela apreciar, até que o inseto voou.

— O que sabe da arquiduquesa? — perguntei.

— Nasceu na Áustria e é muito religiosa. Gosta de missas tristes e orações vespertinas que não acabam nunca. É uma mulher que aprecia os detalhes dramáticos da história dos cristãos, adora seus excessos e extremos. Se tivesse vivido no tempo de São Francisco de Assis, teria seguido o santo.

— Ou o exemplo de Maria Madalena? Quer dizer, se ela estivesse em outra situação.

— Mesmo se não fosse em outras circunstâncias. Há mulheres que assumem os pecados do mundo e vivem em eterna penitência.

— Renunciar ao mundo e rezar como uma penitente, mas usando joias?

— Exatamente.

— Obrigada. Isso pode ajudar.

Galilei indicou com a mão para entrarmos numa alameda mais estreita em meio a sebes floridas. No calor da tarde, o cheiro doce do jasmim estava forte.

— Pode ajudar o quê? A pintar um quadro? — perguntou ele.

— Sim, uma *Maria Madalena* que o arquiduque me encomendou. Quero descobrir e mostrar um outro lado que não o convencional, da pecadora que de repente se converte ou se transforma em penitente. Acho que ela deve ter feito uma longa, profunda e dolorosa reflexão até efetuar essa mudança. Você viu *Adão e Eva*, de Masaccio, na capela Brancacci?

— Claro.

— Nessa escultura, o corpo de Eva pensa e sente. Da mesma maneira que as mãos de Masaccio fizeram o corpo dela "pensar", quero que o de minha Madalena também pense. Não sei ainda o quê, mas é mais complexo do que a angústia que sentiu ao se ver.

— Posso sugerir que conheça a escultura da Madalena em madeira, de Donatello, que está no batistério? Tem um estilo exagerado que a arquiduquesa vai apreciar.

— Como posso entrar no batistério nessa época do ano? Tenho de esperar até março, quando se realizam os batismos anuais.

Ele parou na alameda para pensar.

— Com uma pequena autorização de Sua Alteza Sereníssima, tenho certeza de que você poderá entrar. Posso conseguir e me sentirei honrado de acompanhá-la hoje. Você e sua linda filha.

— Hoje? Não vai parecer indelicado com nosso anfitrião?

— Não, os convidados vão se retirar logo para assistir ao jogo de futebol da tarde.

Apressamos o passo e ele conversou com Cosimo a sós. Quando vimos que alguns convidados estavam se retirando, nos despedimos respeitosamente e atravessamos o Arno numa carruagem aberta, o que foi outro encanto para Palmira. Nunca tinha andado numa. Galilei mexeu no bolso do colete e disse:

— Palmira, abra a mão, por favor.

Ela olhou para mim, querendo permissão, e abriu a mãozinha. Galilei deu para ela uma bala dura, amarelo-esverdeada e de forma irregular. Ofereceu uma para mim também.

— É de cidra. Tenho várias cidreiras na minha *villa*.

Palmira perguntou, chupando a bala:

— Por que não temos uma bala assim, *mama*?

— Se tivéssemos, estas não seriam tão boas. O fato de não termos uma coisa sempre a valoriza.

Galilei me olhou bem e pôs uma bala na boca.

O rio estava menos escuro e mais azul do que o normal, com todos os tipos de embarcações em volta de uma barcaça com músicos que tocavam sob estandartes dourados. Os *remaioli* tinham interrompido a tarefa de tirar areia do fundo do rio e construir margens. Naquele dia, todos os operários usavam seus estreitos barcos como uma festiva casa flutuante. Na margem mais distante, ouvimos as trombetas do desfile do jogo de futebol. Palmira não conseguia se conter de tão animada.

A carruagem parou à porta do batistério e o *signor* Galilei desceu.

— Não vamos demorar, pois conheço o sacristão — disse ele, indo para uma construção na *piazza*.

Palmira ficou impaciente, deixei-a descer da carruagem.

— Fique por perto — avisei.

Na mesma hora ela correu atrás de três pombos e, num piscar de olhos, era capaz de se perder no meio das pessoas. Segui-a com os olhos entre os músicos, vendedores de frutas e os homens que estavam jogando dados em pequenas mesas. Chamou a atenção dela uma *porchetta,* carroça com uma cabeça de porco, parecendo a de Holofernes. A cabeça foi colocada de frente para o corpo assado do animal e não contei a Palmira que era recheado com as próprias orelhas e miúdos.

A penitente andrajosa continuava se lamentando nos degraus da catedral. O sofrimento dela não me parecia falso, como Pietro achou. Nenhuma mulher ia querer viver daquele jeito, além de tão desleixada, a menos que houvesse um motivo mais forte. A curiosidade de Palmira foi maior que sua timidez e ela se aproximou da mulher. A patética criatura gemeu mais alto e Palmira voltou correndo e chorando. Quanto mais alto a menina chorava, mais alto a mulher também chorava. Precisei sacudir Palmira para ela parar.

— Assim não pode, ela é uma pobre velha, você não deve prestar atenção nela.

— Olha como está suja. Os pés dela estão pretos, mamãe.

— Os seus também estariam, se você não pudesse ter sapatos. Agora pare, o *signor* Galilei está voltando. Ele nos faz um favor, então não atrapalhe. — Peguei um lenço e passei no rosto dela. — Você vai ver onde foi batizada quando era bebê.

Seguimos o *signor* Galilei e o sacristão até o batistério. Os dois abriram lentamente uma das enormes portas de bronze, só o suficiente para passarmos de lado. Ficamos na luz suave que vinha das altas janelas até nossos olhos se acostumarem à penumbra e notei detalhes que não havia percebido no batizado de Palmira: as paredes de pedras brancas e verdes formavam figuras geométricas e as colunas lisas tinham forma de taças. Palmira prestou atenção na enorme cruz de prata decorada que estava no altar.

Deixei-a lá e atravessei o batistério com Galilei. A Madalena de madeira, retratada na velhice por Donatello, estava entre duas colunas de mármore rosa. No mesmo instante, tive o choque de vê-la inteira. Uma figura emaciada, de furiosos olhos vazios, com grandes olheiras e faces encovadas, arrasada pelo passar dos anos, as mãos postas, rezando. Descalça, as pernas finas e nuas, não uma nudez artística, mas cobertas apenas pelos cabelos emaranhados que iam até os joelhos. Restavam-lhe só dois dentes como cacos na boca aberta. As pernas secas e separadas e os pés apertados no chão a prendiam à terra enquanto ela desejava o céu. Me arrepiei.

— Aquela mulher lá fora! — gritava Palmira atrás de mim. Ela escondeu o rosto na minha saia e um choro ecoou na sala de pedra e vazia. Palmira não ia se acalmar com nada que eu dissesse. A única solução era tirá-la dali, rápido.

Dei um olhar desamparado para o *signor* Galilei, cheia de vergonha.

— Desculpe, *signore*, temos de ir embora.

Peguei Palmira pela mão e saí com ela, mas olhei para trás mais uma vez a Madalena. Patética, ainda enlouquecida pelo pecado que cometeu 1.700 anos antes.

— Não precisa nos levar em casa, *signor* Galilei, moramos perto. Desculpe o transtorno que lhe causamos.

13

Vênus

NO DIA SEGUINTE, À TARDE, UM MENSAGEIRO me entregou uma carta.

Distinta *signorina,*

Lastimo o problema que causei ontem a você e sua filha. Foi impensado de minha parte não prever a reação de uma criança àquela escultura impressionante, mas estou certo de que a infeliz à entrada do batistério ajudou a assustar sua filha.

Posso redimir minhas boas intenções convidando-a para jantar no *palazzo* Pitti no aniversário de Giovanni, filho de Cosimo, no próximo sábado? Cosimo me autorizou a enviar uma carruagem para buscá-la e pediu para avisar que sua presença será uma honra para ele também. Beijo cordialmente sua mão e peço que continue a me prestigiar com sua bondade e inteligência, assim como com sua presença nas observações que faremos do planeta Vênus nessa mesma noite, caso o céu esteja claro.

Mui humildemente,
Galileu Galilei

A marca em cera era de um animal com guirlanda de louros sob uma coroa e o título Academia Linceana de Ciência.

Observar o planeta Vênus? Por que esse planeta? O que Pietro iria pensar? O que eu pensava? Não tinha certeza. O interesse dele devia ser apenas paternal. Afinal, tinha idade para ser meu pai. Eu o incomodei e não queria parecer ingrata. E há muitas vantagens em estar na corte de Cosimo. Cada cavalheiro presente era um mecenas em potencial, inclusive os jovens filhos dele, Ferdinando e Giovanni, quando crescessem. Aceitei o convite.

À noite, pensei um pouco mais no assunto. Eu não sabia quais eram as intenções do *signor* Galilei. Se Pietro me acompanhasse, ninguém desconfiaria de nada. Quando ele chegou em casa depois do trabalho, comentei casualmente sobre o convite, enquanto cortava cebolas para o jantar.

— Quer ir?

— Deixe-me ver o convite.

A faca escapou da cebola.

— Não há convite. Um mensageiro dos Médici, de libré, veio e recitou o convite em versos. Muito criativo.

Olhei só para a cebola e tive mais cuidado ao cortar.

— Quando vai ser?

— No próximo sábado. Começa no final da tarde e segue pela noite para observar as estrelas num telescópio.

— Não, eu vou à corrida de cavalos.

Corrida de cavalos. Isso significava que ele voltaria do hipódromo alegre e generoso com dinheiro, ou triste e mesquinho.

NO DIA DO ANIVERSÁRIO DE GIOVANNI MÉDICI, a tarde parecia um forno provido de nuvens. As pedras que calçavam as ruas exalavam um calor abafado que se refletia nas paredes também de pedra. Tão pesado que era capaz de arquear as asas de uma mariposa.

Na Sala Bianca um mordomo me levou até a cadeira colocada ao lado de Galilei, no final das mesas arrumadas em forma de U. Assim que me viu, ele se levantou e puxou a cadeira para eu sentar.

— Perdoou-me por deixá-lo à mercê do sacristão na igreja? — perguntei. — Acho que minha filha e eu não fomos corretas.

— Acho que vou desapontá-la outra vez, *signorina.*

— Por quê? — perguntei.

— Vênus não vai aparecer esta noite, há nuvens — disse ele, olhando a janela aberta.

— Talvez as nuvens se dissipem — comentei.

Ele apontou para um estandarte fixo e imóvel, dependurado na ala em frente ao palácio para mostrar que não havia vento.

À mesa ele não disse nada que demonstrasse quais eram suas intenções e por várias vezes percebi que não acompanhava a conversa dos demais: distraído, esfregava os dedos com a unha do polegar. Estava com a cabeça nas estrelas, como aquelas mulheres disseram.

Os garçons serviam o *antipasti* de anchovas no azeite e limão, com flores de *zucchini* fritas. Os convidados comiam e falavam lentamente, quase sem se mexer. Até os risos eram lentos e lânguidos. As janelas abertas não traziam ar fresco e fios de suor escorriam pelo pescoço dos garçons. Os convidados passavam guardanapo na testa. O *signor* Galilei molhou um lenço e colocou-o no meu pulso para me refrescar.

Comemos a *prima portata*, o primeiro prato, que consistia numa saborosa torta de leitão com cebolas, tâmaras, amêndoas e açafrão, enquanto os cantores apresentavam uma animada cançoneta de autoria de Lorenzo Médici. *Chi vuol esser lieto, sia di doman non c'è certezza,* diziam. Seja feliz agora, já que o futuro ninguém sabe como será. Que música mais inadequada para uma festa de aniversário! Muitos convidados riam e paravam de abanar os leques de papel pintado para aplaudir, mas achei a música um mau augúrio. Pensei em Pietro jogando nas corridas de cavalos. O *signor* Galilei também parecia estar com maus pensamentos, embora eu não pudesse saber quais seriam. Esfregava rápido o polegar nos outros dedos.

Cosimo percorreu as mesas com o filho Giovanni, apresentando-o como se fosse um homenzinho, embora não devesse ter mais que sete ou oito anos de idade. Quando chegaram onde eu estava, Cosimo disse:

— Esta é *donna* Artemísia Gentileschi, grande pintora. Agora está fazendo um quadro para sua mãe.

Tive um pequeno sobressalto, pois não havia começado o quadro e temia que ele perguntasse como estava o trabalho.

— Um dia você vai querer ter quadros dela na sua coleção.

— Um dia terei prazer em pintar para você — falei e eles seguiram pela sala.

Do lugar onde eu estava, via a severa arquiduquesa Maria Maddalena. Tinha um porte orgulhoso e não fazia carinho nos filhos como a mãe de Cosimo, a grã-duquesa Cristina. A mãe não tinha o envolvimento e a alegria que a avó demonstrava ao recitar para o neto um poema dedicado a ele.

Inclinei-me para o *signor* Galilei e cochichei:

— Essa arquiduquesa de rosto oval, tão séria na cabeceira da mesa, não apreciaria a magreza e a paixão das esculturas de Donatello.

— Mas você pinta para agradar o mecenas ou para expressar uma ideia?

— Para mostrar o que penso, que é diferente do que pensa uma mulher que vive mal por se penitenciar demais. Eu queria fazer de Maria Madalena uma heroína, mas uma penitente não faz nada para se orgulhar depois.

— Então, o que vai pintar?

Dei um longo e demorado suspiro.

— Não sei.

Ao meu lado na mesa uma dama se abanava com um leque, depois conteve o esforço e apenas olhou pela janela.

— Os melhores quadros são aqueles que narram um determinado momento — falei, pensando alto. — Imaginei mostrar a ansiedade em volta da casa de Simão, quando Maria Madalena trouxe a caixa de alabastro com o caro azeite, esperando uma oportunidade para entrar, lavar e untar os pés do Mestre. Mas agora não tenho certeza do que fazer.

—Você leu as Escrituras? — perguntou ele, parando de esfregar o polegar nos dedos.

— Não, só imaginei esta cena do lado de fora da casa.

— Mas conhece a Bíblia.

— Depois que minha mãe faleceu, estudei com as freiras de Santa Trinità dei Monti, em Roma.

— Isso significa que aceita a Bíblia como verdade?

— Não sou teóloga, sou pintora. A Bíblia é uma rica fonte de histórias para pinturas e esculturas dramáticas. — Sorri e completei: — Além de fonte para a música, que você considera a maior de todas as artes. Quanto a saber se as histórias da Bíblia são verdadeiras, isso não me compete. Eu lido com a imaginação.

— *Bene* — disse ele, recostando-se na cadeira, satisfeito.

— Posso estar enganada, mas imagino que Madalena tinha uma relação mais próxima com Cristo do que Marta, a irmã dela que servia a comida. Cristo disse a Marta que Madalena tinha escolhido o melhor caminho. — Olhei as mãos da arquiduquesa, que deviam sentir o peso de tantos anéis, e falei: — Era isso que eu gostaria de mostrar, de algum jeito: que a vida de Marta, preocupada com posses e bens materiais mundanos, era menos importante, nos ensinamentos do Mestre, do que a vida meditativa da irmã. Madalena tinha capacidade de lidar num plano abstrato que pertencia mais aos homens.

Ele levantou a taça de vinho, mas não bebeu.

— Só aos homens?

— Praticamente. Os apóstolos eram todos homens, pessoas racionais, mesmo que fosse apenas um pensamento questionador. As mulheres mostradas na Bíblia demonstram fé e espiritualidade, mas você encontrou alguma que falasse ou perguntasse como Maria Madalena fala e pergunta ao Mestre?

— E a Virgem Maria?

— Ela disse alguma coisa de consciência espiritual? Que prova temos de uma mente inquiridora, vibrante? Existe uma oração da *mãe-nossa* como temos o *pai-nosso*? O salmo *Magnificat* é o mais próximo que há disso.

— Os santos papas não gostariam que se desse muito importância a ela.

— Não que não mereça a santidade, mas é preciso reconhecer que a Virgem passa pelos séculos quase em silêncio. Maria Madalena pelo menos mostrou ter outra perspectiva e ser capaz de discutir.

— Se me permite, nesse ponto você é parecida com Madalena e se torna uma mulher extraordinária por seu próprio argumento.

— Como assim?

— Tem uma cabeça pensante, que vê as coisas por outra perspectiva.

Agradeci o elogio e acrescentei:

— Mas é difícil transmitir isso num quadro. E quem não aceita refletir sobre um quadro não percebe isso.

Depois de um intervalo em que atores se apresentaram andando sobre pernas de pau, os garçons serviram a *seconda portata*: pombo assado enrolado em tiras de toucinho defumado e acompanhado de figos recheados com uvas pretas adocicadas. Ninguém tinha vontade de comer, tal o calor. Eu ainda estava quente.

— *Signorina,* ou será que posso chamá-la de Artemísia?

— Sou *signora,* mas, por favor, me chame pelo nome.

— Fiquei bastante impressionado com sua participação no nosso debate sobre pintura e escultura.

— Uma discussão interessante, embora não seja habitual para mim.
— Quando foi que discuti sobre aquele assunto com Pietro? Não me lembrava.

— Consegue ver o alcance de seu sucesso, como primeira mulher a fazer parte da academia? Uma mulher chutando a mesquinhez e a tradição. Uma mulher que enxerga as coisas por si mesma. Admirável.

Tive de sorrir com aquelas palavras. Se não estivesse com tanto calor, poderia pensar numa resposta adequada.

Os convidados passaram para o terraço e o jardim, em busca de sombra e brisa. Galilei não fez menção de sair da mesa. Tirou do bolso um lenço com balas de cidra.

— Manias de velho. — Abriu o lenço na mão e me ofereceu uma bala.

— São deliciosas. Cada uma tem uma forma, como vidro derretido ou joias brutas.

Peguei uma.

— A cidra este ano deu bem, planto-a em vasos de barro na minha *villa*. Planto também laranjeiras e limoeiros.

— Colhe balas em árvores?

Ele riu da própria confusão.

— As balas de cidra são feitas pela irmã Maria Celeste, do Convento de San Matteo, em Arcetri. — Ele pôs o lenço na mesa e olhou as balas. — Ela é minha filha.

— Ah, não sabia que é casado.

— Não sou — disse, fazendo uma pausa. — Nem nunca fui.

Eu não devia ter estranhado. Embora não fosse muito bonito, era um homem inteligente e capaz de gentilezas, tinha uma galanteria sincera e qualquer mulher inteligente poderia gostar dele.

— Estranho, não? Para um homem da minha idade.

— Talvez não seja, para um homem que ama estrelas.

— Tenho mais um casal de filhos e uma relação cordial com a mãe deles. Mas nunca moramos juntos, ela hoje é casada e mora em Pádua.

Olhei discretamente das balas para ele, tentando ver os sentimentos que tinha por aquela mulher, mas seus olhos eram impenetráveis.

— Falamos demais do meu trabalho. Agora fale do seu — pedi.

Ele me olhou atento.

— Acho que você tem a mente aberta para o universo da visão, sem se tolher pela crença autorizada.

— O trabalho do artista, assim como do cientista, é estudar o universo através dos olhos.

— Então vou lhe dizer, embora meus detratores me obriguem a ser cauteloso e anunciar as conclusões do meu trabalho apenas em tese. — Ele se inclinou para a frente e falou rápido: — Pelo que vejo nos meus telescópios, a lua tem colinas e crateras como a Terra, e o sol tem manchas.

— Manchas?

— Fumaças ou vapores que aparecem como áreas mais escuras contra o sol, e esse é o ponto. — Ele apoiou os cotovelos na mesa e fez um gesto com as mãos, esquecendo do calor que fazia na sala. — Esses vapores passam pela superfície do sol, dando a entender que ele gira, parado, sobre o próprio eixo. — Segurou a bala maior e girou-a.

— Parado! Então como ele nasce e se põe?

— Isso é apenas uma ilusão vista da Terra. — Levantou o indicador, não se importando com a minha surpresa, na pressa de explicar: — Descobri também que o planeta Júpiter tem quatro luas — disse, colocando quatro balas menores em volta da maior. — Apesar de os teólogos dizerem que Deus jamais permitiria que os elementos do sistema planetário ultrapassassem o sagrado número de sete. Temos de admitir o que vemos com nossos olhos.

— E não levar a Bíblia ao pé da letra?

— Em todos os temas, certamente que não. Avisei isso numa carta à grã-duquesa Cristina, que tem dúvidas do que afirmo, embora o filho concorde comigo. Fui preceptor dele, tem certa lealdade por mim.

— Consegue ver as luas no seu telescópio? Elas também podem ser uma ilusão.

— Elas existem! Meu telescópio mostra-as em movimento em volta de Júpiter, provando, ou melhor, dando a entender que os corpos celestes podem viajar em redor de outros, além da Terra.

— Incrível! Tudo ao contrário do que achamos. Sempre nos ensinaram que tudo gira ao redor... de nós. Você afirma que nem tudo o que a Santa Madre Igreja diz é verdade?

Ele deu de ombros e apertou os lábios.

— Essa afirmação, *signore*, é ousada e perigosa. Como pode ter certeza? — perguntei de novo.

— Pela observação e pela lógica. Se Aristóteles pudesse voltar à vida para eu lhe mostrar meu telescópio, ele rasgaria o que escreveu e consideraria tudo ideias primitivas de um egocêntrico de mente estreita.

— Eu gostaria de ver essas... luas — falei, mostrando as balas.

— Eu lhe mostraria esta noite, se o céu estivesse claro. Com nuvens assim, não podem ser vistas. Um dia, quando as condições do tempo forem perfeitas, vou lhe mostrar. Além das crateras na lua e as fases de Vênus também.

— Fases?

— Da minguante à cheia.

— Então Vênus é uma lua!

Ele sorriu de repente e inclinou a cabeça.

— Pode-se dizer. Uma lua do sol, girando em torno dele.

— Você quer dizer que a deusa do Amor aumenta e diminui?

A expressão dele mudou rapidamente, meio irritado por fugir do que estava pensando. Achei graça. Depois, ficou sem saber se seguia meu pensamento ou o dele e finalmente retomou o tema.

— Veja, as fases mostram que Vênus gira em torno do sol como a nossa lua gira em torno da Terra. — Pegou uma bala para representar Vênus e disse, mais baixo: — Como um planeta gira em torno do sol e como as manchas solares mostram o sol girando no seu próprio eixo, é provável que ele atinja todos nós, todos os planetas, em sua rotação — concluiu, fazendo as balas menores girarem em torno da maior.

— Quer dizer que nós agora estamos em movimento? — Olhei pela janela, mal conseguindo entender. — Não sinto mexer.

— Mesmo assim, Artemísia, nós *estamos* nos movendo, a uma incrível velocidade, mas temos a ilusão de estarmos parados — disse ele, calmo, como se estivesse ensinando uma criança a andar.

Mostrei a rua pela janela.

— Então por que aquele estandarte está dependurado e não de lado? E os cabelos daquela mulher no terraço não estão eriçados para cima?

— Porque há outras forças impedindo que isso ocorra. — Ele recostou-se na cadeira. — Você tem uma forma arguta e original de pensar.

Sorri.

— A arte e a ciência se tocam na imaginação, onde nascem todas as ideias, onde nascem as ideias originais e onde nós dois estamos mais vivos.

Apesar das ideias dele serem inacreditáveis, a afinidade de pensamento nos unia. Desviei o olhar para disfarçar minha admiração.

— O artista e o cientista deveriam manter um saudável ceticismo em relação ao pensamento tradicional — disse ele.

— Cumprimento o senhor por se arriscar — falei, num sussurro.

— Por favor, me chame de Galileu, não de senhor.

Saímos e ficamos na escada, olhando uma fileira de ciprestes escuros que pareciam sombrias torres de igrejas apontando para o céu.

— Nós dois estamos nos arriscando — disse ele, com a expressão anuviada. — Preciso ir logo apresentar minhas descobertas ao papa. Liberá-lo das ideias de Aristóteles e Ptolomeu e pedir a proteção dele, caso venha precisar.

— Você vai a Roma, entrar na boca do leão?

— Acho que já estou nela.

— Não devo me preocupar com sua ida? — perguntei, levantando a mão para impedir que ele respondesse. — Não importa o que diga, vou me preocupar. Você está seguro demais. Mas quem tem ideias novas tem também inimigos. O papa pode virar suas ideias contra você mais rápido do que se apaga uma vela. Roma é uma cidade perigosa. Pode apoiar suas ideias num dia e ser contra elas no dia seguinte. Pode admirar pessoas fortes, mas apreciar quando elas caem.

— Como sabe?

— Você esquece que sou romana.

Ficamos em silêncio por um bom tempo, cada um pensando em sua Roma, enquanto a noite chegava.

Alguns convidados se aproximaram de nós. Um deles perguntou:

— Não vai observar as estrelas esta noite, *signore*?

— Nem sempre o céu nos concede o que desejamos — respondeu ele. Entrou na casa e trouxe um alaúde.

— A música do alaúde é a maior de todas as artes — lembrei a ele. — Maior que a pintura, soa mais alto que um soluço. Toque alguma coisa melancólica para a sua partida.

As notas ficaram suspensas na escuridão densa como eu sabia que aquela noite ficaria na minha memória, uma estrela entre nuvens.

Os convidados estavam se retirando, Galileu desceu a escada do palácio comigo e me ajudou a subir numa das carruagens que aguardavam na porta. Pôs a mão na porta do veículo.

— Assim que voltar de Roma mando lhe avisar. — Seus olhos suaves brilharam no círculo de luz da lamparina da carruagem.

— Enquanto isso, tento sentir a Terra se movendo — avisei.

14

Maria Madalena

PIETRO ESTAVA NA CAMA FAZENDO A SESTA, ao lado de Palmira, meio adormecida. Perguntei a ele:

— O que você acha mais importante num pintor?

— Acima de tudo e sempre, ser um bom observador.

— E se o pintor vê algo que é desagradável?

— Tem que ver de qualquer jeito.

— Quer dizer que ela não deve desviar os olhos, mesmo que pisque?

— Do que você está falando?

— Da minha Madalena arrependida. — Juntei meus lápis de grafite e um pequeno caderno de desenho. — Pode ficar um pouco com Palmira? Vou procurar aquela penitente na porta da igreja.

— Para quê?

— Não sei direito. Vou ver quando a encontrar. Volto antes de você terminar a sesta.

A MULHER NÃO ESTAVA NA SANTA CROCE. Contornei o Duomo e o Batistério. Por que sumiu logo quando precisei dela? Encontrei-a na praça San Lorenzo. Coloquei-a na minha linha de visão, entre um cavalo e uma carroça.

Ela estava descalça, balançava o corpo para a frente e para trás, tão arrependida do que havia feito que perdeu qualquer decoro. O que poderia ter feito de tão horrível para passar o resto da vida se mortificando? Só um tirano merecia agonia tão longa. Lastimei com ela, por ela, por Eva, pelas tristezas do passado e pelas que ainda estavam por vir. Deixei de lado meu lápis de desenho. Não era certo desenhar a dor ao vivo. Se havia algum artista na cidade de Betânia, onde viveu Maria Madalena, ele estaria errado em colocar seu lápis ou seu carvão na dor dela enquanto lavava os pés de Cristo. Há coisas um pouco duras para a arte, até o tempo amenizar sua dureza.

Voltei para casa.

Se a conversão leva àquele desespero abjeto, eu não queria pintá-la, mas o instante pouco antes dela ocorrer, pois aquilo, sim, era instigante. O momento antes da renúncia, quando Eros ainda a dominava, quando ela avalia como seria o futuro se seguisse o impulso da vida. Naquele momento ela poderia ter medo de desistir do que ainda queria. Então, poderia ser pintada num lindo vestido que aquelas florentinas iam gostar. Seus cabelos soltos poderiam mostrar uma sensualidade mal reprimida. Eu daria uma sugestão do abandono selvagem da Madalena de Donatello, mostrando sob a barra do vestido um pé descalço, não um pé bonito, mas um pé de mulher que trabalha duro.

Apertei o passo, animada com a ideia.

Ela precisa ser irônica, contraditória, ambígua. Teria vincos marcando a testa, lágrimas nos olhos, pálpebras vermelhas e inchadas de vergonha do passado, mesmo assim usaria uma seda suntuosa e joias, teria acabado de se arrumar, estaria ao lado do espelho, pronta para o próximo galanteador. A ambiguidade estaria nas lágrimas dela. Para que serviam?

Perto de casa, na *corso* dei Tintori, seda dourada e brilhosa secava, dependurada nas janelas superiores das casas. Tiras de seda estavam esticadas em molduras de madeira. Era a cor ideal para a roupa de Madalena! Uma jovem tirava mais seda de um barril de tinta com o sol se refletindo na água e brilhando em seus braços fortes e nus. Olhei aquela linda moça de pele dourada, de ombros largos e cabelos cacheados, com o rosto contorcido pelo esforço numa expressão de sofrimento. Se conseguisse que ela fizesse assim outra vez e olhasse para fora, em vez de para o barril fumegante...

Aproximei-me.

— Linda cor dessa tinta. Gosta do seu trabalho?

— Não, *signora*. A senhora gostaria de sentir cheiro de amônia e se queimar com água quente todos os dias?

Ela estava com os olhos vermelhos e lacrimejando. Perfeito. Ia parecer que estava se lamuriando dos pecados.

— Você preferia fazer o quê?

— Tecer, ou costurar.

— Algo que pudesse fazer sentada?

— Ah, sim.

— E o que acha de ser paga só para posar para um quadro?

Ela me olhou desconfiada.

— Sou uma mulher direita, *signora,* não sou uma...

— Sou pintora e gostaria de pintar você, é linda.

Ela zombou:

— Meu pai não vai acreditar em mim.

— Deixe-me falar com ele.

Ela me conduziu aos fundos de uma loja estreita. A resposta do pai foi um sonoro não.

— Quem ia cuidar do seu barril de tinta? — perguntou à filha, parecendo ignorar a minha presença. Não entendi bem o que ele dizia, pois cada olho dele olhava numa direção. Pensei como ele devia ver o mundo e lastimei, devia ter uma visão distorcida.

— Tenho certeza de que o senhor encontrará uma pessoa que vai ganhar do senhor um terço do que vou pagar a sua filha.

— Ela não vai tirar a roupa, por mais que lhe pague — rosnou ele.

— Pelo contrário, quero que vista um traje nessa bela seda dourada que está secando agora. A cor parece tecida em fios de ouro puro. Sem dúvida, é a melhor seda da cidade, não?

— Claro que é. Minha família tinge sedas aqui há duzentos anos.

— E o senhor não quer que Maria Maddalena Médici, a arquiduquesa, conheça o tintureiro que criou uma cor tão linda? O quadro que estou fazendo é para ela. Como se chama, *signore*?

— Marco Rossi.

— E sua filha?

— Umiliana.

— *Bene*, está combinado. — Estendi a mão e ele, mais seguro, bateu na minha mão como se estivesse cumprimentado outro homem. Sorri para ele e recomendei a Umiliana: — Tome um banho e lave os cabelos. Venha na segunda-feira de manhã. Minha casa fica no Lungarno, antes da *piazza* Piave. Procure um portão de madeira com uma cabeça de leão esculpida. No pátio tem um poço quadrado e uma figueira. Puxe a corda do sino que tem três nós.

NA SEGUNDA-FEIRA UMILIANA CHEGOU me trazendo um pêssego. Cortei-o em três pedaços: para ela, Palmira e para mim.

— Desculpe, *signora,* não sabia que tinha uma filha. Devia ter trazido um pêssego para ela e outro para você.

— Não precisa se desculpar. Olhe que cor linda tem o pêssego, quase como a seda dourada. Uma costureira vem hoje aqui para tomar suas medidas e depois vai à loja de seu pai comprar a seda.

— Ele vai ficar muito feliz.

— Seu cabelo hoje está bem liso — notei.

— É porque não trabalhei de manhã. O vapor do barril faz o cabelo ficar crespo.

— Ah, mas quero o cabelo crespo, um pouco desgrenhado. Antes de vir, todos os dias, ponha a cabeça sobre um barril de água quente.

Ela obedeceu, embora achasse que o cabelo não ficava muito bonito. Durante a semana, testei-a em diversas poses e ela se mostrou dócil, curiosa, pronta a ajudar.

Todos os dias ela perguntava:

— O vestido está pronto?

Palmira estava tão ansiosa quanto Umiliana.

— Vem amanhã, *mama*?

— Não se preocupem, vai chegar.

Quando o vestido finalmente foi entregue e colocado sobre um pano na mesa de cavaletes, Palmira pulou de alegria, Umiliana deu um assobio de aprovação e recuou para admirá-lo melhor. Suas sobrancelhas formavam um arco na testa.

Achei graça.

— *Dio mio*, não tenha medo dele, Umiliana. Venha, ajudarei você a se vestir.

Rápido, ela deixou cair o vestido que usava e levantou os braços acima da cabeça. Palmira examinava, olhos arregalados de inveja, eu passar o vestido pela cabeça de Umiliana. Depois que acertamos o vestido no corpo, mal se conteve, dava gritinhos e balançava os braços, admirada.

— Ela parece uma rainha — gritou, fazendo uma reverência. Depois, mostrou a cadeira de veludo que peguei emprestado com Fina e, com um gesto elegante disse: — Esse é o trono dela.

— Querida, vá buscar meu espelho — pedi, e Palmira voltou carregando-o com as duas mãos.

Umiliana sorriu, entre surpresa e confusa.

— Pode ter certeza, nunca terei um vestido assim.

Abaixei o decote para deixar um ombro à mostra.

— Nem eu, decerto.

— O que faz com o vestido depois de terminar o quadro? — perguntou Umiliana.

— Ah, terei de vender, acho.

— É muito trabalho só para fazer um quadro — disse ela, passando a mão na trama do corpete e se olhando no espelho.

— Não, já que o vestido é muito importante para o que quero dizer no quadro.

— Gostaria que Giorgio me visse assim.

— Giorgio?

O vestido fez com que ela ficasse ousada, mas de repente voltou à timidez.

— É o meu...

— Ah, claro — disse eu, sorrindo. — Quando terminarmos a tela, ele pode ver o quadro antes de ser entregue. Mas vai demorar.

— Ótimo.

Sentei Umiliana à mesa, num plano que mostrava três quartos do corpo, as dobras da saia farta e cheia como um balão tomando mais da metade do quadro. O espelho de moldura de madeira que estava sobre a mesa me deu uma ideia. E se ele refletisse não a imagem da mulher que Madalena é agora, mas a que se tornaria, grisalha e de rosto encovado, como na versão de Donatello? Quem olhasse o quadro concluiria se aquela seria ela caso não se arrependesse, ou caso se arrependesse. Essa seria a minha *invenzione*. Coloquei a mão esquerda dela como se empurrasse o espelho numa sombra, se protegendo da feia trapaça do tempo.

— Ponha a mão direita sobre o seio esquerdo. Mais para cima. Não, sem apertar, só encoste a mão. Assim. Com o dedo polegar entre os seios.

— Fica sem graça.

— Parece que você está desesperada, como eu quero. Agora, faça de conta que está muito calor e você tem que enfiar as mãos naquele barril de água quente. Como seu rosto ficaria? — Ela fez uma careta. — Está exagerado. Ah, agora sim. Como se acabasse de ouvir uma história triste, a mais triste que já ouviu. Giorgio largou você.

Ela ficou com uma expressão desamparada, depois riu de si mesma.

— Desculpe, *signora*. — Recompôs-se e tentou outra vez.

— Está bom. Agora olhe para cima e não para baixo. Olhe aquela rachadura na parede que vem do teto. Perfeito. Não se mexa.

Nas semanas seguintes, vi (e Umiliana também) que ela era capaz de posar por horas, mesmo com aquela expressão de desespero. Era perfeito para uma Madalena temerosa de renunciar a tudo que conhecia.

Certa manhã, ela viu Pietro sair de casa com apetrechos de pintura e avental de pintor e disse:

— Dois pintores na mesma casa, que estranho.

— Não há mais de um tintureiro na sua casa? Meu pai também é pintor. Nós achamos natural.

— E como um consegue pintar diferente do outro?

— Sendo uma pessoa diferente. Sem se influenciar, tendo um gosto bem definido.

De repente, fiquei preocupada: como Umiliana iria ficar, depois daquele trabalho mais leve? Como iria enfrentar os barris de água quente? Ela podia querer o que não poderia conseguir na vida e a culpada seria eu. Mesmo assim, é bom ter esperança, porque vemos as coisas de uma perspectiva mais ampla e conseguimos suportar os dias piores.

— Como alguém sabe a qual dos dois encomendar um quadro? — perguntou ela.

— Vendo o trabalho de cada um, acho.

— Onde estão os quadros dele?

Mostrei as paredes.

— Todos esses são dele.

Ela pareceu olhá-los pela primeira vez.

— Quem é melhor?

O rosto de Palmira surgiu em cima da mesa.

— Nenhum dos dois — respondi.

— Não brigam para saber quem é melhor?

Olhando para nós duas, Palmira deixou o mingau escorrer da colher.

— Não. Chega, vamos trabalhar.

— Como saber qual dos dois pintores é o melhor?

Pensei um instante.

— Às vezes, é impossível saber. Pintores diferentes são bons em coisas diferentes.

Olhei para uma *Sagrada Família* de Pietro que estava na parede desde o dia em que cheguei à casa. A Virgem Maria era linda, com toda a sensualidade nos olhos baixos e no pescoço desnudo que uma virgem não poderia mostrar. Lastimei que a imagem jamais tivesse me emocionado, pois não retratava uma pessoa.

— Às vezes, é muito pequena a diferença entre o esquecimento e a imortalidade. Nunca se sabe. Uma pessoa pode ter muito talento isoladamente mas, ao lado de outra, seu trabalho pode parecer medíocre. É maravilhosamente complicado.

Aquilo devia ser mais do que precisava saber, mas não consegui resistir à curiosidade dela.

No verão, Umiliana trouxe alecrim e manjerona, cultivados no quintal da mãe. No outono, trouxe queijo *pecorino* fresco e ainda macio, que os pastores das montanhas levavam para a queijaria de Giorgio. No inverno, trouxe peras, maçãs e castanhas para assar.

— Hoje o quadro ainda não está terminado — dizia Umiliana, alegre, ao olhar a tela no final da tarde.

No último dia pintei na moldura do espelho floridas letras douradas com a frase *Optimam Partem Elegit*, que em latim significa "Escolhi a melhor forma".

— Pronto, você está tão linda quanto a Vênus de Botticelli — falei, ao terminarmos.

— Não tem nada para acrescentar amanhã?

— Só assinar o quadro.

— Posso ver?

De repente, percebi que naqueles meses todos ela ficou do outro lado do cavalete e nunca me viu pintar. Sem querer, deixei-a à parte do processo.

— Claro que pode. — Misturei mais um pouco de tinta dourada, coloquei o quadro de lado e assinei Artemísia Lom no lado esquerdo. — Artemísia Lom — falei, caso ela não soubesse ler.

— Seu sobrenome é Lom?

— Lomi, meu nome de família. Falta uma letra. Fique aqui na minha frente e me dê sua mão. — Coloquei o pincel na mão dela e segurei para escrever o i que faltava. — Agora, você faz um ponto em cima da última letra.

Ela apertou os lábios, cheia de responsabilidade, enquanto eu segurava seu pulso e movia o pincel lentamente na tela. Depois, virou-se para mim com um longo suspiro, os olhos brilhando.

— Obrigada.

Uma coisa tão simples podia significar tanto. Ela ficou encantada com aquela experiência. Abracei-a e, por cima dos seus ombros, vi Palmira olhando, sem entender o que se passava.

— Quem é aquele homem que você disse o nome? — perguntou Umiliana.

— O pintor Botticelli, que fez a *Vênus*. O quadro está no *palazzo* Uffizi, acho que você nunca entrou lá.

— Não.

— Vou escrever um bilhete como membro da academia explicando que você é minha modelo e vai lá olhar tudo. É um pecado morar nesta cidade a vida inteira e não ver os quadros e esculturas que tem.

— Vejo estátuas de gente em toda parte. Não gosto, elas sempre mostram pessoas fazendo alguma coisa ruim. Como aquele homem na Loggia della Signoria, que segura a cabeça de uma mulher com cabelos de serpentes e aquelas coisas escorrendo do pescoço. Argh! Toda vez que passo lá, olho para o outro lado. Por que são todos tão cruéis?

— É mesmo, *mama*. Por quê? — repetiu Palmira.

Fiquei surpresa que ela percebesse, não sabia que estava ouvindo a conversa.

— Não sei. Acho que foi o tema que o escultor escolheu. — Ainda bem que Umiliana não tinha visto as minhas *Judiths*. — Então está bem, esqueça as esculturas do *palazzo* Pitti. Olhe só os quadros e veja como as mulheres são graciosas. Preste atenção na pose que fazem, um dia você pode precisar. Depois, marque um encontro com seu noivo, mas só depois de ir. Vou perguntar o que você viu lá.

NO DIA SEGUINTE, fui à academia falar com o camaroteiro.

— O senhor ainda tem a lista de modelos? Quero acrescentar um nome — falei.

Ele inclinou a cara redonda e convencida e conteve um sorriso, como se aquela fosse uma espécie de vitória.

— Pois não, *signora*. — As palavras escorreram da língua dele como epítetos oleosos de vingança.

Pegou as folhas com a lista de nomes e me deu uma caneta de pena de ganso. Escrevi com letras grandes e claras *Umiliana Rossi, Corso dei Tintori*, e mostrei para ele ler.

— Ela é excelente modelo. Arrume trabalho para ela!

O sorriso dele virou um esgar.

15

Pietro

FAZIA FRIO. ERA FEVEREIRO. O dia já estava escurecendo. A tinta marrom romana e a amarela napolitana tinham acabado. Despejei na mesa todo o conteúdo da sacola azul que papai me deu e que estivera cheia de moedas com as três encomendas de Cosimo depois da *Madalena*, pagas generosamente, pois agradaram à arquiduquesa. Mas a sacola agora estava vazia.

O retinir das moedas fez Palmira sair de perto da lareira e vir me ajudar a separá-las: seis *zecchini* venezianos, cinco piastras, um *giulio*, um escudo que valia sete liras e quatro liras. Quatro liras davam para uma pessoa comer por uma semana.

Palmira pôs o indicador em cima do brilhante *giulio* de prata e puxou-o para a beira da mesa.

— Posso ficar com esta moeda, *mama*?

— Não, preciso dela.

Ela fechou a moeda na mãozinha e sumiu embaixo da mesa.

— Me dê aqui a moeda.

Pôs a mão nas costas e balançou a cabeça.

— Palmira, me dê aqui.

Correu, fui atrás, ela passou pela porta e saiu no balcão.

— Menina boba, me dê aqui. — Segurei-a pelo ombro, ela gritou, escapou e jogou a moeda no balcão.

— Você é pão-dura — disse Palmira, com olhar de raiva. Entrou em casa enfurecida e chutou meu cavalete no chão. Derrubou o quadro de Santa Catarina que eu estava terminando e ficou olhando, meio rindo, meio com medo.

— Que malvada! Devia ter vergonha de fazer isso! Vá para o quarto.

— Não vou, já tenho oito anos.

— Não tem! Tem sete anos e meio. Não quero ver você. Vá para o quarto!

Ela levantou o pé como se fosse pisar no quadro.

— Não faça isso! — gritei e fui para cima dela. Ela correu para o quarto e jogou-se na cama. Bati a porta e encostei-me na parede.

Será que era assim que as coisas acabavam? Numa ridícula discussão com uma criança? Coloquei a tela no cavalete outra vez, a Santa Catarina que comprou quadros de mulheres para o convento dela em Bolonha. Se ao menos estivesse viva!

Talvez eu não fosse boa o bastante para viver de pintura. Talvez meu pai me tivesse dado as ambições erradas. Talvez eu estivesse sonhando feito boba.

Guardei as moedas na sacola outra vez e tentei pensar com calma. Até receber outra encomenda, só podia gastar com comida, mas Cosimo não queria quadros agora, pois pretendia ampliar o *palazzo* Pitti. Há seis meses eu não recebia uma encomenda, mas precisava continuar pintando para ter o que mostrar. Ia comprar só um quarto de cubo de amarelo napolitano.

Procurar um novo mecenas na cidade podia ser visto como deslealdade ou falta de consideração, mas trabalhar para uma igreja não era. No dia seguinte, deixei Palmira com Fina, contente de ficar um pouco só, enrolei num pano minha Santa Catarina inacabada e levei-a para a igreja de Santa Maria del Carmine, pois no convento devia ter lugar para dependurar um quadro.

Perguntei a um frei se podia falar com o monsenhor e esperei na capela Brancacci, a minha preferida por causa do *Adão e Eva*, de Masaccio. Como se nunca tivesse ido lá antes, me emocionei com o afresco em que Cristo manda São Pedro procurar dinheiro de tributo na boca de um peixe. O rosto de Cristo era calmo e seguro, embora os apóstolos o olhassem assustados e confusos. Cristo e São Pedro apontavam para o lago e o rosto do apóstolo parecia perguntar: "Lá?"

Que fé profunda tinha Cristo para procurar dinheiro em lugar tão inesperado quanto a boca de um peixe. Ele não tinha qualquer dúvida. Também não tinha pena de si mesmo por ser pobre, por pagar tributo, por não saber se os apóstolos teriam o que comer na próxima refeição. Ah, que confiança absoluta num Pai Celeste. Fechei bem os olhos e tentei sentir que Ele me guiava. Abri os olhos e vi aquela confiança pintada na parede, senti que pela primeira vez na vida eu estava usando uma igreja e sua arte como devia. Apesar da lógica de Galileu, a finalidade da arte é elevar o espírito, qualquer que sejam os meios utilizados.

O monsenhor se aproximou, parecendo preocupado. Mesmo assim, me senti segura. Apresentei-me e mostrei o quadro, explicando que era Santa Catarina.

— Parece que não está terminado.

— É verdade. Pensei em... Gosto muito dos afrescos de Masaccio e queria que esse quadro ficasse ao lado, quando terminá-lo.

—Você não é a esposa de Pierantonio Stiattesi, que fez os afrescos no monte Uliveto? — perguntou o monsenhor.

— Sou.

Ele apertou os lábios, avaliando.

— A esposa pintora.

O que ele queria? Que eu ficasse em casa depenando gansos e lustrando colheres de prata?

— Ele agora é da academia — disse o padre.

— Sim, nós dois somos.

— Acho que ele é maltratado.

— Por quem?

— Por você, claro, se é realmente a esposa dele conforme a Igreja.

— Eu sou e não fiz nada contra meu marido.

— Mesmo assim, não temos lugar para seu quadro, sinto muito.

— Monsenhor, já pintei para os Médici.

— Os Médici não são a Igreja — definiu, cruzando as mãos sobre as mangas do hábito para mostrar que a conversa estava terminada.

Fiquei confusa e indecisa. Olhei o afresco outra vez. Qualquer coisa que eu dissesse ia parecer uma lamúria. Concordei com a cabeça, peguei o quadro e parti.

A quem procurar? Seria natural procurar Pietro, mas desde que entrou para a academia ele passava menos tempo em casa. Sem saber o motivo, eu não queria perguntar. Não sabia o que podia descobrir. Meu pai poderia me ajudar, mas na última carta ele disse que estava saindo de Roma para morar em Gênova. Não tinha como achá-lo lá. E seria muito constrangedor pedir mais um empréstimo para Buonarroti. Não sabia se Pietro tinha pago o último. Galileu era minha última esperança.

Fui para casa pela margem do rio, devagar, apesar da chuva fina. Galileu tinha seus próprios problemas. Eu não gostava de perturbá-lo. Anos antes, quando voltou para Roma e nós caminhamos pelos jardins do *palazzo* Pitti, ele me disse que estava sob as ordens do cardeal Bellarmino e teve de prometer que não defenderia a tese de Copérnico. O rosto dele tinha ficado fino e ele falava mais baixo do que antes.

— Fico triste pelo fato de a Igreja estar perseguindo você — falei.

— Eu soube que você também teve uma experiência ruim com um tribunal do papa — disse ele.

— Espero que em Roma você tenha sabido coisas mais importantes do que essa a meu respeito.

— Sim, aprendi que Roma só respeita um cientista se as ideias dele não colocam em dúvida crenças enraizadas.

O que dizer para animá-lo? Eu sabia muito bem o que era ser mal interpretada.

— O papa Paulo garantiu que me protegeria.

— Mesmo assim, não é o fim.

— Não é.

Quando cheguei em casa, coloquei minha Santa Catarina inacabada no cavalete e peguei a última carta de Galileu na caixa de guardados.

Minha cara Artemísia,

O frio vento tramontano é tão forte que temo sair à noite, mesmo para olhar uma hora no telescópio. Perdi a passagem dos cometas porque estive doente. Mas o convite que fiz a você há tempos continua válido. Saiba que não o esqueci, um dia você será bem-vinda na minha *villa* em Bellosguardo, onde o céu pode ser visto sem nada para atrapalhar. Enquanto você não vem, estudo as marés e estou razoavelmente satisfeito.

Seu amigo e admirador,
Galileu

Tentei animá-lo nas minhas cartas, dizendo que não se preocupasse em nos explicar tudo. Pode ser bom ter algum mistério sobrando para acender a imaginação.

Escrevi então:

Meu mais ilustre amigo e erudito,

Penso sempre em você e espero que seus inúmeros interesses lhe tragam alegria.

Com risco de parecer que só escrevo quando preciso de alguma coisa, posso lhe pedir um favor? Acho que está ao seu alcance e espero, com base na nossa amizade, que terá prazer e pouca dificuldade em me ajudar.

A primeira *Judith* que pintei para Cosimo (você talvez lembre, é aquele quadro em que degola Holofernes) ele disse que pagaria, mas não o fez. Ele é jovem e agora só está interessado em construir, então esqueceu a promessa. Você tem influência sobre ele. Uma palavra sua, como ex-tutor, poderia ajudar muito a lembrá-lo da dívida. Eu não lhe pediria isso, se não estivesse precisando.

Lembrei agora o que ouvi dizer há meses sobre o cardeal Bellarmino: ele é chamado de "martelo dos hereges". Foi uma freira em Roma quem me disse. Tome muito cuidado, meu amigo.

Beijo sua mão e serei eternamente grata por sua ajuda.

Sempre,
Artemísia

Não demorou para eu receber uma ótima quantia pelo quadro, mas depois que paguei o marceneiro, a costureira e o boticário, e comprei comida para algumas semanas, tive de economizar outra vez. Não sabia como seria o futuro.

HÁ UMA SEMANA NÃO PARAVA DE CHOVER e aproveitei para ensinar Palmira a ler e escrever um pouco mais do que o nome das freiras. Escrevi bilhetes engraçados (*Olhe no espelho. Tem um passarinho no seu cabelo.*) e escondi pela casa para ela procurar. Depois, ela me respondia (*Tem um cavalo embaixo da sua saia.*), e eu tinha de parar o que estivesse fazendo para achar o bilhete dela. No começo, ela se interessou, mas logo cansou da brincadeira e ficou inquieta por não poder sair de casa.

A coisa que eu menos queria naquele dia era sair na chuva, mas arrumei Palmira e deixei que levasse sua boneca de palha e a pequena bola de borracha. Corremos pelas ruas escuras e molhadas até a Loggia della Signoria, onde teríamos um teto para nos abrigar, espaço para ela correr entre as estátuas e jogar a bola na parede, além de esculturas para eu desenhar. Chegamos lá ensopadas, mas muito contentes.

Eu já tinha desenhado os personagens entrelaçados da escultura *Rapto da sabina*, de Giambologna, que estava na *piazza*. Dei voltas em torno dela, foi a primeira estátua projetada para ser vista de todos os lados e eu queria descobrir alguma coisa por outro ângulo.

O homem que raptava estava em movimento, vencendo tudo o que encontrava pela frente, até um velho caído no chão, de quem provavelmente tinha arrancado a mulher. Um braço musculoso tentava segurá-la pelo ombro, o outro prendia-a pela cintura e pelos quadris. Eu nunca havia notado como os dedos apertavam a carne das coxas dela. Aquele homem tão forte precisava de toda a sua força para contê-la. Não eram só a boca aberta da mulher, os olhos assustados e o gesto desesperado pedindo ajuda, mas a garra nas coxas que mostrava que ela estava sendo levada contra a vontade. Aquela garra de ferro seria o foco do desenho que eu chamaria de minha *Pietà*.

— O que os dois homens estão fazendo, *mama*?

— Estão roubando a mulher. Querem que ela faça uma coisa que ela não quer.

— Ela parece muito assustada.

— Está mesmo.

Sentei na pedra fria do chão e comecei a desenhar, notando que tinha escolhido a escultura que mostrava um estupro. Desde quando meu estupro tinha parado de doer para eu escolher desenhar aquilo? Acho que foi quando Pietro e Palmira me ensinaram a amar. Eu podia estudar aquela sabina que viveu novecentos anos antes de mim e me sentir solidária com ela, mas agora a luta dela não me arrasava, não me faria pestanejar como na primeira vez em que a vi. Eu tinha passado por aquela escultura milhares de vezes a caminho do mercado de legumes e não fiquei hirta de ódio. As atrocidades contra as mulheres não pararam de existir no mundo, mas a vida continua. Continua sendo preciso comprar cebolas e feijão-branco.

Palmira me olhava, assustada e com medo.

— Por que você não pinta mais?

— Ah, agora só estou querendo desenhar.

— Não foi por isso. — A frase soou como uma acusação.

— Como você sabe, minha pequena preocupada? — devolvi, segurando no nariz dela. Ela recuou. — Venha aqui, vou ensinar uma coisa para você.

Ela balançou a cabeça e correu para a *piazza* na chuva.

— Palmira, volte.

Voltou, mas só depois de ficar ensopada.

Entrou uma mulher na *loggia*, de casaco comprido e capuz, tirou o capuz vermelho-violeta e bateu-o para secar.

— Vanna! — chamei. Não a via há anos.

Ela ficou mais surpresa em me ver sentada no chão do que eu em encontrá-la. Num instante, o lindo rosto dela ficou feio.

— Por que você usou uma simples lavadora de lã de mãos ásperas como modelo e não eu?

— Como assim?

— No quadro da *Maria Madalena*. Preferiu uma mulher rude que trabalha com barris de água quente e tem a pele grossa. E usou outras modelos para fazer Diana, Perséfone e Aurora. Quatro encomendas para Médici, quatro oportunidades para eu estar no palácio dele e você não me chamou.

— Como sabe quem posa para mim e que quadro faço?

— Pietro me contou. Ele me conta tudo — tripudiou ela, de nariz empinado. Ficou indecisa um instante, presa ao próprio desprezo. — Ele sabe da sua má fama. Você e aquele cocheiro gordurento, um homem comum! Você não sabe o que é ser pintora nem ser esposa.

Naquele instante, eu soube. Ela era amante de Pietro.

Quando ela viu que emudeci e percebeu o que tinha dito, puxou o capuz e foi, na chuva, até a entrada lateral do *palazzo* Uffizi. Estava com um lindo manto rubi que nenhuma modelo com dois filhos poderia comprar, e sua figura fantasmagórica passou pelas coxas de mármore do *Davi*. Um espectro.

Olhares secretos. Apertos de mãos. Encontros clandestinos. Pietro tinha uma amante que estava naquele instante entrando nos Uffizi. Ele desenhava lá com os amigos, principalmente nos últimos tempos. Naquele momento, Vanna corria para ele na ânsia e no enlevo da paixão, agitada por aquele encontro casual com "a esposa". E a filha. Ela estava mais velha e séria. Deveria avisar Pietro que sua esposa sabia do caso? Não. Ele poderia largar ela. Não devia dizer enquanto a mulher e a filha estivessem logo ali do lado de fora do palácio. Pense nisso mais tarde. No ateliê dele. Depois de passar os dedos por suas costas, por seus músculos, os vales de seus quadris se juntando num emaranhado escuro, beijar suas pernas, sentir sua língua, fazer com que ele se arqueasse e levantasse, mais uma vez, delirando de desejo por ela.

Pare, pensei. Seja racional.

Eu não podia estar ali quando os dois saíssem dos Uffizi.

— Palmira, vamos para casa.

— Nós acabamos de chegar.

— Pegue a sua bola.

Juntei meus lápis, meu caderno e a boneca de Palmira embaixo do casaco, segurei a mão dela e corri.

— Conte quantas poças d´água tem no chão — gritei, assim ela teria no que pensar.

Puxei-a em volta das poças e dos barris que armazenavam água da chuva, os tintureiros ficavam fechados num dia assim, até chegarmos ao nosso portão. Paramos na escada, sem fôlego.

Em casa, tirei as roupas molhadas de Palmira e sequei-a rapidamente, enrolei-a no meu roupão, dei um caldo quente para ela comer e cortei algumas fatias de maçã.

— Está com sono? Às vezes, o caldo deixa você sonolenta. — Arrumei a cama dela e enfiei-a lá. — Assim você se esquenta — falei, esfregando-a por cima da colcha.

— Por que a gente veio correndo, *mama*?

— Por causa da chuva, querida.

— Mas a gente já estava molhada.

— Pssiu, durma. Vou lá em cima, na casa de Fina. Você pode ir lá quando acordar. — Cantarolei uma canção de ninar e quando ela finalmente dormiu, subi e encontrei Fina lavando seus poucos pratos.

— Que dia horrível — comentei.

— Onde está Palmira?

— Dormindo na cama, quentinha. Ficamos ensopadas, não devíamos ter saído de casa. — Eu estava batendo o queixo de frio.

— O que houve?

— Ah, Fina, você sabe que me casei por conveniência, não?

Ela secou as mãos num resto de toalha.

— Eu desconfiava.

— Desconfiava também que ele tinha uma amante?

— Sim — disse ela, após pensar um instante.

— Mais de uma?

— Você tem certeza de que quer saber?

— Quero.

— Ele teve muitas amantes, já perdi a conta. Ainda bem que a pobre mãe não viveu para ver isso.

— Acha que ele tem outra casa?

Ela fechou os olhos e deu de ombros.

— Pode ser. Tudo é possível.

— Por que então ele se casou comigo? Você sabe?

Ela respirou fundo, o que fez seu peito levantar.

— Porque estava com dívidas e precisava do seu dote.

— E o que mais? Por que não procurou uma mulher aqui em Florença?

— Por causa da fama que tinha. Havia mulheres que diziam ter filhos dele, o que criaria problemas se ele fizesse os proclamas aqui. O único jeito era encontrar uma esposa fora de Florença.

— Fui uma idiota, é isso! — Afundei na gasta poltrona de veludo de Fina e me esforcei para não chorar. Ela puxou um banco do meu lado e encostou minha cabeça em seu colo macio. — Você acha que ele ficaria comigo se eu tivesse desistido de pintar? Ele nunca disse ou deu a entender que queria mais do que eu era, me enganou.

Ela fez um carinho na minha cabeça.

— É capaz de enganar qualquer mulher. Por isso larga uma e procura outra quando não se sente bem. Não é culpa sua.

Refleti, séria.

— Talvez a amante descubra que ele é assim.

Ficamos caladas e senti como era tranquilizante ouvir o coração dela batendo suave no meu rosto. Quando se levantou para acender uma lamparina, agradeci a atenção e voltei para minha casa. Palmira dormia profundamente.

Graziela tinha dito que se eu me sentisse abandonada por Deus devia então amá-Lo ainda mais. Eu tinha de admitir a bondade Dele. Depois eu faria isso. Amanhã. Quero ter uma noite de amargura, de pena de mim mesma, uma noite para colocar tudo para fora.

Eu não sabia o que era ser uma esposa? Será que Vanna tinha razão? Nas vezes em que Pietro e eu estivemos mais próximos na cama, o desejo dele se refletiu no meu como um espelho numa sala na penumbra, mas não falamos de onde vinha aquela necessidade mútua. Se eu tivesse falado, será que as coisas teriam sido diferentes?

Embora eu soubesse que não devia escrever para Graziela quando estava assim, não pude me conter.

> No começo, tentei prestar atenção, ter cuidado, mas acabei fazendo exatamente o contrário do que você disse: acreditei. Numa ilusão, exatamente como você disse. Num homem que se entregava a outra mulher enquanto vivia comigo. Ele nunca me amou. Eu só tive o que esperava ter. E agora só tenho o relance de uma triste e enorme perda. Para quê? Para um dia poder transformá-la num quadro?
>
> Mas não vou me entregar a Deus nem a um convento, nem que só reste uma moeda para me sustentar. Apesar de não ter um mecenas, não ter dinheiro, nem marido, tenho onde ficar. Meu dote me permite. E tenho talento que não vai ficar escondido. Vou escrever cartas de apresentação. Vou conseguir um novo mecenas. Vou abrir caminho. Vou continuar como se nada tivesse acontecido. Vou achar uma nova vida.

Quando eu fechava a carta com cera da vela, Pietro chegou, molhado até os ossos.

— Que tempo horrível — reclamou, ao dependurar o casaco num gancho. — Escreve para alguém? — perguntou, sentando-se à mesa.

— Para a irmã Graziela. — Coloquei a carta sobre a mesa, peguei uma maçã na cesta e pus em cima da carta. — Ela queria que eu contasse mais sobre a arte aqui em Florença. — Sequei a cabeça dele com uma toalha, os cachos negros que eu amava estavam com cheiro de um óleo de cabelo desconhecido. — Será que amanhã vai chover? — perguntei, boba.

— Não.

Esquentei a sopa, juntando cebola e pão dormido. Ele comeu, dando olhares furtivos para a carta.

— O que fez hoje? — perguntou. Pegou a maçã que coloquei sobre a carta.

— Tentei ensinar Palmira a ler e escrever. Ela estava muito agitada, mas agora dorme — respondi, e mostrei os bilhetes dela.

Ele sorriu ao ler os bilhetes, depois pegou minha carta e, querendo ou não, estava me testando, sabia por que escrevi. Gelei, ao ver a mão dele sobre a carta.

Uma súbita pancada de chuva bateu nas venezianas fechadas e a água entrou pela moldura da janela. Por um instante, esquecemos o que estávamos fazendo e secamos tudo com panos.

— Pelo menos a chuva está lavando as ruas e as casas — disse ele. — A cidade vai ficar mais limpa.

Tive uma ideia.

— É possível subir até o farol que fica no alto do Duomo? — perguntei.

— Acho que não.

— E no campanário?

— Para quê?

— Ver a cidade. Ver a cidade limpa.

— É bem alto.

— Melhor ainda.

— Acho que deve ter uma escada para o sineiro subir. Se dermos umas liras, ele nos deixa entrar — disse ele.

— Quero ver se lá de cima podemos ver a Terra se movendo.

Pietro me olhou como se eu tivesse enlouquecido.

— Sabe o matemático e filósofo Galileu, da corte de Cosimo? Ele disse que a Terra e outros planetas se movem em torno do sol.

— Ele ainda vai ter problemas. Uma vez, o padre de Santa Maria Novella fez um sermão dizendo que todos os matemáticos são operários do demônio. Todos ali sabiam que ele estava se referindo a Galileu.

— Isso foi há pouco tempo?

— Não.

— Se nós nos movemos junto com a Terra, talvez possamos sentir isso lá no alto. Vamos ver amanhã, domingo.

— Deve chover.

— Não tem importância. Se não formos agora, não iremos nunca.

Ele me olhou de um jeito estranho, como se percebesse que eu sabia da amante, ou que nosso acordo de conveniência poderia ter um final desastroso. Por um instante, tive a impressão de ver sofrimento nos olhos dele.

Será que eu poderia ser totalmente dele? Todos os dias? Todas as horas? Ser ele o único motivo da minha vida? Pintora ou esposa. Esposa ou pintora. O que eu realmente queria ser? Subir no alto do Duomo poderia me responder.

— Quero ficar acima de tudo isso... — Abanei a mão, vaga. Ele que decida o que eu queria dizer com a frase.

— Palmira também vai?

— Não, vamos deixá-la com Fina. Dizemos que vamos pintar.

Ele deu um meio sorriso suave e triste.

— Como naqueles passeios que fazíamos logo que você... Veio para cá.

— Isso mesmo.

NA MANHÃ SEGUINTE, Pietro abriu as venezianas e perguntou:

— Você ainda quer ir?

Levantei para olhar o tempo. Os pingos de chuva faziam círculos na superfície do rio.

— Quero.

Não dissemos a Fina aonde íamos e ela me olhou bem esquisito. Achei graça, pois *nós dois* estávamos fazendo uma coisa escondida. Vesti meu manto com capuz e saímos rápido, de cabeça baixa. Na *piazza* del Duomo, aguardamos embaixo da *loggia* dos Irmãos da Misericórdia, até o sino bater doze horas. A chuva agora caía com mais força nas pedras da praça. O mármore da torre quadrada brilhava como pedra preciosa.

— Gostaria que Giotto tivesse podido ver o campanário pronto — comentei. — Para subir ao alto pelo menos uma vez antes de morrer.

— Estranho que uma pessoa passe a vida toda num lugar e nunca pense em fazer isso — disse Pietro. Ele estava sendo simpático, mostrando todo o bom humor. Que gentil, foi um erro meu transferir minha raiva de Vanna para ele.

Quando o sineiro abriu a porta da torre, nós ficamos na frente para não deixá-lo sair.

— Somos artistas e queríamos olhar o Duomo de cima do campanário — disse Pietro.

— Para fazer um desenho para a Accademia del Disegno — completei.

Ele me olhou desconfiado.

— Os dois são artistas?

— Se o senhor nos deixar entrar... — falei, e o sineiro se afastou para sairmos da chuva. Tirei meu capuz e mostrei meu distintivo da academia. Pietro entregou duas liras para o homem.

— Escolheram um dia ruim para fazer essa bobagem.

— O que lhe interessa? — perguntou Pietro, um pouco ríspido.

O sineiro deu de ombros.

— Podem ir. — E nos mostrou o caminho.

Subimos a íngreme escada de pedra cujas paredes duplas nos fechavam e isolavam o mundo do outro lado. A escada subia em espiral até o primeiro andar, onde arcos abertos entre delicadas colunas torcidas permitiam que olhássemos para fora. A torre do *palazzo* Vecchio era ainda mais bela, pois a base das ameias superiores era bem mais alta do que parecia quando vista do chão. Casas, ruas e pessoas pareciam irreais como caixas e bonecas.

— Talvez Deus veja o mundo assim — falei.

Pietro sorriu com a ideia.

Depois do primeiro andar os degraus faziam curvas mais apertadas para não obstruir a visão pelos arcos. Pietro levantou a barra do meu casaco para não arrastar nos degraus de pedra de três séculos. Parei para descansar. Ele deixou que me encostasse nele. Seu peito arfava sob meu rosto.

Na abertura do segundo andar o vento que entrava pelos arcos açoitou nosso rosto. Incomodamos uma família de pombos que estava num nicho e levantou voo abaixo de nós.

— Não é estranho ficar acima dos pássaros voando? — perguntei. Estávamos quase ao mesmo nível da galeria semicilíndrica que sustentava o grande domo de tijolos da catedral.

— Imagine como as pessoas da época se interessaram em acompanhar a construção do domo — disse Pietro. — Um menino nasceu e o domo não existia, foi crescendo e o domo começou a aumentar; quando já era pai, as pedras da estrutura se juntaram e o domo foi terminado. Deve ter sido interessante viver nessa época. — Ele pôs a mão no meu ombro, enquanto olhávamos. Não me mexi para assim a mão ficar lá mais um pouco, até continuarmos a subida.

— Essa torre onde estamos foi terminada cem anos antes do domo — disse Pietro. — Quantas vezes Brunelleschi terá subido esses mesmos degraus para ver o que estava construindo?

— Não devia subir todos os dias!

— Não, mas aposto que pelo menos uma vez por mês. Eu subiria.

Não paramos na abertura do terceiro andar, queríamos chegar logo ao topo. Estávamos ofegantes. Tropecei num degrau e caí para a frente. Pietro me segurou pela cintura até eu voltar a respirar normalmente.

Na escada em espiral Pietro abriu uma porta e saí para o espaço aberto. A chuva bateu com força em nós, pareciam pequenas agulhas furando meu rosto. As abas de nossos casacos batiam, enchiam-se de vento e ameaçavam voar se não as segurássemos. Dava medo e, ao mesmo tempo, era emocionante estar tão alto, só com um muro na altura da cintura a impedir que o vento nos soprasse do alto da torre.

— Olhe, dá para ver os tijolos do domo — gritei. Era preciso gritar para ser ouvido.

Ele segurou minha mão e demos a volta na praça com o olhar: vimos o domo de San Lorenzo, a fachada branca da Santa Croce, o teto do Corredor de Vasari na ponte Vecchio, o *palazzo* Pitti com seus jardins e, em volta, as colinas cinzentas e fantasmagóricas, Florença inteira de uma vez.

— Pense nas milhares de pessoas que viveram aqui e jamais viram isso — comentei.

Mais devagar, lá de cima, demos a volta na praça outra vez e ele se debruçou na murada.

— *Attenti!* — gritei.

Meu medo o fez recuar e me olhar, calmo.

— Está bem, vou tomar cuidado.

A amurada estava escorregadia. Ele se debruçou outra vez e segurei no braço dele com as mãos.

— Ah, Artemísia! — exclamou, assustado. — As pessoas lá embaixo são tão pequenas! E as pedras da *piazza* parecem grãos de sal. Precisa ver. Venha, eu seguro você.

Ele me enlaçou para dar firmeza e me debrucei um pouquinho. O vento tirou meu capuz, a chuva molhou meus cabelos.

— Ahhh! — Ventava por todos os lados, a chuva fazia brilhar os muros da cidade, os medalhões nas paredes, os nichos e as estátuas dentro deles. — Segure com mais força! — gritei, tonta, e me debrucei mais. Meus cabelos se soltaram e bateram no rosto dele.

Tive a impressão de que aquela torre de pedra estava balançando na tempestade. Fechei os olhos.

— A Terra está se movendo — gritei. — Não é impressão, você não sente, Pietro? Galilei tinha razão. Imagina, estamos girando no universo.

Ele me puxou para trás e me pôs de frente, meu casaco ficou voando. Os lábios dele encostaram nos meus, molhados, macios e sensuais, percorreram meu pescoço, meus olhos, ansiosos e apressados na emoção febril do inesperado. Não pergunte nada, pensei. Passei as mãos nos cabelos molhados dele. Ele apertou o corpo em mim, estremeci e o apertei também.

Deixamos a chuva cair sobre nós, lavando a desconfiança e a mágoa de nossos corações e entrando num redemoinho de vento e sentimentos, inseguros, os olhos dele lustrosos de chuva, nós dois assolados pela tempestade acima de todas as ofensas terrenas, desejando o que um dia foi possível; querendo, desesperados, algo que sabíamos perdido para sempre.

NAQUELA NOITE, FIZEMOS AMOR com o desespero amargo e premente de amantes prestes a se separarem. Sem dizer nada. Obriguei minha cabeça a não pensar senão no presente, ou melhor, em nada, apenas sentir: as mãos dele como as de um escultor em sua criação, a língua no meu pescoço, a mão na minha perna, depois o joelho me obrigando a abrir para ele montar no mar revolto até, outra vez e mais outra, as vagas baixarem.

Adormeci pensando na incompreensível e confusa ordem do universo que mantinha os planetas em suas órbitas, os pássaros voando e não deixava as torres desmoronarem. Nesse universo cujo centro eu agora sabia que não éramos nós, onde eu era tão insignificante e ínfima quanto um grão de sal visto de uma torre, Deus ainda me permitia respirar outra vez.

16

Graziela

— OLHE O QUE ESTOU FAZENDO, *MAMA*.

Eu tirava um balde d'água do poço, enquanto Palmira pulava em volta de um florido dente-de-leão que crescia entre as pedras, cantando uma música sobre a lua que aprendeu com Fina. Elogiei-a sem muito entusiasmo, depois notei tufos de dentes-de-leão por todo o pátio, suas flores como luas pálidas em caules firmes, as luas de Júpiter que Galileu comentou e que eu nunca vi.

Peguei uma flor, pronta para soprá-la e fazer minha ladainha de desejos: de um dia ver as luas de Galileu; de Palmira ser uma boa e respeitada pintora; de Umiliana trabalhar de modelo e nunca mais voltar aos barris de tintura. Depois, pensei nos meus desejos mais fortes: de jamais contratar Vanna por generosidade, que Pietro a desenhasse nua; que o tempo que passamos na torre significasse mais que um ataque de paixão; que ele reconhecesse ter errado em não me amar; que naquela noite ele chegasse em casa e dissesse que tinha largado Vanna.

Eram desejos demais para um simples dente-de-leão. Considerando as atuais circunstâncias, se pudesse desejar apenas uma coisa, seria de me firmar como pintora.

Fechei os olhos e me concentrei com força nesse desejo acima de todos os outros, deixando de lado a torre e as mãos firmes de Pietro nas minhas coxas, me apertando contra si. Soprei a flor e pensei: Deus ainda permite que eu respire mais uma vez, sim. O vento não nos soprou de cima da torre. Essas coisas deviam fazer com que me sentisse cuidada por Ele, mas não fizeram.

Abri os olhos e vi que tinha um menino simples postado no portão.

— Tenho um recado para a *signora* Gentileschi — disse ele com uma voz aguda, cheia de responsabilidade.

— Sou eu — anunciei, esticando a mão entre as tábuas, esperando receber uma carta.

— O recado está aqui — disse o menino, mostrando a própria boca, que abriu formando um O. — É para você ir à igreja da Santa Trinità falar com a irmã Verônica.

— Quando?

— Agora.

— Por quê? É só esse o recado?

— Não, ela recomendou para você ir sozinha.

Agradeci e passei para ele um caneco de água entre as tábuas do portão.

— Também quero ir — disse Palmira, correndo para o portão.

— Não, você vai ficar com Fina.

Ela bateu os pés.

— Eu *sempre* tenho de ficar com Fina — reclamou, imitando minha voz, mas deixou que eu a acompanhasse até a casa de Fina.

A IGREJA DA SANTA TRINITÀ ERA NO LUNGARNO, depois do lugar onde ficavam os curtumes. Tentei conter e respiração para não sentir o cheiro das peles de animais curtidas. Já havia ido a essa igreja uma vez para ver a enorme cruz, conforme irmã Paola havia me pedido, mas ao abrir o pesado portão naquele momento gostei de sentir o cheiro adocicado de vela e incenso. Uma freira, que estava perto da mesa onde se acendiam velas para os santos, me cumprimentou e se apresentou como irmã Verônica.

— Sou Artemísia Gentileschi

— Posso lhe mostrar a igreja? — perguntou ela.

— Por favor.

Passamos pela nave e, à direita do altar, ela me mostrou uma capela lateral.

— Estes afrescos mostram a vida de São Francisco de Assis e foram pintados por Ghirlandaio. — Ela tirou da larga manga do hábito uma sacolinha de pano. Falou mais baixo: — A irmã Graziela de Santa Trinità de Roma mandou isso escondido numa remessa de ervas secas. Escreveu num bilhete para entregar a você com desculpas, se estiver com cheiro de orégano.

Segurei e cheirei.

— Sim, cheiro de orégano e alecrim. — Coloquei dentro da manga da minha blusa.

— Já este mural aqui mostra São Francisco fazendo um milagre, ressuscita uma criança que caiu de um andar bem ali na *piazza* Santa Trinità.

— Ah, sim, reconheço a fachada da igreja no mural.

Demos a volta da igreja e quando voltamos à porta agradeci e entreguei-lhe uma lira.

— Para manter a sua ordem religiosa.

Ela inclinou a cabeça, grata.

Quando cheguei em casa, abri a sacolinha e tirei os brincos de pérola de Graziela. Um pedaço de papel com desenhos de folhas de gavinha dizia: "Venda-os e compre tinta."

Senti uma onda de afeto. Toquei os brincos com os lábios e fechei os olhos, certa de que naquele momento tinha compreendido o amor.

Semanas depois, quando achei que teria de pedir dinheiro para Pietro, pois nem pensava em vender os brincos de Graziela, recebi uma carta de um mercador genovês, Cesare Gentile. Abri a carta, ansiosa. Ele dizia que tinha visto meus quadros no *palazzo* Pitti e queria que eu fizesse um grande nu feminino, a personagem retratada seria escolhida quando eu chegasse a Gênova. Ofereceu um pagamento moderado, mais um quarto para morar e um ateliê no palácio dele, além de outras encomendas, caso aquela o agradasse. Dei um grito e um suspiro de alegria.

Ce-sa-re, que em italiano significa imperial e poderoso. Gen-ti-le, gentil e terno. O nome parecia um bom sinal.

— *Grazie a Dio!* Palmira, estamos salvas. — Segurei as mãos dela e rodei seu corpinho no ar até ela pedir que eu parasse.

— E *papa*? — perguntou.

— Ele também pode vir, se quiser.

Mas a pergunta me lembrou do meu pai. Ele estava morando em Gênova. Escrever para ele de vez em quando era uma coisa, mas morar na mesma cidade que ele era outra coisa. Como eu poderia fingir que nada havia ocorrido entre nós, principalmente se estivesse na presença de Palmira?

Tinha de tentar.

Olhei para cima e vi atrás de Palmira o desenho inacabado que comecei a fazer na *loggia*: o rapto da sabina. Como Roma, Florença era uma cidade masculina, feita de pedra por homens como Lorenzo, il Magnifico e Brunelleschi, de fama sólida como pedra. Pedras que esfriavam até os sapatos no inverno e que queimavam os pés no verão. A única mulher de que os florentinos gostavam era a patética e penitente Madalena. Não era uma cidade gentil com as mulheres.

Talvez Gênova fosse diferente.

Gênova não tinha Pietro.

Nem eu tinha.

17

Pietro

— SUA FAMA ESTÁ SE ESPALHANDO — disse Pietro, maldoso, depois que mostrei a carta de Gênova. Ele tinha uma tensão na boca, pensei que era de ciúme da minha arte, até que acrescentou: — Claro que a encomenda é de um nu feminino, que é o que você faz melhor.

Ele não estava se referindo à arte.

Parecia que aqueles falsos boatos tinham chegado a ele também. A menos, claro, que tivessem partido dele mesmo. Fiquei chocada com a ideia, depois pensei um pouco. Jamais me perdoou por entrar na academia e fazer sucesso antes dele. Será que os boatos eram para impedir que eu tivesse encomendas? Para ele tomar fôlego como artista e homem? Será que ele era capaz disso? Examinei seus olhos dardejantes.

Era.

Se o boato não tinha começado nele, Pietro certamente teria me encarado com mais firmeza e não teria feito aquela insinuação disfarçada. Qualquer homem teria. Bastava passar o boato para Vanna e ela trataria de espalhá-lo pela academia

Jogou a carta na minha frente como se fosse algo inútil.

— Não tenho outra escolha senão aceitar a proposta — falei, sem graça.

Ele se zangou. Há dois dias não raspava as suíças, o que escurecia seu rosto e fazia-o parecer sério e preocupado.

— Não tem outra escolha? Você é casada comigo, é minha esposa.

Empertiguei-me.

— Antes de mais nada, sou pintora.

— Antes de mais nada? — Ele tirou o colete e jogou-o numa cadeira.

— Escute, Pietro. — Inclinei-me e abri as mãos sobre a mesa. — No Juízo Final, vamos nos ajoelhar aos pés de Deus, e se um de nós nega o próprio talento nesta vida, está negando a existência Dele.

— Onde aprendeu isso? Com suas freiras romanas?

— No salmo *Magnificat*. "Minha alma glorifica o Senhor." Isso é para todos nós, Pietro. Por menor que seja, vou juntar meu pedaço de mosaico ao painel da arte do mundo. Exatamente como você.

— Primeiro, pintora. — Ele riu, irônico, e foi lavar o rosto na pia.

— A vida toda eu quis ser as duas coisas, pintora e esposa. E consegui. Não sou ruim em nenhuma das tarefas, não importa o que diga Vanna.

Ele virou-se de frente.

— Vanna?

Ri, amarga.

— Pensa que não sei? Pensa que fico tão alheia, pintando e cuidando de Palmira, que não percebo que você não está aqui? Toda noite, quando sopro a lamparina sozinha, um pedaço do meu coração se parte. Conte quantas vezes isso aconteceu e vai ver que ele está despedaçado.

— Vanna é Vanna, você é minha esposa.

Eu me inclinei.

— Por quanto tempo, Pietro? Quanto preciso esperar até você ver a diferença entre as duas?

— *Dio mio!* Não torça as coisas para parecer que larguei você. É você que está saindo de casa — disse ele, petulante.

— Nosso casamento teve alguma coisa boa para você? O que significou aquela cena na torre, Pietro? — perguntei, calma.

Ele balançou os ombros como se afastasse moscas.

Segurei a carta de Gênova sobre a chama da lamparina de minha mãe, para fazer fumaça sem queimar o papel.

— Se o que vivemos na torre teve algum significado para você, então eu queimo a carta que recebi e não me incomodo de perder essa oportunidade.

Ele olhou de esguelha para minha mão quente, tremendo.

— Diga, Pietro, o que significou aquilo?

Ele torceu a boca de lado, como fazia sempre que não sabia o que dizer.

— Foi por nada que você ficou encharcado numa tempestade? Por nada que subiu ao alto de uma torre para satisfazer a minha vontade? Por nada que cobriu meu colo de beijos, apertou seu corpo no meu ao lado do domo de Deus?

Por uma fração de segundos ele me encarou, sem conseguir responder.

Tirei a carta da chama da lamparina.

— Para mim, era uma possibilidade. Estava em nossas mãos descobrir um amor. Ao nosso alcance, Pietro, sob este teto. Você pensou nisso, mesmo que por um instante?

Ele levantou os ombros, mas não disse nada.

— Então você não quer que eu fique aqui. Só está magoado por sua esposa estar indo embora. É diferente, você sabe.

— Não brinque com as palavras, Artemísia. — Ele puxou uma cadeira da mesa e sentou-se.

— Se houve algo de bom... qualquer coisa... então venha comigo.

Ele achou graça da ideia. Eu sabia o que o desagradava: a humilhação porque a esposa tem um mecenas rico e ele, não.

— Pode ir depois, se não quiser ir junto comigo — falei, colocando a mão no braço dele. Estava tenso.

Ele olhou para minha caixa de pintura.

— Posso impedir você de ir, sabe disso.

— Para que impedir, Pietro? Se aquele campanário e aquela noite não significaram nada para você, não somos marido e mulher num casamento realizado por conveniência.

Ele percorreu com os dedos o desenho de Ártemis na lamparina a azeite que foi de minha mãe. Percebeu que notei.

— Leve a lamparina, é sua — disse ele.

Levantou-se, foi até a parede, arrumou um quadro dele, foi até a parede em frente. Suspirou fundo e expirou com força. Pegou o colete na cadeira e saiu. Sem irritação, sem portas batendo nem gestos exagerados, só um andar lento, de velho, até a porta. Ficou um instante com a mão no trinco, abriu a porta e olhou para a soleira. Estava lá, depois sumiu. A última e breve visão que tive dele foi a de um homem bonito e atormentado sob o peso de obrigações secretas.

Não chorei. Sofri, mas não chorei. Tinha muito o que fazer e passei a noite juntando as coisas. Deixei o endereço de Gentile para Pietro, dependurado numa gaveta da minha linda caixa de pintura.

De manhã, Palmira levou um susto.

— *Papa* também vai?

Abracei-a.

— Espero que sim, um dia.

Palmira e eu embarcamos no coche com nossos pertences, sem que Pietro tivesse voltado para casa, mas eu o vi na Loggia della Signoria nos observando passar.

Ele não era um monstro, era apenas um homem imperfeito e insensato. Humano.

18

Cleópatra

— MAMA, SEGURA OS BARBANTES — disse Palmira me passando o jogo da cama de gato.

— Agora quero olhar na janela.

— Por favor, *mama.*

— Está bom, só uma vez. — Peguei os barbantes, levantei-os pelos lados e fiz outro modelo com meus dedos. Estremeci. Lembrei do *sibille.* Segurando em seus dedinhos perfeitos, Palmira conseguiu fazer o movimento seguinte delicadamente. Onde havia aprendido aquele jogo difícil?

— Pode ficar com ele, *mama* — disse, de pé entre os dois passageiros e eu, no coche.

Estava entediada. Para ela, a viagem era monótona e longa, enjoava com as inesperadas guinadas do coche para o lado. Ofereci pão para acalmar seu estômago, não quis. O campo toscano não tinha graça para ela, e para mim a paisagem mutante emoldurada pela janela do coche me deixava melancólica por estar indo embora.

Naquela manhã, passando por Florença, estiquei o pescoço para ter uma última visão do campanário de Giotto que, acima de todas as outras cidades, fazia Florença ser chamada de Centro das Oportunidades! Pensar nisso me doeu. Quando o coche passou pelo *corso* dei Tintori, tentei gravar na memória as sedas brilhantes dependuradas nas janelas superiores. Umiliana não estava no barril de tintura. Que bom, a cidade ainda podia oferecer alguma oportunidade para ela. Passamos então pelas *villas* cor de ocre e damasco enfeitadas com oleandros e caramanchões de folhas douradas de amoreiras, pessegueiros e caquiseiros entre as videiras. Senti como se estivesse sendo expulsa de um Paraíso toscano.

— Pegue a cama de gato — repetiu Palmira, impaciente.

— Não.

Ela tirou o barbante dos dedos e jogou-o para mim. Caiu no botão do meu corpete e o enrolei.

— Por que tem essas marcas nos dedos, *mama*? Eu não tenho. É por que você é velha?

Vi que os homens no coche olharam minhas mãos.

— Deve ser, eu já sou velha. — Perder um amor talvez tivesse me envelhecido da noite para o dia.

Palmira se enfiou do meu lado e um dos passageiros sorriu para ela.

— Esses homens não têm marcas nos dedos — disse ela.

— Talvez não sejam tão velhos quanto eu. — Eles riram e Palmira olhou para eles, depois para mim, querendo ver quem era mais velho.

— Estamos passando por uma cidade. Vê a fortaleza na colina?

— Toda cidade é numa colina, que coisa boba — concluiu Palmira.

— Deve ser para saber quem está chegando. Ou para as terras planas serem usadas para plantar à margem dos rios.

Palmira franziu o nariz, zombando.

— Era uma vez uma cidade chamada Pocopaglia, que ficava numa encosta tão íngreme que as pessoas amarravam sacos no rabo das galinhas para os ovos não saírem rolando pelo chão.

Palmira pôs as mãos na cintura, sabendo que estava sendo provocada, e me deu um olhar indignado.

— Continua sendo bobo.

Dei de ombros.

— Talvez os habitantes dessa cidade queiram ter uma bonita vista, por isso vivem numa encosta.

Um dos homens esticou o gordo lábio inferior como se dissesse "Pode ser" e acrescentou:

— A senhora é corajosa de fazer uma viagem dessas sozinha. — Tinha uma voz muito gentil.

— Com sua filhinha curiosa — acrescentou o outro.

Resolvi considerar como um elogio, em vez de uma insinuação de atitude inadequada.

— Não viajo porque quero, mas para procurar trabalho.

— Trabalho?

A pergunta era cheia de desconfiança. Gênova era uma cidade portuária e, portanto, com muito trabalho à noite para mulheres, no cais. Não podia permitir que pensassem isso de mim.

— Sou pintora. Tenho um novo mecenas em Gênova, imagino que seja uma linda cidade, sempre com uma brisa do mar.

Durante o longo dia de viagem, sem perceber, aqueles homens me ensinaram várias coisas: a fugir do assunto; a dar respostas misteriosas sobre mim; a deixar claro que era casada e a terminar a conversinha falando na ausência do marido como se fosse uma morte.

Fiquei preocupada por me referir a Pietro assim, como se isso acabasse com qualquer chance de ressuscitar o que antes parecia possível. Já estava arrependida por não insistir um pouco mais para ele vir conosco.

Não disse meu nome aos homens. Os genoveses eram muito falantes. "Genovês, ou seja, comerciante" era o que se costumava dizer, e eles trocavam informações da mesma forma que trocavam cargas e engradados no cais. Eu queria me instalar antes de meu pai saber da minha chegada.

Como minha vida mudou desde a última vez em que viajei num coche e papai ficou na porta, acenando e repetindo: "Entra, entra." A cena ficou tão clara para mim naquele momento como se estivesse pintada e emoldurada. De repente, percebi que papai não tinha certeza da minha inocência. Ele não costumava ser impaciente. Talvez as indiretas de Tuzia tivessem dado resultado e feito com que ele desconfiasse de mim. Talvez, por trás de seus esforços para me casar em outra cidade, quisesse também se livrar de quem havia manchado a reputação *dele.*

APÓS TRÊS DIAS DE VIAGEM, chegamos a Gênova. Palmira levantou-se e olhou na janela do coche quando passamos por *villas* brancas que pareciam limpas e promissoras, cercadas de colinas verdejantes que despencavam no mar.

— Olha! — ela repetia a toda hora, e olhar era exatamente o que eu fazia.

A maresia penetrou nos meus pulmões e me refrescou da longa viagem. Numa baía em semicírculo, todos os tipos de embarcações estavam ancorados: galeões, navios mercantes, sólidos navios de guerra com altos mastros. Ruas tortas tinham uma mistura confusa de colinas e palácios ensolarados em brilhantes tons de terracota.

Palmira estava muito animada.

— Qual o palácio onde vamos morar, *mama*? Qual?

— No *palazzo* Cattaneo-Adorno, na *piazza* de Banchi — respondi para o cocheiro.

Quando o coche parou, o corpinho de Palmira bateu com força no encosto do banco. O palácio não era tão grande por fora quanto o *palazzo* d'Oria ou o *palazzo* Bianco, pelos quais tínhamos passado no caminho.

— Seja sempre educada e gentil com todos — recomendei a ela.

Um porteiro nos levou até um grande saguão cheio de mobílias entalhadas e muitos objetos interessantes. Dois jarros em lápis-lazúli em forma de pássaros chamaram minha atenção, mas Palmira me levou para ver um interessante peixe de cristal de rocha com a boca aberta e os enormes olhos saltados, com as escamas e o rabo de prata. As paredes tinham poucos quadros, nenhum de destaque.

Um homem barrigudo, usando roupão de brocado mostarda, se encaminhou para nós de braços abertos.

— Sou Cesare Gentile. Bem-vindas em nossa casa. Artistas aqui são muito bem-tratados. — Um enorme sorriso com papada ampliou seu rosto e dobrou o queixo.

Deu um tapinha no ombro de Palmira com a mão gorda e vermelha.

— Duas artistas? Duas? *Che splendido.* — Levantou as sobrancelhas e apertou a boca para mostrar uma seriedade irônica, fez uma reverência exagerada e engraçada para Palmira. Uma mulher alta e graciosa apareceu. — *Santo cielo!* Bianca, *che prodigioso* — disse Cesare. — Bianca, que coisa incrível, eu não sabia que teria duas pintoras pelo preço de uma!

Palmira me lançou um olhar assustado, sem saber o que fazer, e todos nós rimos.

— Ele é totalmente imprevisível — disse a mulher, compreensiva.

— Esta é minha esposa Bianca. *Signora* Gentileschi e *signorina*... — ele se inclinou na frente de Palmira, amável.

— Palmira — apresentou-se ela, sem deixar que eu falasse.

— E *signorina* Palmira Gentileschi — disse ele, sorrindo.

— Prazer em recebê-las — cumprimentou Bianca, uma elegante mulher de cabelos negros, que usava um vestido de veludo vermelho-escuro com desenhos de romãs.

— Palmira e eu estamos muito gratas e esperamos agradá-los.

— Estas são nossas duas filhas, Theresa e Margherita — disse ela, num gesto para as duas se aproximarem.

Eram mais velhas que Palmira e usavam lindos trajes, mas não eram muito bonitas. Toda a criadagem do palácio estava encostada à parede da sala, enquanto aguardava a apresentação. A *signora* Gentile chamou uma moça que desdobrava as mangas da blusa.

— Esta é Renata. Ela foi para as janelas a manhã inteira, toda vez que passava um coche na rua. Vai cuidar de vocês.

Renata fez uma reverência e Palmira, constrangida outra vez, respondeu com outra reverência, o que fez todos rirem.

— Devem estar cansadas da viagem — disse Bianca. — Por favor, fiquem à vontade.

Renata nos levou aos nossos aposentos no andar de cima, subindo a grande escadaria de mármore. Encantada, Palmira puxou minha saia e perguntou:

— Vamos morar aqui?

Renata riu.

O quarto com duas janelas altas abrindo para a rua era grande e claro, de pé-direito alto.

— Este é seu ateliê — disse Renata, fungando alto.

— Pois não — sorri e ela torceu o nariz ao sentir o cheiro de terebintina. Havia cavaletes de três tamanhos, um banco ajustável, uma comprida mesa sobre cavaletes, uma espreguiçadeira e diversas cadeiras, almofadas e cortinas para os modelos posarem. — Um lugar só para pintar, que ótimo.

— O *signor* Cappelini deixou o ateliê uma bagunça. Tinha tinta no chão, respingos de óleo e manchas de carvão em toda parte, embora tenha ficado aqui menos de um ano.

Fiz o sinal da cruz, rápido e com gestos exagerados.

— *Madonna benedetta*, tomara que eu fique mais tempo que ele.

Ela riu, como eu queria.

— Era um velho resmungão. Estamos contentes por você estar no lugar dele.

Ela abriu portas duplas que davam num quarto, também espaçoso, com lindas roupas de cama, duas *cassapancas* para guardar nossas roupas e um aquecedor.

— O que é isso? — perguntou Palmira, apontando para algo que parecia uma caixa quadrada com tampa redonda.

— Um urinol — respondeu Renata.

Palmira olhou-a séria, sem entender.

Renata levantou a tampa.

— Um penico.

Palmira ficou boquiaberta.

— Com tampa?

— O palácio só tem dois assim. Quero que você adivinhe onde está o outro — disse Renata, virando-se para mim. — Quer ajuda para guardar suas coisas?

— Depois, acho.

Ela fez uma reverência, mandou um beijo para Palmira e saiu.

— Olha, *mama*, um espelho grande. — Numa mesa baixa, coberta com uma toalha de linho, havia um vaso com flores de íris e uma bacia de toalete sob um espelho de metal polido. — Posso me ver — disse Palmira, dando uma volta e vendo a saia rodar.

Não olhei no espelho meu rosto cansado da viagem. No dia seguinte, poderia olhar. Por enquanto, queria só deitar numa cama que não estivesse em movimento, descansar minhas costas doídas e agradecer por pisar chão firme mais uma vez. Sentei na beira da cama e tirei os sapatos.

— A cama é grande, cabe nós duas.

Renata bateu na porta e entrou, o rosto preocupado, com uma bandeja com taças verdes e uma jarra de água e com outra criada trazendo um prato de porcelana fina com doces, peras e nozes.

— Por favor, *signora,* não conte à *signora* Gentile. Nós devíamos ter trazido isso aqui quando chegou, mas eu... nós estávamos tentando tirar o cheiro.

— Cheiro do quê?

— Da roupa de cama — disse ela, sem graça.

A outra moça riu. As duas colocaram as bandejas na mesa e fingiram tomar ar levantando um lençol como uma vela de barco e correndo com ele para a janela aberta.

Ri.

— Gostaria de ter visto vocês fazendo isso. Não se preocupe, Renata, não vou contar para a *signora* Gentile. Para que serviria essa linda travessa de comida antes de chegarmos? Agradeça a ela. E obrigada a vocês também.

Renata enrubesceu, fez uma reverência e mandou a outra sair com ela.

Deitei-me, olhei as folhas e as gavinhas esculpidas no teto cofrado e senti muitos sinais de boas-vindas outra vez. Havia muito espaço vazio nas paredes do salão. Aquele trabalho poderia durar bastante. Como seria viver numa casa onde as pessoas riam? Fechei os olhos e senti o corpo relaxar. Seria bom para Palmira e bom para mim.

NA MANHÃ SEGUINTE, Renata veio cedo me chamar para discutir com Cesare meu primeiro quadro, na sala de reunião.

— Ele não gosta de perder tempo — comentei.

— Considere um bom sinal, *signora*. Desde que voltou de Florença, ele só fala na senhora. Quando a senhora aceitou vir, ficou tão satisfeito que deu folga para todos os criados.

Juntei alguns desenhos para mostrar e perguntei:

— Deu folga? — Renata concordou com firmeza. — E o que você fez na sua folga?

Ela olhou para as mãos juntas.

— Fui ao meu lugar preferido, na colina da cidade, e tentei desenhar como a senhora deveria ser.

— Espero que tenha me desenhado mais bonita do que me sinto esta manhã. — Enrolei meus cabelos de qualquer jeito e prendi-os com uma travessa.

Cesare Gentile me cumprimentou outra vez de braços abertos, o que fez aparecer o bordado em seu roupão.

— Perdoe se mandei chamá-la cedo demais. Isso só demonstra meu entusiasmo.

— Trouxe alguns desenhos recentes para o senhor ver.

— Terei prazer em vê-los, embora já conheça seu talento.

Olhou os desenhos com muito interesse, concordando e murmurando elogios, depois me levou ao jardim. Andamos na alameda de areia entre sebes floridas.

— Em primeiro lugar, como sabe, quero que pinte uma mulher. Uma mulher feita por uma mulher, para que possa mostrar bem como é a vida dela. Você deve saber alguns segredos que nós, homens, desconhecemos. Em segundo lugar, ela deve ser linda, mas não demais, para minhas lindas filhas não ficarem com inveja. Só o suficiente para que elas se vejam como arte, além de arte valiosa. — Gesticulou como se desenhasse no ar curvas sensuais. — Finalmente, como sabe, quero que seja um nu. — Abriu os braços: — Mostre-nos toda a glória da mulher.

— Deve ser uma alegoria ou uma personagem histórica?

— Histórica, naturalmente. Além de bela, a arte deve nos contar algo.

— Concordo. Posso fazer uma Cleópatra reclinada num divã? Com um mistério a resolver? Beleza do espírito e do corpo? Sofrendo uma perda pessoal tão imensa quanto o Egito?

— O tema não importa. Fico satisfeito de ter qualquer mulher pintada pela senhora, a grande artista florentina.

Dava a impressão de que ele se importava mais com a minha fama, seja qual fosse a versão dela, do que com o quadro. Mas ele sorria com ar tão inocente! Eu tinha de esperar para ver.

Colheu uma gardênia e me deu. Senti o perfume forte da flor.

— Linda e exótica como a sua Cleópatra, não? — perguntou.

QUANDO VOLTEI PARA MEU QUARTO, Renata esperava na porta.

— Precisa de alguma ajuda? Posso guardar suas coisas?

— Pode, obrigada.

Pensei um instante em usá-la como modelo. Tinha uma beleza natural, sem sofisticação: suaves olhos castanhos e boca bem desenhada. Mas a beleza de Cleópatra não era sem sofisticação: na verdade, era bem consciente. Além do mais, tratava-se de um nu. Não seria apropriado usar Renata como modelo.

— Sabe onde encontro uma mulher que pose nua? — perguntei.

— É fácil, as prostitutas do cais.

— Qual deles? A cidade é um porto.

— Na taverna de meu irmão. Levo a senhora lá.

Dias depois, quando o casal Gentile levou Palmira para um passeio no campo, Renata me acompanhou por ruas sinuosas com muitas roupas secando em varais dependurados de um lado a outro, além de muitos gatos e ratos. Viramos de repente numa rua mais larga, cheia de palácios que pareciam deslocados ali. Descemos uma escadinha numa passagem que dava num agitado porto e num mar cinzento. Sob o céu claro, homens puxavam cordas com pacotes de mercadorias e rolavam barris no cais. Vi um pedaço de corda velha no chão e a peguei. Serviria de modelo para a serpente que picou Cleópatra. Perguntei a um velho sentado num caixote:

— Posso pegar a corda?

— Não é minha, mas pegue — respondeu, dando uma baforada no cachimbo.

As mulheres dos pescadores vendiam enguias vivas e bremas brilhantes com pintas douradas, expostas em grandes tanques de vidro.

— Lulas vivas — anunciava uma mulher segurando uma.

— Aqui, ostras e mexilhões — gritava outra, debruçada sobre sua carroça.

— *Frutti di mare* — gritava uma terceira.

— O que é *frutti di mare*? — perguntei a Renata.

— Não conhece? Precisa provar, é especialidade genovesa. São ouriços-do-mar.

Com uma tenaz, a mulher pegou uma coisa espinhosa e redonda no cesto, escorrendo água salgada. Cortou-a com uma faca, tirou o que parecia um ovo vermelho, que não dava nenhuma vontade de comer, colocou-o numa concha, espremeu limão nele e me entregou.

— Vai gostar — disse Renata.

Escorregou fácil pela minha garganta.

— Gostoso — aprovei, embora não quisesse repetir. Só queria agradá-la.

A taverna do irmão de Renata ficava entre um armazém e um alojamento de pescadores. Na sala enfumaçada, marinheiros de pele morena e pescoços curtidos tomavam cerveja e olharam para nós. Um deles, de boina preta, faixa vermelha na cintura e argola de ouro na orelha, disse:

— Procurando trabalho, hein? Aqui tem muito, para lindas como vocês.

— *Zitto, marinaio!* Cala a boca, marinheiro! — gritou Renata. A cara dela fez o homem voltar ao jogo de dados. Gostei que uma criada tivesse tal poder.

Fui para o fundo do salão enquanto Renata conversava a sós com o irmão. Ele deu ordem a um menino e dali a pouco chegou uma fila de mulheres de saias laranja, vermelha e roxa, em meio aos olhares cobiçosos dos homens. Blusas franzidas e transparentes de camponesas mostravam os seios nus. Algumas mulheres eram muito velhas, tive pena. Já uma delas devia ser pouco mais velha que Palmira e tive mais pena ainda.

Uma morena marroquina de coxas grossas pediu, balançando a saia vermelha:

— Me escolha, *signora*. — Segurou os seios, depois desceu as mãos para a cintura e se inclinou à frente, para se exibir melhor. Tive a impressão de que usava da mesma sedução para provocar os homens no cais

Uma morena de pele mais clara ficou de lado e levantou a saia laranja e verde.

— Já posei para um quadro, *signora*. Sou siciliana — apresentou-se, levantando o queixo, arrogante. Era muito parecida com Vanna.

Uma bela de cabelos negros puxados para trás abriu caminho até a frente.

— Sou bailarina espanhola — disse, num rodopio, pisando com força e batendo palmas sobre a cabeça.

— Olé, olé — outra mulher gritou, e os homens fizeram coro.

As mulheres pareciam se conhecer e estar acostumadas a essa competição dura.

— De onde é você? — perguntei a uma morena de cabelos negros cuja expressão era forte e séria.

— De Gênova.

— Levante as mangas do vestido, por favor. — A pele dela era clara como mel. — Levante a saia. — As pernas eram lindamente torneadas. — Olhe para cima, por favor. Com a cabeça, não, só com os olhos. Faça uma expressão preocupada, agora faça como quem suplica. E uma expressão calma. — O rosto era lindamente mutante e apenas um pouco redondo. — Como se chama?

— Giuliana.

— Pode posar nua?

— Sim, *signora*.

— Olé, Giuliana! — a espanhola gritou e, animada, empurrou a vencedora para a frente.

Giuliana enrubesceu. Renata explicou a ela onde morávamos, e quando voltávamos para casa disse:

— Acho que a senhora escolheu certo.

— Por quê?

— Vai ser mais fácil trabalhar com ela do que com as outras.

GIULIANA NÃO TEVE CONSTRANGIMENTO em tirar a roupa, nem se incomodou com o entra e sai de Palmira no ateliê. Desenhei-a em várias posições (reclinada em almofadas sobre o lado direito numa espreguiçadeira; reclinada sobre o lado esquerdo) enquanto contava a história de Cleópatra, de sua riqueza e poder e de como os homens se sentiam atraídos por ela.

— A rainha da sensualidade.

— Gostaria de saber o segredo dela — disse Giuliana.

— Nós todas.

Pedi para colocar sobre o peito a corda que achei no cais. Depois pensei, não, era muito óbvio. A serpente enrolada no pulso dela? E Cleópatra pensando em pôr a serpente para picá-la no peito? Talvez.

— Fique com os olhos semicerrados, Giuliana, como se estivesse pensando muito.

— Sobre o quê?

— Se você fosse Cleópatra.

Virei-me ao sentir que havia alguém atrás de mim. Era Renata com uma bandeja de frutas, pão com azeite, queijo e amêndoas.

— Ah. — Ela recuou um pouco, mas continuou a olhar o desenho. — Desculpe, *signora* e *signorina*. Eu...

— Não tem problema. Você se incomoda com Renata aqui, Giuliana?

— Não — ela respondeu, mantendo os olhos semicerrados.

Renata descansou a bandeja.

— A senhora faz milagre, desenhar ela redonda, eu só faço linha reta.

— Depende de como você sombreia a linha — falei, mostrando no papel.

— Como sabe onde sombrear?

— Depende do lugar onde a luz cai em Giuliana. — Senti que Renata olhava a modelo com atenção.

— Deve ser um jeito diferente de olhar. Como se a senhora não desse atenção à cor, só à luz e à sombra.

— Isso mesmo. E mais: é com a sombra que você dá uma interpretação da cena. — Levantei. — Por hoje basta, Giuliana. Coma alguma coisa antes de ir embora.

Ela esticou-se, balançou os braços no banco onde estava reclinada e sentou-se totalmente nua à mesa. Cortou uma fatia de pera e comeu.

— Gosta de posar? — perguntou Renata.

— Gosto, é ótimo aqui, gosto do sossego.

— No que pensa, enquanto posa o dia todo? — perguntou Renata de novo.

— Como poso para um quadro de Cleópatra, penso como devia ser amar e ser amada com tal paixão que os homens trocavam reinos por um beijo dela.

Renata arregalou os olhos.

A franqueza de Giuliana surpreendeu a mim também.

— Ah, não precisa ser Cleópatra para pensar como isso era possível — falei, rindo. — Esse é o maior desejo de todas nós.

Ficamos caladas um instante, parecia que cada uma pensava numa versão daquele amor.

— Para mim é mais fácil pensar isso do que para você desenhar — disse Giuliana, calma.

— É o que você quer dizer com interpretar? Tem que pintar os pensamentos também? — Renata franziu o cenho, pensando naquele novo e amplo prisma.

— Não é impossível, Renata, mas pode-se levar a vida inteira para aprender.

MESES DEPOIS, uma tarde, Giuliana já tinha ido para casa e eu estava pintando a cabeça da víbora no corpo de Cleópatra enquanto Renata copiava minha composição. Palmira se pavoneava pelo ateliê com uma tira de renda que a *signora* Gentile tinha dado para ela. De repente, perguntou:

— Argh, por que a moça segura essa cobra?

— É uma serpente venenosa. Ela é Cleópatra, rainha do Egito, de Chipre, Creta e da Síria, mulher muito rica e poderosa — contei. — Teve dois grandes amores, Júlio César, imperador de Roma, e Marco Antônio, imperador da Ásia Menor.

— Mas por que está com a cobra? — perguntou, quase irritada.

— Para ser picada e morrer. Talvez até já tenha sido picada.

Palmira balançou os ombros.

— Ela é rica e quer morrer?

— Ela perdeu a guerra para um imperador romano e não queria desfilar como prisioneira pelas ruas de Roma, cidade que sempre apreciou espetáculos, principalmente o de uma mulher sendo humilhada.

— É bobo querer morrer.

— Nem tanto — interrompeu Renata. — Você gostaria de ter multidões xingando e jogando coisas em você?

Palmira deu de ombros.

— Onde a cobra mordeu?

Pensei nos seios, no braço, até no pescoço. Não queria marcar a pele que eu tinha pintado com tanto cuidado.

— Ainda não sei.

— Vai ver que não picou em lugar nenhum, ela só quis morrer — disse Renata. — Ou talvez gostasse tanto da vida que esteja passando para um outro reino... místico... sendo chamada por Marco Antônio antes de ser picada.

Gostei da ideia. Olhei Palmira para ver o que pensava.

— Ela não é muito bonita — disse minha filha.

— Mas tem beleza de espírito — disse Renata.

Palmira colocou a tira de renda no pescoço e deu uns passos de dança que tinha aprendido com Margherita.

— Isso não conta.

Cesare e Bianca gostaram muito da *Cleópatra*, puseram uma moldura extravagante e dependuraram o quadro com destaque no salão. Mais tarde entraram no ateliê e me viram lutando para colocar *Mulher tocando alaúde* num chassi de madeira.

— Não, *signora*, não faça isso. Vai machucar suas mãos, essas maravilhosas mãos que só devem pintar — disse Cesare.

Ele estava sendo irônico ou sincero? Sabia o que estava dizendo? Eu achei que não, não era do tipo que gostasse de magoar as pessoas.

— Amanhã mando um marceneiro colocar todos os seus quadros em chassi e fazer molduras para eles. Precisam ser dependurados no seu ateliê, já que a senhora mora aqui. Não é, Bianca? E escolha um tema para o próximo quadro — disse Cesare, batendo no meu ombro com os dedos curtos e ágeis. — Temos muitas paredes para cobrir.

— Posso escolher qualquer tema?

— O que quiser. — Ele me olhou direto, ansioso, como se eu fosse resolver na hora. Cruzou as mãos na barriga e esperou.

— Hum, que tal um retrato de... — Eu o fiz esperar, fingindo que pensava no tema. — ... do senhor! Como *condottieri*!

— Eu? Sim, eu! — Um largo sorriso se espalhou pelo rosto dele.

Bianca riu.

— O senhor tem alguma armadura?

— Meu pai tinha.

— Muito bem. Mande poli-la.

Mandei que posasse com uma bainha de espada, um elmo emplumado sobre a mesa e um estandarte de campanha dependurado na parede ao fundo. Ele usou a maior, mais dura e mais extravagante gola que eu já tinha visto, que se repetia nos punhos do casaco. Coloquei uma *écharpe* de passamanaria no ombro dele. Um dia, ele entrou barulhento pelo ateliê, seguido de quatro amigos que foram assisti-lo posar. Ele se posicionou, ruborizado de orgulho na frente dos amigos, o que fez Bianca rir. Fez cara de ofendido.

— Estamos trabalhando, portanto, silêncio.

— *Amore mio*, a pose é ótima e o retrato também, gosto quase tanto dele quanto de você! — Bianca tranquilizou-o.

DEPOIS DE MAIS DE UM ANO com os Gentile, fui com Palmira e as duas meninas ao aniversário do filho de um rico comerciante marítimo. Na *loggia* de sua *villa* havia um grupo de cavalheiros, e sob uma árvore coberta de flores amarelas, quatro damas jogavam cartas. Como eu não conhecia ninguém, sentei-me num banco entre os cavalheiros e as damas e fiquei olhando as crianças brincarem. De repente, os homens riram e reconheci o riso de meu pai. Meu coração balançou. Estava de costas para mim e pensei em sair de mansinho sem ser vista mas, nisso, ele me viu.

— *Buon Dio*, Artemísia! — A voz esbaforida mal chegou até mim e ele já havia saído do grupo e vinha de braços abertos.

— Pai. — Levantei-me e nos abraçamos, a barba dele arranhou meu rosto exatamente como quando eu era menina.

— Não sabia que você estava em Gênova. Não escrevi contando que mudei para cá? — perguntou.

— Sim, mas eu não tinha seu endereço. Tenho um novo mecenas, Cesare Gentile.

— É bom com você?

— Ah, sim, um homem alegre, além de muito generoso. Estou contente aqui.

Os olhos dele umedeceram.

— Você está linda.

— Você agora penteia o cabelo para a frente, como fazem os romanos. — Meu riso foi baixo, mas tenso. — Achei que você houvesse dito que jamais faria isso, chega do estilo dos césares.

— Estou grisalho, tenho o direito. Nunca é tarde para um mortal prometer que não vai fazer isso ou aquilo.

— Ali está minha filha, de vestido vermelho de pregas, brincando de cabra-cega.

Ele levantou as sobrancelhas e até sua testa pareceu sorrir.

— Minha neta? Pensei que nunca fosse conhecê-la — disse, encantado.

— Palmira Prudenzia.

— Que coisa linda.

— Ela sabe que é linda. Tem quase nove anos.

— Parecida com você. Sabe desenhar?

— Mais ou menos. Isso me preocupa. Só poderá manter o mesmo padrão de vida que temos hoje se for pintora.

— Não precisa se preocupar. Qualquer um vê que ela vai ser linda.

— Terei de me esforçar para dar os vestidos que quer. Ela é muito querida entre as famílias nobres, o que me preocupa.

Devagar, meu pai olhou de Palmira para mim.

— Stiattesi disse que você largou o irmão dele.

O jeito ríspido me ofendeu, era como se eu não tivesse retribuído o empenho dele em arrumar aquele casamento para mim.

— Toda história tem dois lados.

— Por que você largou o marido?

Endureci o rosto e trinquei os dentes.

— Pietro podia ter vindo comigo. Escrevi para ele, não respondeu.

Ficamos num silêncio incômodo.

— Artemísia, vamos nos ver outra vez.

— Estou fazendo uma encomenda.

— Melhor ainda. Deixe-me ver seu trabalho.

— Eu...

— É no estilo Caravaggio?

— Não exatamente.

Olhou para minhas mãos e disse, carinhoso:

— Não tenha medo de mim, Artemísia.

— Tenho motivos, não?

As rugas na testa dele se aprofundaram.

— Não vai impedir um avô de ver a neta, não? — perguntou, olhando ansioso para Palmira, que ria e pulava com as outras crianças.

O rosto dele tinha ficado mais áspero, parecia ter sido esfregado na areia que cai, grão a grão, pela ampulheta.

— Não.

19
Renata

PAPAI, PALMIRA E EU NOS ESQUIVAMOS de um fardo de algodão que um guincho descarregava no cais. Homens de calças largas e chinelos pretos fizeram o guincho empilhar o fardo em cima de outro, enquanto falavam rápido numa língua estranha. O vento enfunava suas brancas camisas como velas de um barco.

— Por que esses homens são tão escuros? — perguntou Palmira.

— Por causa do sol, *preziosa*, eles vêm do Marrocos, no norte da África — explicou meu pai.

Deixei que meu pai respondesse, já que gostava tanto de explicar coisas para ela. E Palmira merecia uma figura paterna, já que eu a afastara de Pietro.

Meu pai mostrou grandes sacas enfileiradas no cais e perguntou a Palmira:

— Sente o cheiro de pimenta? E de canela? — Ela respirou fundo, de um jeito exagerado. — Devem ser temperos vindos da Síria. Os navios trazem cargas de muitos lugares: Egito, Sicília, Córsega. O ouro vem do norte da África. — Olhou-a, para ter certeza de que estava ouvindo. — A seda vem da Ásia. As laranjas, da Espanha. Então as pessoas de todos esses lugares também vêm para cá: são muçulmanos, judeus, egípcios. E trazem ideias diferentes.

— Ideias do quê? — perguntou ela.

— De tudo: da vida, da religião, da arte, da política. E daqui os navios levam vinho, azeite, prata, mármore. Os genoveses acham que este porto é o centro do mundo.

Sorri com a singeleza daquela opinião. Depois que as descobertas de Galileu forem aceitas, ninguém mais poderá pensar assim. O mundo ia passar por mudanças, eu tinha certeza.

Paramos num depósito de comestíveis e miudezas para navios e papai comprou alguns biscoitos de marinheiro e duas canecas de café turco, que cheiravam muito. Ele viu que Palmira olhava uma vitrine com botões e distintivos de metal para marinheiros, com símbolos náuticos e estrangeiros.

— Escolha um — disse ele, dando ao vendedor algumas moedas.

— Ponha na minha roupa — pediu ela, toda empertigada enquanto ele prendia o distintivo.

Sentamos em barris no cais para beber o café. De vez em quando, Palmira tocava o distintivo no casaco.

— Conte o que você pintou em Gênova — pediu papai para mim.

Era um assunto que não dava motivo para briga.

— Comecei com uma *Cleópatra* porque Cesare queria um nu feminino. Depois, deixou que eu escolhesse o tema de vários quadros.

Dei um gole no grosso e escuro café e mal consegui engolir. Passei a caneca para ele, com uma careta.

— Pode beber o meu.

Papai achou graça.

— É preciso se acostumar com o sabor do café. Experimente um biscoito.

Provei.

— Não tem sabor de nada.

— Eu gosto — disse Palmira, batendo os calcanhares no barril.

— Não faça assim, *cara*. Vai estragar seu sapato.

— Então, o que mais pintou? — continuou meu pai.

— Um retrato de Cesare como *condottiere*. Foi sugestão minha, e ele adorou a ideia. Fiz no estilo de Ticiano, com fundo escuro. Não era um tema que me interessasse demais, porém gostei de fazer, já que ele ficou tão contente. Agora, devo fazer a *signora* Gentile. Tenho produzido mais do que nunca. Acho que é por viver numa casa agradável.

Ele pôs a caneca em cima do barril com certo ímpeto e me olhou desconfiado.

— Quero dizer, onde não preciso preparar as refeições e Palmira passa o dia com as filhas do casal. Assim, tenho mais tempo para pintar.

Não sei por que me expliquei, mas sabia que havia algum perigo em me mostrar tão descansada. Lembrei que, mesmo com meu pai, precisava tomar cuidado.

— Você está fazendo com que me invejem — disse Cesare certa manhã, enquanto eu limpava meus pincéis.

— Por quê?

— Muitos genoveses gostariam de ter um quadro de Artemísia Gentileschi, a mulher que entende as mulheres. Preciso lhe tratar muito bem, se não, você vai embora.

— Nem penso em ir embora. Estamos felizes aqui, o senhor sabe disso.

— Então, está na hora de falarmos de um novo quadro. Minhas filhas estão crescendo, desta vez, uma Lucrézia.

— É a única personagem histórica que eu não gostaria de fazer.

O rosto redondo emitiu uma espécie de bufo.

— Por quê?

— Não tenho vontade de homenagear uma mulher que se matou de vergonha por ter sido violentada.

Ele levantou uma sobrancelha bem definida.

— Mas você deve ter vontade de pintar.

Então, ele sabia do meu julgamento no tribunal. Será que Roma iria me seguir até Gênova?

Ele ficou animado, deu um soco no ar.

— Enfrente o inimigo e acabe com ele. Faça com que Lucrézia seja exclusivamente sua.

Só Cesare era capaz de mudar num único movimento o cenho carregado para um amplo e contagiante sorriso. Quanto ao pedido do quadro, eu não tinha como recusar.

Fiquei atormentada durante horas e na refeição do meio-dia estava tão calada que Cesare e Bianca acabaram percebendo. Mexi no meu prato e dei poucas garfadas. Palmira insistia para eu levá-la ao campo.

— Não, Palmira, hoje não. Quantas vezes preciso dizer isso?

Ela pôs o cotovelo sobre a toalha adamascada e apoiou o queixo nas mãos.

— Você é egoísta. Se fosse meu avô, me levaria — resmungou.

Fiquei constrangida com os maus modos dela. Quando a refeição terminou, ela correu para o pátio e não respondeu quando chamei.

No final da tarde, o ateliê estava cheio de estudos de mulheres inquietas se apunhalando, se matando, sangrando. Renata entrou com um grande buquê de gladíolos vermelhos.

— Presente do *signor* Gentile — disse, colocando-o sobre a mesa de cavalete, ao lado da janela.

— Para mim? Deviam ficar no salão.

— Não, o *signor* Gentile disse para colocar no seu ateliê.

— São diferentes, repara como a luz e a sombra nas pétalas fazem a cor ir do vermelho quase até o roxo?

— As pétalas parecem de cera. Como a senhora consegue pintar isso? — perguntou ela, mostrando as pétalas.

Eu ia explicar do verniz veneziano quando ela se virou e viu os estudos.

— Não diga que vai fazer outra mulher se matando!

— Quem escolhe não sou eu, é Cesare. Por isso tenho andado tão irritada. Pela primeira vez na vida não tenho vontade de fazer uma encomenda.

— Por quê? — Ela me olhou com terna ansiedade e sentou-se para ouvir a resposta.

Contei como Lucrézia se sentiu envergonhada depois de ser violentada pelos Tarquínios.

— Segundo a história, ela achava que se continuasse viva seria um precedente para que os adúlteros, homens ou mulheres, fossem perdoados.

— Acho que o *signor* Gentile encomendou o quadro por causa das filhas. Quer que elas tenham medo de perder a castidade.

Joguei meu lápis de desenho na mesa.

— Detesto todos os quadros que mostram Lucrézia morta, numa serena virtude, o rosto mostrando uma paz que o pintor sentiu, não ela. Não é assim que fica um suicida.

Renata inclinou-se para a frente e me olhou, séria. Abriu a boca para dizer algo, depois desistiu.

— Na versão feita por Filippino Lippi que está no *palazzo* Pitti, em Florença, ela se mata em público. Para mim, essa é a suprema maluquice. Se era inocente, não precisava se envergonhar. Matar-se foi um ato orgulhoso e insensato, mas não enobrecedor. Uma saída que pode ter parecido interessante por um instante, mas...

— Mas o quê?

— Quem ama a vida não busca essa saída.

Renata continuava parecendo preocupada.

— Então não faz sentido.

Levantei um dedo, querendo considerar algo.

— A não ser, claro, que as vítimas sintam a mesma culpa ou até provoquem o estupro. Lucrézia só faz sentido para os que acham que as mulheres gostam de ser violentadas. Para mim, ela é uma mártir falsa e inútil.

— Você vai mostrar no quadro as ideias dela ou as suas?

— Boa pergunta. As minhas, acho. Cesare disse para eu fazer uma Lucrézia só minha. — E a tarefa parecia ainda maior quando eu a verbalizei.

O jeito como Cesare me olhou, com uma sobrancelha levantada formando uma curva exagerada, mostrou que ele sabia exatamente o que fazia, deixando eu escolher vários temas e depois me provocando. E ainda essa extravagante exposição de flores para amenizar o que eu tinha pela frente. Tudo em meio a subentendidos e respeitosas intenções paternais.

Renata enfileirou meus estudos no chão. Eu tinha amassado um deles, por frustração. Ela o pegou.

— Você não gostou deste?

— Não, é o pior de todos.

Ela o examinou, meio séria ao tentar entender o que eu queria dizer.

— Se não quer, posso ficar com ele? — perguntou, mordendo o lábio

— Por quê?

— Para praticar desenho no meu quarto, à noite. Sigo as linhas e sombras que você fez e vejo como fica.

Pensar nela copiando meu desenho me emocionou. Era uma pessoa de espírito puro, inquieta e interessada, com uma meta definida. Exatamente como eu queria que Palmira fosse um dia.

Sentada na ponta da cadeira, Renata aguardava minha resposta.

De repente, tive medo de só saber transmitir o que sabia uma vez, de só saber explicar no momento da descoberta, da mesma forma que aprendia em cada quadro só uma vez. Eu precisava guardar minha criatividade para passar à minha filha, com mais direito e melhor condição de usá-la, mas...

Dei uma olhada em Renata, que continuava examinando o desenho amassado e que também parecia amedrontada. Medo do quê? De ser a última vez que olha o desenho?

— Fique com ele, *carissima*. E quando eu terminar o quadro, pode ficar com todos os estudos.

Ela deu um pequeno e tímido sorriso com sua linda boca.

Virei para a porta ao ouvir um farfalhar de saias. Bianca estava na porta e me senti surpreendida mantendo excesso de familiaridade com uma criada, impedindo-a de fazer suas outras tarefas.

— Desculpe interrompê-la — disse Bianca, numa voz solene que não era comum.

— Entre, por favor.

Renata colocou logo o desenho amassado numa cadeira, fez uma reverência e saiu.

— O mordomo de Cesare acaba de chegar de Florença e imagino que você queira ser informada de que o *granduca* Cosimo faleceu.

— Faleceu? Era tão jovem. — Fiquei aturdida.

— Tinha apenas trinta anos, acho.

— Não teve tempo de terminar a ampliação do Pitti.

— O ducado vai passar para o filho mais velho, Ferdinando, embora ainda faltem oito ou nove anos para ele chegar à maioridade. E Giovanni, que está "governando" Veneza agora, é mais jovem ainda.

— Pobre arquiduquesa. Ela vai passar anos sem conseguir dormir.

— É um fato duplamente difícil, pois veio logo após o falecimento do ídolo dela.

— Que ídolo?

— O papa Paulo.

Pensei em Galileu. Ele tinha direito ao mecenato dos Médici até morrer, mas Ferdinando podia não dar tanto apoio quanto o pai, e aquele novo papa era um enigma.

— Isso me preocupa — murmurei.

— Cosimo pode não ter sido tão grande quanto Lorenzo Médici, mas era um bom homem — disse Bianca.

— Foi generoso comigo e sempre me recebeu nas reuniões do palácio. E agora os filhos ficaram órfãos.

Bianca juntou as mãos.

— Desculpe dar essa notícia num dia em que...

— Em que estou egoísta, como Palmira disse? Não tem problema, agradeço seu aviso.

Bianca se encaminhou para a porta.

— Por favor, sente-se um pouco. Desculpe Palmira estar tão inconveniente hoje — falei, tirando o desenho amassado da cadeira.

— Mesmo quando fica desagradável, ela é adorável.

— Isso faz parte do problema. Ela sabe que é adorável. Gostaria de interessá-la por alguma coisa.

— Por pintura?

— Claro, mas tentei outras coisas também. Está aprendendo a bordar, porém só lê ou escreve quando mando. E isso tira minha concentração do trabalho.

— Minhas filhas podem ensiná-la a ler. Theresa, quer dizer. Vai gostar.

— Theresa e Margherita são muito diferentes uma da outra?

— Como o sol e a lua. Não me surpreenderia se Theresa entrasse para um convento, mas Margherita só se interessa por piqueniques e festas.

— É estranho como as crianças ficam, não? — Fiquei indecisa, mas a expressão receptiva de Bianca me fez prosseguir. — O que mais esperamos delas, o que mais gostaríamos que fossem...

— É o que menos lhes interessa?

— Exatamente. Os laços de sangue parecem tão arbitrários — falei, olhando o desenho amassado. — Pensei em Renata, eu...

— Seja sincera, não tem problema.

— Ela quer qualquer migalha que eu possa ensinar.

— Ela é ótima, não?

Concordei. Bianca balançou a cabeça, me incentivando a falar.

— Qual das duas é minha filha? Aquela que veio das minhas entranhas e que não gosta de nada que adoro, ou aquela que o destino colocou no meu caminho, que ouve e valoriza cada palavra minha, cujos olhos aprendem a cada dia, a quem eu gostaria de ensinar, temendo apenas que Palmira fique com ciúme?

Comecei a apontar um lápis com a faca, envergonhada de confessar aquilo para Bianca.

— Talvez Palmira seja mais parecida com o pai.

Deixei escapar um muxoxo triste.

— Não, ele também é pintor. Acho que Palmira só herdou dele o olhar negro e zangado.

Ficamos paradas um instante, olhando os desenhos no chão. Não senti que ela estivesse me julgando, estava apenas procurando me compreender.

— Gostaria de perguntar uma coisa, se não for indelicado de minha parte.

— Por favor, diga.

— Como Renata veio trabalhar aqui?

Bianca sorriu.

— Gosto de contar essa história. Ela trabalhava no mercado de flores. Cesare adora flores, não vive sem elas.

— Eu sei! Sabia que ele fez esse buquê? — perguntei, apontando para os gladíolos.

— Sabia. Todo sábado de manhã ele desce a colina para colher os melhores botões. Durante anos, ele foi à banca de Renata, até que um dia adoeceu e deixou de ir por algum tempo. Ela deve ter sabido e começou a trazer buquês aqui toda semana, escolhendo as flores e as cores de que ele gostava. Na primeira vez, ela apenas deixou o buquê com a criada, não esperou para receber o pagamento.

— Típico de sua discrição.

— Quando veio de novo, insisti que entregasse as flores pessoalmente, pois sabia que ele ficaria contente. Ela era tão afetuosa, tão alegre e delicada. Até que, num sábado, ele disse que precisava muito de mais uma camareira. "Você não quer ficar aqui uma semana para ajudar um velho doente?", perguntou, fazendo-se de tão coitado que ela não conseguiu negar. A semana acabou, ela dobrou o vestido que eu tinha dado para usar no trabalho, deixou-o sobre a *cassapanca* e foi embora, antes de Cesare acordar. Quando soube que ela havia ido embora, ele se arrumou pela primeira vez em meses, foi ao mercado das flores e a trouxe, os dois cheios de sorrisos. Desde então, não adoeceu mais.

— A senhora sabe de sua sorte por ter por um marido tão...?

— *Gentile?* Vejo isso todos os dias. Só espero que minhas filhas se casem com homens que tenham a metade da gentileza dele.

— E Palmira também, além de Renata.

— Esta é uma romana famosa, que se chamava Lucrézia — falei para Palmira, que estava sentada numa cadeira atrás de mim, balançando as pernas e chupando uma laranja.

Eu pintava o fundo do quadro, sem a modelo, que posou numa desalinhada camisola branca e deitada numa cama com lençóis de veludo vermelho-escuro, mesma cor dos gladíolos. Lucrézia segurava na altura do seio o punhal que foi de minha mãe. A cena mostrava dois caminhos: a vida e a maternidade *versus* o suicídio e o martírio.

— Você conheceu essa mulher? — perguntou Palmira.

— Não, ela viveu há duzentos anos. — Há tanto tempo, pensei, e há coisas que continuam iguais. Parei de pintar e admiti: — Conheci, de certa forma. — Talvez Palmira já tivesse idade para saber de outras coisas que não fossem apenas rendas e roupas. — Ela foi violentada por um homem e ficou envergonhada. Ou seja, o homem fez uma coisa que ela não queria.

Palmira chupou a laranja.

— Ela tem uma perna grande.

— É para chamar atenção para a tensão no joelho e nas coxas dela. Combina com a expressão do rosto. Veja, ela foi maltratada pelas pessoas. Acharam que ela gostou do que o homem fez, estavam enganados. Lucrézia não tinha coragem nem de olhar para eles.

Palmira arrastou a cadeira no chão.

— E então ela achou um punhal... — falei.

— Não quero ouvir isso, não me conte mais histórias horríveis. — Palmira deixou a laranja cair no chão, tapou os ouvidos e saiu do ateliê.

Fiquei pasma. Não imaginava que ficasse tão abalada com as histórias dos meus quadros. Larguei o pincel, pensando se ia atrás, mas ela devia ter ido ao quarto de Margherita e encontrado alguma distração lá.

As histórias tinham alguma coisa para abalar?

CERTA MANHÃ, NÃO SAÍ DA CAMA. Há três dias não trabalhava. Ficava imóvel olhando o teto, o quadro flutuando em cima de mim, do jeito que o havia deixado. Tinha feito o fundo, as dobras da camisola branca de Lucrézia, a coberta vermelho-escuro amarrotada na cama onde ela foi violentada, a perna dela aparecendo, o braço e a mão direitos segurando o seio, pronto para receber a lâmina do punhal. Apenas esbocei a mão esquerda segurando o punhal no seio, não consegui ir além disso. Dispensei a modelo e fiquei parada três dias, pensando. Renata me olhava desconfiada, sem saber se saía ou ficava no ateliê.

O problema era o punhal. Na cama, fechei os olhos e o punhal passou na minha frente, apontando para a direita, depois para a esquerda, enfiado no peito, depois ensanguentado na mão aberta de Lucrézia.

Renata entrou de repente no ateliê e disse:

— Ande, Palmira, você esqueceu do piquenique?

— Que piquenique? — perguntou Palmira.

Renata ajudou-a a se arrumar e Palmira saiu com os sapatos na mão.

Renata abriu as venezianas para entrar luz, foi até a cama onde eu estava deitada e me olhou.

— Por que não deixa de trabalhar a mão dela e faz o rosto? Hoje.

Olhei para o teto.

— Levante, tenho de lavar a roupa de cama. — Arrancou os lençóis sob meu corpo e me mostrou o ateliê.

Fiquei tão surpresa que fiz o que ela mandou. De camisola, desmoronei no banco em frente ao cavalete e nem olhei para a tela.

— De onde vem a luz? — perguntou ela, enquanto enrolava a roupa de cama. Ela não queria aprender, era uma pergunta simples cuja resposta nós duas já sabíamos.

— Do lugar onde está o espectador — respondi.

— Explique melhor.

— Precisa estar escuro do outro lado. Tenho só o perfil, metade do rosto dela e um olho na luz para dar sentido à cena.

— Pois então comece — ela mandou, com voz cavernosa.

De cenho carregado, Renata ficou firme até eu começar a trabalhar. Em silêncio, atenta, veio conferir o que eu fazia o dia todo. Se eu não estava pintando, ela ficava atrás de mim sem dizer nada até eu recomeçar. Depois, saía.

O rosto de Lucrézia começou a ter expressão. De inquietação, não de medo. Fiz os mesmos vincos entre as sobrancelhas que tinha Renata.

Não consegui parar de escurecer os olhos e embaixo deles. Quanto mais eu pintava, mais intensa ficava a expressão dela. Eu queria que demonstrasse inquietação. Que ela fosse inquieta e inquietante.

Então, o olho perturbado e penetrante e a mão apenas esboçada, segurando o punhal sobre o seio, pareciam errados. Quando coloquei tinta cor da pele num pincel limpo, não consegui que minha mão fizesse o que eu queria. Minha mão estava paralisada. Fale comigo, Lucrézia. O que quer que eu faça? O ateliê, a casa inteira estava em silêncio. Esperei. *Lembre-se*, ela parecia dizer com os olhos.

Lembre-se?

Tirei tudo de cima da mesa de trabalho, coloquei o espelho regulável e peguei o punhal que foi de mamãe. Era um instrumento perigoso, comprido como meu antebraço, de ferro preto com cabo de metal em forma de cruz. Passei o lado liso da lâmina no meu rosto. O frio me assustou. Abaixei a parte de cima de minha camisola, segurei meu seio esquerdo com a mão direita, como na pose da modelo. Apoiei o cotovelo esquerdo na mesa e segurei o punhal de forma a enfiá-lo no peito. Lembrei do dia do *sibille*. Eu não tinha chegado a esse ponto, nem peguei o punhal embaixo da minha cama, mas pensei em fazer isso.

Com aflita lentidão, inclinei mais o braço e aproximei mais a ponta do punhal. Lentamente. Parei. Mais um pouco. Olhei a luz subindo e descendo no punhal enquanto eu o abaixava. Meu pulso doía. Com a outra mão, senti o coração bater só de imaginar o metal entrando na carne. Via no espelho meu peito subindo e descendo. Parar tudo com uma punhalada certeira: será que eu teria feito isso? E Lucrézia? Será que ela estava tão sem saída? A ponta do punhal tocou minha pele.

Ouvi um grito agudo.

— Não! — Renata berrou. O punhal caiu da minha mão. — Não faça isso! — Ela veio para cima de mim jogando a bandeja, a fruta, a água, tudo no chão. Um barulhão. Agarrou meus tornozelos.

— Eu não ia fazer nada, estava só imaginando o quadro — tentei explicar.

Ela chorava e soluçava alto.

— Podia ter me avisado! Como eu ia adivinhar o que era?

— Desculpe. — Abracei-a, acarinhei sua cabeça, senti seu coração bater nos meus joelhos, o afeto que tinha por mim aparecendo por trás do pânico.

— Mas agora eu sei! A minha Lucrézia não vai chegar a ponto de se apunhalar. Ela não vai fazer nada, apenas pensar, refletir sobre o que o mundo lhe ensinou, questionar seu sacrifício, mas sem a intenção de se matar. O pulso dela tem que estar reto, o punhal de pé.

Dei um beijo na cabeça de Renata.

20

Lucrézia

LAVEI A CABEÇA E VESTI UMA ROUPA LIMPA para esperar papai, que vinha cedo assistir à grande apresentação de *Lucrézia* no aniversário de casamento de Cesare e Bianca. Sentei numa cadeira mourisca no salão e percorri com o dedo o couro com desenho em relevo. Esperei, não queria que ele chegasse quando eu estivesse no andar de cima e visse meus quadros sem mim. Esperei, passando a unha no lábio inferior até sangrar.

— Eu me atrasei — foi só o que ele disse, quando finalmente chegou, à tarde.

Demos uma volta pelo salão e ele olhou com atenção cada um dos meus quadros. Olhou de perto, aprovando com a cabeça, depois afastou-se para ver a tela a distância. Balançando o corpo, mãos nas costas, ele parecia aprovar e ao mesmo tempo se orgulhar, como se os quadros tivessem sido pintados por ele. Mas eu queria mais do que aquilo. Diga alguma coisa, eu implorava com os olhos.

Na frente da *Cleópatra*, perguntou:

— Onde está a marca da picada da serpente?

— É só o que você tem a dizer? Depois de dez anos sem ver meus quadros?

— Eu...

— Talvez ela tenha morrido sem ser picada. O medo de ser humilhada em público já bastava para matá-la.

A ideia fez com que sua boca emitisse um som, mas não uma palavra.

— Não entendeu ainda, pai? Até onde o medo de ser exibida pode ferir?

Ele transferiu o olhar do quadro para mim e suas narinas se abriram, ele sorriu.

Fiquei quieta, mas como ele não disse nada, acrescentei:

— Ela tinha o direito de lastimar seu sofrimento a sós.

Ele ficou impressionado. Pigarreou e disse:

—Você aprendeu mais com a vida do que eu poderia ter ensinado.

Repeti o que ele disse para mim mesma, para ouvir a frase outra vez. Agradeci.

Levei-o até meu ateliê no andar de cima. Tinha coberto *Lucrézia* com um pano para ele não ver logo ao entrar. Olhou outra vez a *Judith degolando Holofernes* e a *Susana e os anciãos* e sorriu, satisfeito.

— Tão magníficas quanto eu lembrava.

Era exatamente o que eu queria ouvir. Então, descerrei a *Lucrézia*. Ele olhou um pouco e pensou antes de dizer alguma coisa.

—Você fez parecer que ela está com medo de se matar.

— Olhe de novo, não é medo. É inquietação. Ela tem de saber por que se matar e ter um motivo próprio. Talvez não esteja convencida de que precisa fazer isso.

Ele ficou preocupado.

— Não é a Lucrézia que todos imaginam.

— Eu sei. Mas ela tem que ser assim, insegura; dessa forma, quem olhar o quadro daqui a muito tempo, mulheres e homens também, vai sentir um mal-estar. Talvez cheguem a chorar ao pensar que, num tempo de ignorância houve uma mulher que foi forçada a se suicidar por ter sido violentada. Até se esperava que ela fizesse isso.

Eu não sabia que ia dizer aquilo para meu pai nem para ninguém. A ideia veio de um centro incandescente dentro de mim e numa voz que não reconheci.

— As coisas vão mudar, pai. Precisam mudar. E a arte pode ajudar nessa mudança.

Os olhos dele brilharam.

— Minha filha. Profeta de um novo tempo. — Segurou minha cintura e olhou o quadro. — O que o *signor* Gentile achou do quadro?

— Ainda não o deixei ver. Cobri o quadro toda vez que veio ao ateliê. Ele está muito animado e pergunta sempre se não pode dar "Nem uma olhadinha", falei, imitando o jeito dele, com o polegar e o indicador gordos, balançando junto com a cabeça. "Não, não pode", eu respondia. Ele ficava amuado, tão engraçado. Gosto de provocá-lo.

— Que coisa, você provocando seu mecenas!

— Ele gosta. Fingiu que ia tirar o pano que cobria o quadro, mas não tirou. Decidiu descerrar durante a festa, sem ver antes a tela pronta.

— Mostra que confia muito em você.

— Eu sei.

Renata trouxe alguma coisa para papai e eu comermos no ateliê, depois carregou o quadro coberto para o salão, junto com papai.

— A senhora vai adorar o que o *signor* Gentile fez no salão — ela disse, quando entramos. O salão estava cheio de rosas, lírios, crisântemos e com um enorme buquê de gladíolos na mesa de centro. — Hoje de manhã, quando me mandou buscar as flores, pediu que escolhesse gladíolos vermelho-escuros. Como sabia a cor da roupa de cama de Lucrézia? Ele olhou?

Sorri.

— Acho que soube por instinto.

Os convidados chegaram e Cesare apareceu com a mesma gola dura que usou no retrato que foi dependurado sobre a lareira. Os convidados foram enchendo o salão e os perfumes muito adocicados que usavam não conseguiam disfarçar o cheiro almiscarado dos corpos. Uma criada trouxe um prato de *crostini* com anchovas no azeite e limão. Quase fiquei enjoada, precisei respirar ar fresco. Outra criada passou com uma bandeja de vinho. Peguei uma taça, saí do salão e dei várias voltas pelo pátio para me acalmar. Vi Palmira e outra menina brincando com bonecas de papel que fiz para ocupá-las.

Na hora de descobrir o quadro, o mordomo de Cesare convocou os convidados. Papai foi lá fora me buscar.

— Vamos ver do que são feitos esses genoveses — cochichou.

Cesare ficou ao lado de Bianca e levantou as mãos pedindo silêncio. Satisfeito ao receber a atenção de todos, fez um de seus gestos rebuscados para o mordomo, que descobriu o quadro num floreio. Primeiro, não houve reação. Minha alma gelou. Dava para ouvir a água caindo na fonte no pátio. Alguém tossiu.

— Aha — murmurou Bianca. Deve ter notado que mudei a posição do punhal depois que ela viu o quadro da última vez.

Cesare foi sorrindo aos poucos. Dei um suspiro que eu não sabia que estava no meu peito. As pessoas aplaudiram, educadas. E as opiniões começaram a aparecer.

— Pensei que ela estivesse nua.

— Não há sangue.

— Mal se vê o punhal.

— Não está morta.

— Não vai se matar.

Bianca se aproximou de mim. Apertou minha mão, nossas saias rodadas se misturando.

Cesare fez um arco com a mão e mostrou o quadro.

— *Brava!* Conseguiu, Artemísia Gentileschi! Venceu a ambiguidade. Se o tempo parasse no momento em que você retratou Lucrézia, jamais saberíamos o que ela fez. O quadro é exclusivamente seu.

Ele sabia que tinha uma obra que ninguém mais tinha. Se duvidasse da minha interpretação da cena, aumentaria a fama dos quadros que fiz para ele antes. Se aprovasse, aumentaria o valor dos demais.

Renata estava sozinha num canto do salão, mãos cruzadas no peito, olhos úmidos.

Os convidados estavam confusos, o quadro deixou-os desnorteados. *Bene.* Se aquela *Lucrézia* trazia um novo conceito para eles, podiam reconsiderar o fato de não haver picada da serpente em *Cleópatra*.

— Você os impressionou, Artemísia — sussurrou meu pai.

— Eu sei.

Após receber muitos cumprimentos (alguns, entusiásticos; outros, frios), papai me acompanhou ao jardim. Com uma suave sensação de sucesso, dei o braço para ele e caminhamos por um canteiro de rosas.

— Vai levar tempo para as pessoas entenderem por que me cumprimentaram. E o que pensam hoje pode não ser a mesma coisa que pensarão amanhã.

— Estão desapontadas, queriam ver sangue. Conhecem a história de Lucrézia, mas você deixou-as em dúvida. Lucrézia em dúvida.

— Todas as pessoas, pai? O quadro é o que *você* esperava?

Nós nos encaramos, coisa que não conseguíamos fazer em Roma. Após um longo tempo, ele sentou-se num banco de pedra sem responder.

Deixei-o achar que eu quis dizer o que ele esperava sobre Lucrézia, mesmo.

Sentei ao lado dele na sombra pontilhada de sol para ver as crianças brincarem. A fonte à nossa frente era rodeada de íris azul-escuros e lírios cor de laranja. O som da água caindo e o cheiro das rosas faziam o lugar ser muito agradável. Papai fez sinal para Palmira sentar no colo dele e balançou-a no joelho como se fosse uma menina pequena. Os cachos negros pulavam e ela disse, uma palavra marcando cada pulo:

— Vovô, já sou grande, tenho nove anos.

Achamos graça.

Meu pai deve ter feito a mesma coisa comigo, o que me deu uma súbita ternura. Pensei: isso deve ser felicidade. Tive vontade de fazer o tempo parar, de fazer aquele instante durar. Segurei no delicado tornozelo de Palmira.

Papai virou-se para mim e perguntou:

— O que houve?

— Nada, pai, é que estou muito feliz.

Ele parecia não saber o que dizer. Balançou a neta no joelho outra vez.

— Palmira, quando você crescer vai ser pintora como sua mãe? — perguntou.

Ela negou com firmeza e sacudiu os pés, mostrando os sapatos novos, de veludo vermelho.

— Vou ser uma dama, ter muitos vestidos e morar num palácio.

— Como este aqui?

Ela apontou com o queixo para cima e para baixo.

— Maior que este. E vou andar de carruagem preta com lacaio e dois cavalos brancos. — A seguir, comparou sua mão com a do avô, mas logo saiu para brincar.

— Na idade dela, você só queria cavalos para desenhar.

Estava bom ficar ao lado dele. Senti a confiança dos tempos de infância.

— Tentei ensiná-la a desenhar a boneca, mas ela não para quieta muito tempo — contei.

— Você ficava o dia inteiro tentando desenhar o menino da padaria, apagava o desenho e começava de novo.

— Quando eu era da idade dela?

— A partir dessa idade. Agostino ficava encantado, sabe. Não só com o seu talento precoce, mas com a sua determinação.

Fiquei tensa ao ouvir aquele nome. Há anos eu sequer pensava nele.

— Quando eu não conseguia pintar alguma coisa, você dizia: "Há sempre o amanhã. Tente amanhã outra vez." Às vezes ainda repito isso, mas ouço a frase sempre na sua voz — falei, tocando a mão dele.

Uma nuvem se afastou e o sol voltou. Palmira esguichava água da fonte.

— Nós voltamos a ser amigos — disse ele, calmo.

— Voltamos, papai.

Ele ficou assustado.

— Eu estava me referindo a... Agostino e eu. Nós é que voltamos a ser amigos — consertou.

Foi como se uma lâmina me cortasse fundo.

— Convidei-o a passar o verão na minha casa, chega na semana que vem. Está entre duas encomendas e...

— Ele vem aqui, a Gênova? — perguntei, em tom alto e estridente.

Meu pai abriu as mãos, como se quisesse conter minha reação.

— É, ele tem um ótimo senso de perspectiva, descobrimos coisas juntos no *Casino das musas*, do cardeal Borghese. Você devia ver esse afresco, um dia. E a Sala Régia do *palazzo* Quirinal também.

— Como você pôde convidar? Ele quase acabou comigo!

Meu pai não conseguiu me olhar. Abanou a mão como se afastasse a ideia.

— Foi um pequeno contratempo entre velhos amigos, Artemísia. — Subiu-me um calor à cabeça que me fez recuar. Meu pai pigarreou. — Achei que ele e eu podíamos trabalhar juntos por algum tempo aqui, depois irmos para a França. Ele tem cartas de apresentação para prováveis clientes em Paris.

— Você continua sem entender, não?

— Achei... achei que vocês dois podiam acertar as coisas.

— Papai! Como consegue sequer pensar isso? — Levantei-me. — A paz e felicidade que tenho aqui não significam nada para você? Meu mecenas é mais pai do que você.

Ele segurou meu braço. Eu me soltei.

— Artemísia, não...

— Canalha!

Chamei Palmira e voltei com ela para o ateliê, sem dar atenção às reclamações dela e de meu pai.

Peguei papel de carta. Tinha de me mudar rápido. Se tivesse ao menos uma carta de Pietro, voltaria para Florença, mas não tinha. Então, escrevi:

> Mui honrado senhor
> dom Giovanni Médici,
>
> Receba meu mais profundo pesar pelo falecimento de seu ilustre pai, Cosimo Médici. Sou eternamente grata a ele pela atenção que deu ao

meu trabalho e, conforme desejo dele, coloco-me ao seu dispor em Veneza. Aceitarei qualquer encomenda, por qualquer preço. Chego em breve, esperando encontrá-lo bem. Beijo sua mão.

Sua mais humilde e grata criada,
Artemísia Gentileschi

Era ridículo escrever aquilo para um menino de dez anos. De todo jeito, os conselheiros resolveriam, ele decerto nem leria a carta.

No ateliê, tirei minhas telas das molduras e enrolei-as.

— Por que faz isso? — perguntou Palmira.

— Porque as molduras não são minhas.

Tampei meus vidros de verniz, terebintina e linhaça e abri minha caixa de pintura.

— Mãe! O que está fazendo?

— Ajude: guarde as roupas na sua arca.

— Não! Por quê? — ela gritou.

— Vamos embora daqui.

— Por quê?

— Por causa do seu avô. — Embrulhei a lamparina da minha mãe em panos velhos e a guardei na caixa de pintura.

— Eu não vou! — disse ela, na porta do quarto.

Os gritos dela fizeram Renata, Cesare e Bianca virem correndo ao ateliê.

— Sinto muitíssimo, mas acho que temos de ir embora.

Cesare ficou perplexo.

— Nós a desagradamos?

— Não, nunca. O senhor foi o homem mais gentil que já conheci — respondi, com um aperto na garganta.

— Gostamos tanto de você — declarou Bianca.

— Eu sei. Também adoro vocês todos — falei, sufocando.

— Então, por que vai embora? — perguntou Bianca.

— Porque meu pai convidou para ficar em Gênova o homem que me violentou — falei baixo para Palmira não ouvir. — Ele acha que eu queria, para...

Renata ficou séria, como se tivesse juntado todos os fatos. Grossas lágrimas escorreram pelo rosto dela.

Cesare me apertou contra sua barriga redonda e macia.

— Podemos impedir que ele se aproxime de você, há jeito — disse no meu ouvido.

Balancei a cabeça, encostada no ombro dele.

— Eu não o obrigaria a fazer isso.

Ficamos os quatro um bom tempo nos olhando, pasmos e magoados. Renata foi a primeira a se mexer: chorando baixinho, ajoelhou-se ao lado da minha arca e foi guardando meu material de pintura, com cuidado.

— Pegue para você os estudos de *Lucrézia*, um álbum de desenho vazio e alguns lápis, *cara*.

21

Palmira

QUASE UM ANO DEPOIS, Palmira e eu subíamos ofegantes a colina Pinciana rumo ao Convento de Santa Trinità.

— Só mais um pouco. Você consegue chegar — falei.

— Por que não fizeram escadas? Se fosse em Veneza, teria. E estátuas também.

— Por isso as freiras vão ficar ainda mais contentes de encontrar você. Sabem que subiu tudo isso para vê-las.

— O que digo para elas?

— O que quiser. Elas sabem tudo sobre você. Sabem até que fizemos bonecas de papel de hábitos negros para navegarem em tigelas de madeira.

— Mãe!

— Não tem problema, acharam engraçado.

No alto, olhei para o campanário da esquerda. Um grande relógio havia sido instalado lá. Pensei quais seriam as outras mudanças que encontraria.

— A irmã Paola é quem abre a porta, é uma das funções dela no convento.

Quando Paola nos viu, deu um grito de alegria que chegou ao céu.

— *Cara mia!* — Puxou-me e me abraçou. — *Grazie a Dio*, você veio.

— Esta é Palmira, minha filha.

— Deus abençoe!

Paola abriu os braços para receber Palmira e a apertou contra o hábito negro.

— A irmã Graziela vai ficar em êxtase.

— Como Santa Teresa? — brinquei.

— Ah, ela tem estado tão desanimada. O último ano foi duro para ela. Por que não escreveu avisando que vinham? — perguntou Paola, parando para nos olhar depois de dar alguns passos rápidos. — Aaah! — gritou outra vez, abanando as mãos, sem se conter. Palmira achou graça. Paola nos levou logo à sala onde Graziela pintava. — Olhe, Graziela! — gritou.

— Nossa Senhora! Não acredito! — murmurou Graziela. Levantou-se, derrubando o banco no chão e veio de braços abertos para nós. — Outro dia sonhei com você. — Ela demonstrava surpresa, felicidade, alívio, gratidão, tudo num movimento fluido de linhas no rosto. — Você deve ser Palmira. É igual à sua mãe quando veio para cá.

Palmira fez uma pequena reverência.

— Mamãe me falou na senhora. O primeiro nome que soube escrever foi o seu.

— Puxa, estou lisonjeada!

O rosto de Graziela parecia um pouco mais fino e enrugado, porém com uma beleza madura que merecia a tela de qualquer pintor. Já Paola estava roliça como sempre.

— Pensamos que estivesse em Veneza — disse Graziela.

— Ficamos lá quase um ano — respondi.

— Por que saíram? Não gostaram? — perguntou Paola.

— *Eu* gostei — disse Palmira, ainda um pouco agressiva por causa da mudança.

— Do que gostou? — perguntou Graziela, tocando no rosto de Palmira.

— Do palácio onde morávamos.

— Ah, era bonito? — perguntou Paola.

Palmira confirmou, animada.

— Gostava também das gôndolas e das corridas de barco.

— Acho que ela voltou a gostar de mim depois de nosso primeiro passeio de gôndola. — Passei a mão na cabeça dela. — Não queria sair da gôndola, não foi?

Os olhos dela, tão parecidos com os de Pietro, passaram por mim, frios.

— Eu não queria ir embora de nenhum dos lugares onde moramos.

— *Allora*, então gostou de todos — disse Paola, pondo as mãos sob o queixo.

— E a *Commedia dell'Arte*? — perguntei.

— Era engraçada.

— E as rendeiras?

— Eu já usava rendas antes de morarmos em Veneza — disse Palmira, um pouco arrogante. — Em Gênova, a *signora* Gentile comprava rendas para mim — disse, levantando a saia para mostrar a barra rendada da combinação.

— *Che meraviglia!* — exclamou Paola.

— E me dava os vestidos velhos para eu brincar — continuou Palmira.

Tudo que fosse frívolo, extravagante ou diferente agradava a Palmira. Se tivéssemos ido de Roma direto para Gênova ou qualquer outra cidade, ela teria ficado zangada mais tempo, mas as belezas de Veneza a encantaram e, com isso, a raiva diminuiu.

— E você? Por que foi embora? — perguntou Graziela.

— Veneza será sempre uma bela cidade, mas me desapontei, achei-a fria, suja e antipática.

— Por quê? — insistiu Graziela, surpresa.

— Por causa da arte, a cidade tem consciência da própria extravagância. O enorme quadro do Paraíso pintado por Tintoretto mostra Jesus e Maria cercados de *quinhentos* santos, um mar de santos, é demais. Lá não há lugar para mim. A Escola Veneziana existe em todos os estilos, menos em artesanato.

— Isso é ruim.

— Não culpo a cidade. Depois de viver em Gênova e Florença, seria difícil gostar de qualquer outro lugar.

— Para quem você pintou?

— Giovanni Médici, o filho de Cosimo. Imagine, ele é duque aos dez anos de idade. Seus conselheiros é que tomam as decisões, e não gostaram muito de me receber. Depois, Giovanni também faleceu. O fim dos Médici.

— Você veio para ficar? — perguntou Graziela.

— Espero que sim. Em Veneza eu soube que Scipione Borghese e vários outros cardeais estão comprando mais arte para decorar suas *villas* aqui.

— O papa Urbano também tem vários novos projetos de arte — disse Graziela.

— Onde vão morar? — Quis saber Paola.

— No bairro dos artistas, onde eu morava antes. Preciso achar um lugar amanhã. Passamos a noite numa hospedaria, mas não quero pagar por mais tempo que o necessário. Nossos pertences continuam na cocheira. — Vi que as duas gostariam de uma visita mais demorada, porém eu precisava ir. — Voltamos depois que nos instalarmos. Só queria que Palmira as conhecesse.

Elas nos levaram até a porta, nos abraçaram outra vez e fomos visitar Porzia Stiattesi.

Nada havia mudado na Via del Babuíno. Lá estava a mesma botica onde comprávamos nossos pigmentos, o mesmo *vinaio* na esquina da Via della Croce, minha rua. Empertiguei-me. Queria andar pela minha rua de olhos secos e digna, pura e confiante como uma criança, alegre por ver cada pedra do chão por onde tinha andado um dia. Segurei a mão de Palmira.

— Era aqui que morávamos — falei. As crianças que brincavam na rua estreita cantavam em francês. Era uma música que eu conhecia, então cantei junto com elas, mas em italiano. Elas me olharam surpresas e riram.

— Nasci aqui nessa casa — falei baixo para Palmira, na frente de nosso portão em arco. O estuque tinha caído em alguns lugares e o muro estava remendado.

— Não é muito bonita. — Palmira tocou num pedaço solto de estuque e ele caiu.

Puxei-a.

— A gente tem de nascer em algum lugar. — A janela da esquerda estava sem veneziana e a da direita presa numa única dobradiça. — Aconteceram muitas coisas nessa casa que mudaram minha vida.

— A casa é meio pequena também.

— Você esperava um palácio como o de Cesare, ou o de Giovanni Médici? Nós agora estamos sem mecenas, então é melhor você se acostumar com a simplicidade.

Coloquei-a na minha frente e puxei a corda do sino da porta ao lado.

— Tínhamos um sino igual a esse — contei, lastimando ter sido ríspida com ela. — Minha mãe o deixava sempre brilhando, achava que um sino polido tocava mais alegre. Aqui é a casa dos seus tios, ele é irmão do seu avô.

Porzia veio à porta e estendeu as duas mãos.

— *Mamma mia!* Artemísia! Eu... *Dio mio.*

Ri.

— Não se assuste tanto, não sou um fantasma.

— Não, não. Você está igual!

— Você também — retribuí, mas nós duas sabíamos que não era verdade. Eu estava mais gorda, ela estava acabada e com um ombro mais caído. Eu nunca tinha notado aquele detalhe.

— Esta é Palmira, minha filha.

— De Pierantonio? — perguntou ela, baixo.

— Claro. — O que ela pensava? Que eu ia levar uma bastarda para a casa dela?

— *Che bellina.* Tem os cabelos e olhos negros do pai e a pele da mãe.

Porzia abriu mais a porta e entramos no pequeno pátio da casa. Ela mancava tanto que tive pena. Pegou três tigelas de polenta de um caldeirão dependurado sobre a lareira acesa, serviu dois copinhos de vinho e pegou um copo menor.

— Ela aceita vinho? Misturado com água? — ofereceu.

— Um pouco.

— Vai ficar em Roma?

— Se tiver trabalho. Temos de admitir que a pintura é uma atividade itinerante não é, Palmira?

— O que quer dizer?

— Que estamos sempre mudando. Pense: pouca gente já viveu em três cidades como nós.

— Roma tem barcos? — perguntou Palmira a Porzia.

— Não, mas tem outras coisas que você vai gostar. Coisas bem antigas.

Palmira fez uma careta e balançou as pernas. Eu ia ficar satisfeita quando ela crescesse e não pudesse balançar as pernas sem parar. Não ia demorar a acontecer.

— É boa hora para qualquer artista estar aqui — disse Porzia. — Ninguém acredita na quantidade de dinheiro que o papa está soltando.

— Só quero saber se vai soltar para mim. Talvez não, se minha fama ainda for ruim. As pessoas aqui esqueceram o que aconteceu comigo?

— O julgamento? Sim. A vida continua e novos dramas chamam a atenção das pessoas. Mas a sua volta pode lembrá-los.

— Agostino está fora de Roma, não é?

— Da última vez que soubemos, estava em Gênova, depois ia para Paris.

— Com meu pai, decerto. Não precisa esconder, eu sei.

Ela raspou a mesa com a unha, tirando a cera dura de alguma vela.

— Eu detestava ver os dois juntos, passeando na rua. Meu coração doía por você a cada vez que...

Levantei a mão. Não queria ouvir.

— Sabe onde posso alugar barato dois quartos? Perto daqui.

— Tem sempre gente chegando e saindo, nas ruas que vão daqui até a *piazza* del Popolo.

— Amanhã teremos de percorrê-las. — Recostei-me na cadeira, tentando me sentir bem lá outra vez.

— Você sabe que Florença esteve ameaçada pela peste — disse Porzia, olhando qual seria minha reação.

— Não, não sabia. Viemos do Sul pelo litoral. Pensei que a ameaça de peste fosse em Milão.

— As procissões de flagelados seguem de uma igreja a outra. Chegaram a cancelar o jogo de futebol, por medo de contágio.

— E Pietro? Tem notícias dele?

— Foi por ele que soubemos do cancelamento do jogo, mas já faz um mês.

Tomei o vinho, pensativa.

— Lastimamos saber que você o deixou.

— Não foi escolha minha. Gostava tanto dele que ele me deixou.

— Então, por que foi embora daqui?

Tentei ver se havia acusação na pergunta, não consegui.

— Para encontrar trabalho. O que ele disse a você?

— A mesma coisa. — Ela partiu um pedaço de pão e bateu com as mãos as migalhas que caíram no colo. — Pensamos que fosse por outro motivo.

Ela sabia de Vanna e foi solidária, ou acreditou em alguma história que Pietro contou. Eu podia descobrir se ele continuava com a amante, mas não queria perguntar na frente de Palmira, então fiquei indecisa. Porzia também, talvez pela mesma razão. Tínhamos de esperar outra ocasião, foi o que nossos olhos se disseram.

NA MANHÃ SEGUINTE, Palmira e eu percorremos todas as ruas entre a *piazza* del Popolo e a Via della Croce, região onde moravam os artistas. Pedimos informação ao boticário, tocamos sinos nas casas e fomos aonde as pessoas indicaram. Uma proprietária na *Via dei Greci* me olhou bem e disse:

— Não alugo cômodos para mulheres sozinhas com filhos.

— Nem com apenas uma filha?

— Uma é demais.

Ao ouvir isso, Palmira ficou atrás de mim, zangada, chutando uma pedra.

— Não faça assim, vai estragar seu sapato. — Era um esforço conseguir que ela conservasse os sapatos apresentáveis.

Chutou para o alto mais uma pedra e depois andou ao meu lado, calada.

— Se você deixar, o mundo lhe atormenta. Então, não deixe.

Mulheres sozinhas. Pensei em Pietro. Se ele ainda era pintor, a vida devia ser tão difícil para ele quanto para mim. Mas para nós dois juntos, não sei.

Na Via Laurina perguntei a uma mulher:

— Tem dois quartos para alugar? Sou pintora e esta é minha filha. — Fiquei empertigada e séria, segurando a mão de Palmira.

— *Sì,* dois quartos no terceiro andar. Tem outros pintores nesse andar. Vá olhar. É a primeira porta à esquerda, no fim da escada.

A cada andar que subíamos aumentava o cheiro de terebintina e o calor ficava mais opressivo. O quarto não tinha cortinas. O colchão gasto era coberto por um lençol simples.

— Lugar horrível, *mama.*

— *Stai zitta!* Fica quieta! — Puxei o braço dela.

A tarde estava passando e meus pés doíam. Descemos.

— Vou ficar com os quartos. Posso mudar agora?

— *Sì.* Como se chama?

— Artemísia Gentileschi. Minha filha se chama Palmira.

Imediatamente, a boca da mulher tremeu, sem saber se zombava de mim ou não.

— Espere aqui — mandou ela, entrando num outro cômodo. Ao voltar, disse: — Os quartos já foram alugados por meu marido hoje de manhã — ela disse, segurando a porta para sairmos.

Eu sabia que voltar a Roma podia abrir velhas feridas, mas não esperava ser desprezada.

Um prédio na Via Margutta, perto de onde morei, tinha um quarto que eu podia pagar. O homem de suíças, com o rosto enrugado que me pareceu conhecido, subiu conosco dois andares até um cômodo grande, de janelas largas, que abriam para dois lados da rua.

— Muito bom. Queremos mudar esta tarde, pode ser?

Ele concordou.

— Como se chamam?

— Artemísia Lomi e Palmira.

Palmira me olhou sem entender.

— Gentileschi — corrigiu.

As rugas na testa do homem mostraram que ele procurava aquele nome no passado. Olhou minhas mãos, depois examinou Palmira, com desconfiança e nojo. Meu estômago revirou.

— Não, nada com putas — disse o homem, e fechou a porta na nossa cara.

— *Madre di Dio. Che villano.* Nós também não queríamos morar lá, não é? — comentei com Palmira e descemos a escada depressa.

— Por que foi tão antipático, *mama*? E o que é putas?

— De noite eu digo. Depois que encontrarmos uma casa.

ENQUANTO ESPERÁVAMOS NOSSOS PERTENCES serem levados aos quartos que finalmente encontramos, esquentei água no fogão a lenha que ficava no canto, despejei a água numa bacia e lavamos nossos pés. Depois, comemos pão com queijo.

— Essas pessoas falam engraçado, *mama.*

— Estão tentando aprender a nossa língua. São holandeses. Acho que o homem resolveu alugar para nós quando viu que gostei dos quadros dele.

O funcionário da estação de coches entregou nossas arcas. Estávamos cansadas demais para desfazê-las, mas escrevi para a academia de Florença.

> Caros senhores, acaso têm notícia de meu esposo, Pietro Antonio di Vincenzo Stiattesi? Está vivo? Pinta? Pelo fato de eu ter sido membro dessa ilustre academia, poderiam me informar sobre ele?

Eu não acreditava que respondessem à carta. Olhei Palmira de camisola na cama, quase dormindo.

— Você hoje foi uma menina ótima, sei que o dia não foi fácil.

Tirei o corpete e a saia, deitei-me ao lado dela. Ela virou-se e abriu os olhos. Vimos a luz que entrava pela janela sumir aos poucos e nos sentimos muito próximas uma da outra. Nós duas e o mundo. Meus olhos estavam pesados de sono.

— Acho que vamos ser felizes aqui — murmurei.

— Você disse que ia dizer — cobrou Palmira depois de um tempo.

— Dizer o quê?

— Porque aquele homem falou que somos putas.

— Fez isso porque era a pior coisa que ele podia imaginar, mas não é verdade, você não precisa se incomodar.

No quarto que escurecia nós duas olhávamos as rachaduras no teto e naquele momento seria mais fácil contar, pensei. Palmira logo ficaria moça. Estava na hora de saber.

— Lembra na Loggia della Signoria, em Florença, quando desenhei a estátua de um homem carregando uma mulher? Lembra que estava chovendo e corremos para casa?

— Não — disse ela, enfática, como se aquela expectativa fosse irracional.

— Quando um homem obriga uma mulher a fazer o que ela não quer, e que marido e mulher fazem quando se amam, chama-se estupro. Era o que estava prestes a acontecer entre aquele homem e aquela mulher da estátua em Florença.

— E daí?

— Isso aconteceu comigo, aqui. Eu não queria que ninguém soubesse, mas meu pai descobriu e acusou o estuprador no tribunal. As pessoas acharam que eu quis fazer aquilo com ele, mas não quis. Quando uma mulher faz com um homem que não é o marido dela, ela é chamada de puta.

Palmira estava calada. Talvez pensasse no que homens e mulheres faziam juntos. Isso seria assunto para outra noite. Assim como o julgamento e o *sibille*. Quando fosse mais velha. Quando fosse apenas uma história para mim, como a de Lucrézia, Cleópatra, ou qualquer outra mulher de uma época distante. Naquele momento, eu mal conseguia ficar acordada.

Depois, saída da escuridão do cansaço, veio a pergunta tímida:

— Foi papai que estuprou você?

— Não, *cara*. Ele não fez isso comigo. Foi um amigo de meu pai chamado Agostino. Meu pai e ele pintavam juntos. Por isso nós duas saímos de Gênova com tanta pressa. Seu avô convidou Agostino para ir lá.

— Ser estuprada doeu?

— Sim, por algum tempo. Não para sempre.

— O que o marido e a mulher fazem dói?

Era uma pergunta difícil. Eu não queria que ela vivesse com medo.

— Não. Pense em Cesare e Bianca, como eram carinhosos um com o outro. Se o homem é gentil e se a esposa quer, não dói. Acontece quando os dois se amam.

— Vou querer fazer isso um dia?

— Vai.

— Toda senhora quer?

— Quase toda.

— A irmã Graziela quis?

— Quis, uma vez. Um dia eu conto para você — falei, virando-me e beijando a orelha dela.

22

Graziela

Reverendíssima Eminência cardeal Scipione Borghese,

Espero que tenha sido do seu agrado o afresco *Casino das musas* pintado por meu pai, Orazio Gentileschi. Eu, Artemísia Gentileschi, também sou pintora, fui aluna dele, estive sob o mecenato do senhor Cosimo Médici e ofereço meus serviços à Sua Eminência.

Ficaria muito grata se tiver autorização para ver o trabalho de meu pai, pois jamais tive tal oportunidade. Aguardo sua resposta, de acordo com sua melhor conveniência e adequação.

Com todo o respeito à dignidade de Sua Reverendíssima Eminência, a humilde e obediente serva,

Artemísia Gentileschi

Lacrei a carta com a cera da vela e timbrei com a figura da deusa Ártemis para impressionar. Depois, comecei outra carta, enquanto Palmira continuava retirando nossas roupas das arcas. No final do dia eu tinha escrito cartas de apresentação para cinco cardeais e dois nobres; um, indicado pelo boticário e outro, pelo holandês dono dos cômodos onde morávamos.

Pouco tempo depois recebi duas respostas. Na primeira carta, um secretário do cardeal Borghese me autorizou a "olhar por tempo não muito longo o trabalho de Orazio Gentileschi, mas sem considerar esta uma autorização também para audiência com o reverendo, que não está disponível". A outra carta era de um nobre que escreveu:

"Assim que possível, quero uma de suas maravilhosas *Judiths* como as que estão no *palazzo* Pitti."

Fiquei satisfeita. Precisava da segurança e alegria de estar pintando um novo quadro. Na mesma hora, comecei a fazer esboços em pedaços de papel enquanto Palmira cuidava do caldeirão de sopa pendurado sobre o fogo da lareira. Morando aqui, ela vai amadurecer, pensei.

— Você vai pintar quem? — ela perguntou.

— Outra Judith.

— Não cansa delas?

— Não, se forem diferentes. Há, vejamos, cinco anos não pinto uma. Estou diferente, então o quadro também vai ser diferente.

— Tem que ter sangue?

Pela primeira vez a voz dela parecia ansiosa e preocupada. Talvez os detalhes sombrios dos meus quadros (a cabeça cortada, a decapitação, a serpente, o punhal) não deixassem que se interessasse por pintura.

— Só por sua causa, não vai ter sangue, *cara*.

Podia não ser só por causa dela, mas porque fazer de novo aquela cena violenta parecia retrógrado. Não me interessava mais.

Fiquei imaginando enquanto fazia os esboços. Esta *Judith* terá mais corpo, será uma mulher de meia-idade, mais sensata graças à experiência, não uma mera sedutora e matadora, porém alguém mais racional. Lá em Roma, onde a técnica de Caravaggio era apreciada, eu podia dar vazão ao meu gosto pelo dramático *chiaroscuro* de luz e sombra até no rosto dela. Judith podia estar com o braço levantado para proteger os olhos da luz que vinha pela abertura da tenda e assim se concentrar nos ruídos de fora. O corpo de Holofernes nem estaria em cena, só a cabeça, na sombra, mal percebida dentro da sacola que Abra carregava. Nada de sangue. Nada de corte. Judith ouvia ruídos fora da tenda. Sinal de perigo. Ela precisava estar muito alerta.

— Pronto — falei, depois de trabalhar um pouco. Entreguei um esboço de composição para Palmira. — Sem sangue.

Ela olhou o papel e, depois, para mim.

— Não tem sangue escorrendo da sacola?

— Não.

— Ótimo.

— É, ótimo. Escute, como você foi tão boazinha em desfazer as arcas, amanhã vamos ao lindo palácio do cardeal Scipione Borghese. Um homem muito importante. Lá tem quadros que foram pintados por seu avô. Vamos olhar.

EU NÃO SABIA BEM ONDE FICAVA O *palazzo* Pallavicini do cardeal Borghese, só sabia que era perto do Quirinal, por isso tivemos de perguntar a três pessoas até um cocheiro dizer que era longe da rua, ao lado de um pátio de carruagens com estábulos. Depois que mostrei a carta de autorização enviada pelo secretário do cardeal, o porteiro nos deixou entrar num luxuriante jardim cheio de alamedas, caramanchões com trepadeiras perfumadas, oleandros, pinheiros e árvores frondosas.

Na porta do palácio, um ordenança bateu o bastão no piso e perguntou:

— O que desejam?

O que ele estava pensando? Que uma mulher e uma menina iam invadir a residência do cardeal?

— Sou Artemísia Gentileschi. Meu pai Orazio pintou o *Casino das musas* para Sua Eminência. Fica nessa ala?

— Sim.

— Gostaria de ver com minha filha.

Mostrei a carta, ele a olhou e nos deixou entrar.

— Fale com o secretário — disse, apontando para um velho numa mesa entalhada.

O secretário lia um documento, apertando os olhos, de cabeça baixa. Não levantou a cabeça nem quando paramos na frente dele. Tinha o rosto tão comprido e fino que dava a impressão de ter sido espremido entre duas tábuas quando criança. Parecia uma doninha. Coloquei a carta aberta sobre a mesa. Ele leu sem alterar a expressão nem mexer a cabeça, apenas olhou à direita.

— Gentileschi, hein? Conheço você. Eu estava aqui na época em que seu pai e Tassi moravam na cidade. Voltou para Roma querendo ser estuprada de novo?

Palmira fez um muxoxo de desagrado.

— Voltei porque nasci aqui. E para pintar. Também sou pintora. Assim, quero estudar o afresco do teto.

— Não aprendeu com o *signor* Tassi e agora quer aprender com os quadros dele?

— Os afrescos são de meu pai. — Fiquei na defensiva para o que ele poderia dizer depois.

— Pintora, hein? Deve fazer bons quadros de putas, não?

— Faço heroínas.

— Você pinta a sua putaria — disse ele entre dentes, mas como se fosse uma cusparada no rosto.

— Mentira! Ela não faz isso! — gritou Palmira.

Apertei a mão dela para calar-se. Ela me olhou querendo revidar. O homem deu um riso afetado, satisfeito com a raiva dela.

— Pinto a honra, o orgulho, o enlevo, a tristeza, a dúvida, o amor e a compaixão — falei com calma, mas depressa para ele não me interromper. — Espero viver o bastante para pintar todas as emoções humanas.

Ele riu com desdém e voltou ao que lia.

— É comum deixar que um pintor estude a obra de outros, mesmo que os quadros sejam propriedade particular da Santa Madre Igreja — falei. — Se a hora não for conveniente, volto outro dia, é só dizer...

— Pode ir, pode ir. — Ele mostrou a escada, irritado. Já tinha feito o que queria.

— Roma é horrível, detesto ela — disse Palmira.

— Nem tudo é horrível. Pense no que vamos ver agora.

Uma mulher gorda limpava o chão formando arcos molhados e brilhantes com seus movimentos. Perguntei aonde ficava o *Casino das musas*. Ela se levantou, foi gingando pela antessala e abriu uma porta.

Ao entrarmos, segurei na mão de Palmira. O salão de entretenimento tinha um enorme teto abobadado. Sobre a moldura da cornija, no ponto onde as vigas formavam curvas para o teto, foi pintada uma falsa cornija de pedra toda trabalhada, com um balcão apoiado em várias colunas. Atrás do balcão, mais colunas pintadas e uma *loggia* de arcos.

— A pintura desse teto é tão reaaaal — admirou-se Palmira, esticando a última palavra.

Sob os arcos e num trecho da escada homens vistosos e mulheres peitudas tocavam alaúde, violino, violas de gamba, tamborins, tambores. Outras pessoas cantavam ou apenas ouviam a música; num canto, um cavalheiro apoiava o braço num corrimão; o xale de uma mulher se abria em outro canto da cena. Os trajes em tons delicados de rosa, verde e amarelo estavam sobre um fundo de firmamento azul salpicado de nuvens, como se o balcão ilusório estivesse subindo ao céu. Todas as partes complicadas de pintar, por serem vistas de baixo (as colunas, capitéis, arcos, rosetas em cofres, as colunas que sustentavam o balcão, as pessoas com seus queixos, tornozelos, narizes, torsos, além das violas de gamba e outros instrumentos) estavam em perfeita proporção, formando um conjunto uniforme. O efeito era impressionante.

— Como pode parecer tão real? — perguntou Palmira.

— Isso é o que se chama pintura ilusionista em arquitetura — expliquei. — Você não pode confiar totalmente no que vê, pois não sabe o que faz parte da arquitetura do local e o que é apenas ilusão. Parece real porque as formas e as figuras estão reduzidas. Foram pintadas menores do que realmente seriam, além de vistas de baixo. É muito difícil fazer isso.

— Você já fez?

— Não.

Ela largou minha mão e contou, uma por uma.

— A cena tem dezenove pessoas!

— Fazer um trabalho tão difícil, com tudo em harmonia, deve ter exigido atenção absoluta.

Papai tinha de estar concentrado no que fazia, nos problemas que a cena apresentava e buscar soluções enquanto ia para casa, comia, se vestia, moía os pigmentos, sentava-se no tribunal. A posição das figuras tinha de estar na cabeça dele desde que acordava, todos os dias. O meu problema devia estar presente só de passagem, mesmo na manhã do *sibille.*

— Isso foi pintado pelo vovô e aquele homem? — perguntou Palmira.

— Foi. Trabalharam juntos. O vovô pintou as pessoas, os instrumentos musicais e o céu; Agostino fez a parte arquitetônica.

A perspectiva, que meu pai tinha mais dificuldade de fazer, ficou por conta de Agostino, que fez os ângulos certos, os pontos de fuga, as sombras. Assim, o espaço ficou como uma vitrine para as figuras de Orazio, cada uma, única, tocando um instrumento musical ou sendo embalada pela música. Orazio sabia qual era a sua dificuldade. Agostino sabia a dele. Se trabalhassem separados, a arte e a fama de cada um seria limitada; juntos, eram excelentes.

— Ele deve ter ficado muito emocionado ao ver a pintura tomar forma — falei, baixinho.

Compreendi então, com toda a clareza, porque meu pai queria que o julgamento terminasse. Não era por minha causa.

Compreendi, mas isso não significava perdoar.

— Olha, *mama*! É você que está ali! — Palmira apontou por cima do meu braço direito.

Virei-me e olhei:

— Não é.

— É sim, você sempre fica desse jeito, de mão na cintura.

— Fico?

— Sim, quando zanga comigo.

— Talvez seja a sua avó. — Ao dizer isso, percebi na pintura aquele cacho de cabelo indomável que saltava do lado direito da minha testa. Ele me aborrecia desde que aprendi a pentear os cabelos. Minha mãe tinha cabelos lisos e retos, puxados num coque, como faziam as espanholas.

— Não, não é minha avó, é você. Olhe o leque na mão. Você sempre reclama do calor.

Lá estava eu no teto, olhando para mim lá embaixo, com a mesma idade que tinha naquele momento, mas pintada treze anos antes. Como meu pai soube me envelhecer? Era estranho me ver lá no alto como uma matrona alheia, distraída, olhando no balcão, em vez de assistir aos músicos tocando, sem conseguir se envolver na distração fácil da música. Incapaz de me envolver com o ambiente, isso mesmo. Como meu pai sabia?

Fiquei tonta, meu pescoço doía e mesmo assim não conseguia parar de olhar para o teto. Posei para meu pai muitas vezes, sem imaginar que fosse usar um dos desenhos ali. Portanto, ele pensava em mim naquelas tardes, depois que a sessão no tribunal terminava. Além disso, ele tinha imaginado quais seriam as consequências do julgamento e dos anos sobre a minha figura. Abracei Palmira.

— Você tem razão, *sou* eu — murmurei.

NAQUELA NOITE, depois que Palmira foi dormir, fiquei tomando vinho e imaginando se papai pensava muito em mim. Se falava em mim com Agostino ou com qualquer outra pessoa. Se era sozinho. Se estava sozinho naquela hora. Se pensava em mamãe. Esperava que estivesse feliz, ou pelo menos que estivesse pintando bem... mesmo que fosse com Agostino. Debrucei-me na janela para sentir o azul-escuro da noite, o mesmo que meu pai poderia sentir em Gênova, Paris ou onde quer que estivesse. Eu queria muito saber o que ele estava pensando naquele exato momento. Se alguém pudesse saber o que o outro estava fazendo ou pensando, não haveria mais solidão no mundo.

Pensei também em Pietro e tentei imaginar o que ele estaria fazendo exatamente naquele instante. Estaria com Vanna? Teria se dedicado totalmente a ela, agora que eu tinha partido? Será? Jamais pensava em mim?

Será que fiz quase a mesma coisa que meu pai, isto é, sacrifiquei uma pessoa por minha arte? Estava com muita vontade de pedir desculpas a Pietro. E a Palmira. Será que magoei as pessoas por egoísmo? Queria me desculpar com Cesare, Bianca e Renata e voltar ao ponto em que estávamos antes, mas era impossível. O amor acaba sempre saindo ferido quando é preciso fazer uma escolha.

Uma vez me contaram que uma rainha inglesa não quis se casar para ficar ligada apenas à Inglaterra e imaginei o quanto aquilo deve ter lhe custado.

Uma lua de incrível brilho surgiu acima dos telhados, feita por uma invisível e divina trama, como uma bola de papel colocada na frente de um gato. Não consegui dormir por causa do que vi no *casino* Borghese. Peguei papel de carta, mas não sabia onde papai estava morando. Então, escrevi:

Meu mais ilustre amigo, Galileu,

Esta noite o céu está tão claro como eu não via há anos. A lua é uma *perla barocca*, um deleite que Deus colocou para perturbar os mortais com perguntas irrespondíveis. Consigo ver as colinas e vales dela como você descreveu. Sempre que olho a lua, penso em você, e não observo as estrelas sem me perguntar qual delas será a sua Vênus.

Esta noite estou preocupada com o mundo. Estamos nos movendo, como diz você, no meio do universo, em vez de ficarmos parados sob o olhar atento de Deus, não estamos no centro das atenções Dele. As coisas acontecem. Cometemos erros sem saber, e não podemos voltar atrás. Como é difícil confiar em nós mesmos para cuidar de nossas vidinhas e deixar que nosso Pai se preocupe com coisas mais importantes.

Cuidado, *amico mio*. Embora você diga que o papa Urbano o estima muito, Roma continua tão sem lei como era na minha juventude. Não pense você, lá na sua *villa* campestre com suas cidreiras, que os dedos de Roma não alcançam as colinas toscanas e arrancam sua fruta mais ilustre. Não é só o papa que manda em Roma.

Mesmo neste momento em que escrevo, sei que você vai dar sua opinião com todas as palavras, embora possa lhe trazer problemas. Por isso, com sua permissão, vou pedir à minha amiga de confiança, irmã Graziela, da igreja Santa Trinità dei Monti, que reze por você. (No mínimo, para eu ficar menos preocupada.)

Sempre sua,

Artemísia

Esquentei água, lavei minha cabeça e a de Palmira na pia de pedra.

— Ai, você está esfregando muito — reclamou ela.

— Não é bom esfregar a cabeça? Você se sente mais viva.

— Mas está me machucando. Deixe que eu faço.

Relutante, abri mão desse prazer de mãe, mas não consegui parar de olhar para a linha suave e esguia da nuca ensaboada de Palmira.

— Hoje vamos visitar as freiras, quero levar pigmentos para Graziela — anunciei. — Leve seu bordado para mostrar à irmã Paola. Se não estiver ocupada, ela pode lhe ensinar um ponto novo.

— Ela sabe bordar?

— Claro. Fez lindos paramentos para o *monsignor*. Com fios de ouro.

Trancei os cabelos molhados dela para ficarem ondulados e os prendi no alto da cabeça.

— Pronto, você está parecendo uma pequena dama.

Encontramos Graziela num canto do convento, sentada num banco em forma de L, sem fazer nada. Nunca a havia visto assim.

— Ela está rezando? — perguntei a Paola.

— Não, pensando.

Graziela ficou animada ao nos ver.

— Você está bem? — perguntei.

— Como Deus quer. Encontrou aonde morar?

— Foi difícil, mas achamos. As pessoas ainda lembram de mim. Faz treze anos e ainda lembram.

Graziela olhou séria para Palmira e depois para mim.

— Eu contei tudo, ela sabe — expliquei, sentando-me ao lado de Graziela. — Não queriam alugar nada para nós. Ontem fomos ao *casino* do cardeal Borghese para ver as pinturas de meu pai e o sacristão foi agressivo comigo, na frente de Palmira. Perguntou se voltei a

Roma para ser estuprada de novo. As pessoas continuam sendo animais aqui.

— Aqueles com uma fé maior que a nossa veriam até nisso a intercessão do Senhor.

Olhei para ela sem acreditar no que ouvi. O que foi feito da compaixão que Graziela tinha pelos outros?

— Ele disse que eu pintava a putaria! Existe amor divino numa frase dessas?

Imediatamente, Paola tentou levar Palmira ao herbário, mas minha filha sentou-se firme na outra ponta do banco e Paola desistiu, ficou ao lado.

— O amor de Deus está na forma como se reage a uma agressão — disse Graziela. — Quando o imperador Constantino soube que a turba romana tinha apedrejado a cabeça da estátua dele, pôs as mãos na cabeça e disse: "Que estranho, não sinto nada." Uma mulher da sua idade lastimando o que um sacristão de espírito tacanho diz não é uma cena bonita de se ver, mesmo que seja pintada por você.

Fiquei rubra de constrangimento por ela dizer aquilo na frente de Palmira.

— Considere o que você fez na vida até hoje — continuou ela. — Morou em três belas cidades e viu os mais belos palácios, esculturas e quadros da Itália. Amou um homem. Teve uma filha linda e saudável. Abriu seu caminho e teve seu talento reconhecido por uma das cortes mais prestigiadas da região. Se fosse outra mulher, agradeceria a Deus de joelhos por uma só dessas conquistas.

Palmira olhou para Graziela e depois para mim. Eu me senti pequena e egoísta.

— Eu sei, eu sei.

— Achava que você fosse deixar aquele problema de lado, Artemísia.

— Eu também, até o dia em que meu pai me traiu outra vez, em Gênova.

— E daí? Tem uma hora em que as filhas precisam se livrar dos erros tacanhos dos pais. Pode ter certeza, eu sei.

Senti a traição do pai dela como se fosse um prego duro em minha garganta.

— Não gostaria de ter ressentimento nem por meu pior inimigo. É um sentimento destruidor. Você não acha que melhorou nesses treze anos?

— Melhorei.

— Então, erga a cabeça e vamos mudar de assunto. Conte o que aprendeu.

— Com o quê?

— Comece por ontem, com o que viu no *casino* do cardeal Borghese.

— É maravilhoso. Trata-se de um painel no teto com músicos tocando para uma plateia num balcão. — Lembrei da cena outra vez, e me orgulhei.

— Sim e...

— Papai e Agostino fizeram um trabalho magnífico. Papai sabia que não era capaz de fazer aquela complicada perspectiva sem a colaboração de Agostino. Teria prejudicado o projeto e acabado com a carreira dele. Precisava terminar com meu julgamento no tribunal. — Consegui uma voz impassível e sem mágoa para dizer: — Ele sacrificou minha reputação e minha arte pela dele.

Graziela me olhou, atenta.

— Não estou dizendo que foi uma escolha mesquinha ou nobre, só que foi uma escolha cujo preço ele estava disposto a pagar.

— Na mesma situação, você faria o mesmo?

Olhei Palmira balançando as pernas.

— Faria.

— O que isso mostra?

— Que em certas épocas da vida os sentimentos fazem com que causemos mágoa e perda aos outros. Em outras épocas, nós é que somos magoados, tudo em nome da arte. Às vezes, conseguimos o que queremos. Às vezes, pagamos para outro conseguir o que quer. — Olhei para Palmira como quem se desculpa. — O mundo é assim.

— E o perdão?

Descruzei as pernas e firmei os pés no chão como se estivesse à beira de um precipício.

— Não é fácil perdoar.

— Mas é possível.

— Sim, é.

Um instante após, pedi a Palmira:

— Mostre à irmã Paola o seu bordado.

Ela tirou o bordado da nossa sacola de linhas.

— Ah, que lindo! — disse Paola, e passou a dar nome de santos aos pontos do bordado.

Palmira achou interessante.

Peguei os papéis onde estavam as bolinhas de pigmentos. Os olhos de Graziela lacrimejaram ao desembrulhá-los.

— Lindas cores, as páginas ficarão maravilhosas. Só que... como não posso conhecer nada novo, pinto sempre as mesmas coisas.

Compreendi. Arte cria arte. Eu também ficaria restrita e repetitiva se não pudesse ver novas formas, novas combinações de cores e novas composições.

— Conte de Veneza, diga como ela é — pediu Graziela.

Seu corpo inclinado para a frente demonstrava um desespero calado, cheio de interesse. Por causa dele, obedeci.

— Acima dos telhados de Veneza surgem todas as formas de pináculos, domos, espirais, abóbadas e parapeitos. E os telhados são planos para de lá se apreciar a vista. As estátuas que ficam no telhado de um palácio olham as que estão em outro telhado, na outra margem de um canal. Os arcos dos palácios têm máscaras esculpidas, inclinadas para que sejam vistas das gôndolas. Tudo é para ver e ser visto.

Os olhos opacos de Graziela miravam as pedras do chão na frente dela, mas eu tinha certeza de que via canais e cúpulas. Pôs a mão no peito, querendo saber mais.

— Alamedas labirínticas abrem-se de repente em *piazzas* escondidas. Canais estreitos subitamente fazem uma curva. Nós estávamos sempre perdidas.

Olhei para o meu lado. Atenta, Palmira aprendia um novo bordado com Paola.

— Gênova é boa para se andar sozinha — continuei, mas baixo. — Já cada *loggia*, ponte ou pedra de Veneza foi projetada para cenário de encontros escondidos à luz do luar, mãos cálidas se buscando.

Os dedos compridos de Graziela surgiram de dentro da manga preta de seu hábito e descansaram em meu joelho. Palmira parou de balançar a perna.

— E Florença, como é?

O que havia por trás da pressa dela por saber?

— Cada igreja, por menor ou menos importante que seja, tem obras-primas que qualquer outra cidade se orgulharia de possuir como sua *opera più importante*, sua obra de arte mais importante. — Dei maiores detalhes do que nas cartas que escrevi, caso ela buscasse uma ideia para ilustrar uma página. Mas quanto mais eu contava, mais ela queria saber.

Graziela zangou-se quando fiz uma pausa.

— Fale outra vez de Masaccio.

Olhei para a irmã Paola em busca de apoio. Ela apenas levantou os ombros como quem não sabe o que fazer.

— Que artista de gênio é Masaccio. Fiquei emocionada ao ver o Adão escondendo o rosto angustiado e Eva dando um grito que ecoou direto no meu coração. Quando fui lá, não consegui dormir à noite.

— Foi a obra que você mais gostou?

— Não, minha preferida foi o campanário de Giotto. Fica ao lado de Santa Maria del Fiore e se destaca, mais alto do que se imagina, como um relicário de Deus subindo em direção ao céu. A fachada é de mármore, com pequenos arcos separados por colunas torcidas para dar leveza. Quando chovia, ficava com o brilho do cetim branco, rosa e verde-claro. Uma beleza de alegrar o coração.

— E Roma?

— Você conhece Roma.

— Não conheço mais. — A voz dela enfraqueceu e as lágrimas escorreram.

Paola, Palmira e eu nos olhamos, perplexas, sem saber o que dizer.

Graziela balançou a cabeça, se desculpando.

— Para mim, o mais difícil da vida religiosa é não poder sair da clausura. Não ver as belezas do mundo. Ah, lembro vagamente dos ciprestes ao anoitecer, às margens do Tibre, como uma pessoa que ficou cega lembra de alguma coisa. Mas as belezas feitas por mãos humanas são mais difíceis de lembrar. Também foram feitas por Deus, você sabe.

Tentou enxugar as lágrimas na manga larga e rústica do hábito, mas não conseguia parar de chorar.

— Estou cercada de muita arte maravilhosa, mas destinada a jamais vê-la. Morrer sem... — Soluçou.

Paola levantou-se e ficou na frente dela, para que ninguém visse o choro.

— Será que seria tão grave uma freira... Não diminuiria num só grão o meu amor por Deus se eu pudesse ver uma fonte esculpida, ou uma *loggia* de esculturas de mármore, ou um painel num teto.

Com delicadeza, Palmira pôs a mão no joelho dela, como Graziela tinha feito comigo. Seu pequeno gesto indeciso e cheio de nobreza embargou minha voz.

— O que eu não faria para ver a paisagem do alto do campanário, ou a escultura de Eva se lamentando no paraíso. — A voz de Graziela ficou mais aguda, trêmula. — Sentir a lisura fria do mármore ou ver uma gôndola deslizando no canal. Só uma vez antes de morrer.

Tive tal pena do desejo e privação dela que achei não ter sido suficientemente grata por tudo o que havia visto.

A irmã abadessa e outra freira surgiram no corredor e vieram na nossa direção. Avisei Paola, que estendeu os braços para as mangas do hábito ficarem abertas, e ela foi fazer com que as duas mudassem de caminho.

— O que aconteceria se você fizesse isso? — perguntei, baixinho. — Se nós três saíssemos um pouco do convento? Você voltaria, claro. Paola abriria o portão. O que aconteceria?

— Não sei. Seria castigada com clausura e silêncio forçado por algum tempo.

— E daí? Como pode ficar mais enclausurada do que já está?

Ela deu um riso amargo. Depois, fungou e enxugou o rosto com as costas da mão.

— Vou pensar.

Segurei-lhe a mão.

— Antes disso, quero pedir um favor a você. Tenho um amigo cientista que mora em Florença, Galileu Galilei.

— Ah, sim, já ouvimos falar dele. As freiras nos conventos sabem das discussões que ocorrem no mundo lá fora. O cardeal Bellarmino...

— Galilei precisa de suas preces, Graziela. Para ser protegido. É um erudito honrado e acredita em Deus, apesar do que dizem dele.

Ela fungou outra vez.

— Compreendo. Vou orar por ele.

Beijei-a na testa ao me levantar para sair; Palmira veio se despedir e Graziela beijou-a na testa também. Palmira me puxou para eu me abaixar e, rindo, deu um beijo estalado na *minha* testa.

FORA DO CONVENTO, Palmira e eu ficamos no alto da escada, antes de descermos.

— Acha que algum dia ela vai sair para dar uma volta conosco? — perguntou Palmira.

— Não sei, espero que sim.

Olhamos a Via dei Condotti e os telhados da cidade.

— Olhe, Palmira: aquele domo lá longe, o grande, é a basílica de São Pedro, no Vaticano. Esta é a única paisagem que Graziela vê.

Pelo jeito, a paisagem não era suficiente para ela. Para mim também não seria.

— Aqui é tão alto. Lindo — disse Palmira.

Lastimei não tê-la levado ao campanário de Giotto. Soltei as tranças dela.

— Sacuda os cabelos e sinta a brisa, ela vem da Espanha.

Tirei os grampos do meu cabelo e deixei que o vento o soltasse.

— Olhe bem e não esqueça. Agora, feche os olhos. Pronto, segure minha mão: sente a Terra se movendo?

— Não.

— Segure no corrimão e se debruce em cima dele. Imagine que estamos voando pelo céu como andorinhas ao anoitecer, como os morcegos sobre o rio em Florença. Ooooopa!

— Sim, eu sinto a Terra se mover!

Naquele momento, eu soube que, não importa como fosse a vida dela, Palmira estaria bem.

Mas comecei a me preocupar com Graziela.

23

Nápoles

— PRIMEIRO, ENTRAM OS ENTALHADORES DE PEDRA, *signora.* Ordem do bispo.

— Por que uma pintora precisa esperar cada entalhador terminar sua tarefa?

— Eles têm famílias para sustentar.

— E eu não tenho?

As unhas de marfim polido do padre flutuaram sob as largas mangas do hábito, como para desconsiderar minha reclamação.

— O senhor esquece, *monsignor,* o que disse o apóstolo São Paulo? Para Cristo, não há escravo nem liberto, judeu ou grego, *homem ou mulher.*

— Desculpe, *signora.* Volte depois do dia de Todos os Santos.

Não ia implorar para ele. Virei-me para Palmira, cujos olhos negros faiscavam de raiva, e saí com ela. No lado de fora, sentimos o sol forte de Nápoles.

— Mãe, como você deixou ele...

— Pssiu. Espere.

Fui para a *piazza* e de costas para a igreja, bati a mão no ombro como se estivesse espantando uma mosca.

— Padres! — falei, com ênfase na primeira sílaba. — Passei quatro anos formando um bom nome como artista entre os patrícios dessa cidade e esse mísero padre acha que pode me tratar como um simples operário.

Palmira correu para me alcançar.

— O que você vai fazer?

— Vou pedir para Francesco escrever ao bispo. Ou eu mesma escrevo. — Perguntei, dirigindo-me a ninguém: — O que eles querem? Que eu carregue um saco nas costas e passe cinzas no rosto como uma penitente? Que me arrependa de ter nascido mulher? Gosto de ser mulher e quero que você também goste. — Falei mais alto, ousada: — Ser pintor seria muito fácil, se eu fosse homem.

— E como vamos pagar o meu vestido de baile?

— Aos poucos. Délia pode ficar com o vestido até eu acabar de pagá-lo.

— Mas como vou ao baile de Andrea?

— Andrea, Andrea. Só ouço falar nele, como se surgisse pronto e maravilhoso, um Adônis humano que surge nu dentro de uma concha.

Olhei para o rosto jovem e preocupado dela e me enterneci. Como deve ser adorável ser tomada por um desejo simples: sonhar com um baile.

— Está bem. Vamos ter o vestido hoje e só comer pão e sopa até o bispo fazer aquele padre sovina pagar. — Dei um sorriso malicioso para mostrar que não íamos morrer de fome. Ela se tranquilizou.

Passamos por um caminho estreito e tortuoso, percorrendo trilhas nas colinas rochosas da região pobre onde morava Délia, a costureira mais barata que tínhamos. As casas altas e simples eram empilhadas de qualquer jeito umas sobre as outras e a roupa de cama amarelada estava dependurada em seus balcões, batendo ao vento. Tapamos o nariz com a manga de nossos vestidos para afastar o mau cheiro que vinha das poças d'água e das portas.

Não gostávamos de Nápoles nem de Roma, onde passamos quatro bons anos, até as encomendas acabarem. Mas Nápoles era onde morava dom Francesco Maringhi, meu contador e agente. Ele conseguiu encomendas do duque de Modena, dom Antonio Ruffo, em Messina, e do conde espanhol de Monterrey, então governador de Nápoles. Francesco estava até negociando a venda da minha primeira *Judith*. Ele deu uma valiosa ajuda e tornou-se um bom amigo, por isso continuamos em Nápoles.

Sob uma arcada, vimos uma velha de rugas flácidas e encardidas sentada num banquinho, ordenhando uma cabra. Seria uma boa modelo para alguma alegoria da velhice, mas ninguém queria saber de realismo naquele momento. Os compradores não estavam interessados em velhice ou dissabores. Não entendiam que o feio acrescido de emoção continuaria transmitindo uma mensagem por séculos. Só queriam quadros que retratassem a beleza ideal. Se fosse em outra época, eu poderia pintar a velhinha, porém não queria mais saber de *invenzione*. Havia aprendido a aceitar encomendas que pagassem vestidos de festas e pão para comer.

A casa de Délia ficava no alto de uma escada estreita e era mais limpa do que eu imaginava que fossem as outras naquela área da cidade. Um gibão estava cortado numa mesa de cavaletes e uma saia sem bainha fora dependurada num gancho no teto. Palmira olhou em volta, ansiosa, procurando o vestido.

— Não se preocupe, menina, já está pronto, a sua espera — disse Délia, encaminhando-se para um cômodo nos fundos.

Voltou segurando no alto um rodado vestido de seda da cor da baía de Nápoles num dia de sol. Tinha cortes nas mangas fartas para mostrar por baixo o cetim branco bufante. O encanto que Palmira demonstrou não tinha preço. Délia virou o vestido para mostrar vários pequenos laços de cetim branco nas costas.

— Como vamos conseguir dar esses laços? — perguntou Palmira.

— Não precisa, eles são costurados. Vista.

Palmira tirou logo o corpete e a saia, ficou de combinação e levantou os braços para a saia escorrer em volta dela. Délia ajudou-a a vestir o corpete, prendeu-o à saia com ganchos escondidos e apertou os laços. Estava perfeito.

— Délia, você é uma artista, sem tirar nem pôr. — Deixei o dinheiro na mesa e ganhei um beijo de Palmira.

NA VOLTA PARA CASA, cada uma carregou uma parte do vestido e, ao chegarmos, vi a ponta de uma carta saindo de baixo da porta. Tinha o lacre da Academia Liceana.

Minha cara amiga, a bondosa e brilhante Artemísia Gentileschi,

Acho que você desistiu de receber carta minha; peço que me perdoe por isso e leia esta com a mesma disposição e bom grado que lembro serem características suas.

Enfrentei inúmeros problemas, exatamente como você previu. Há dois anos, terminei finalmente o *Diálogo,* que usa a existência de manchas solares e marés para confirmar a tese da qual lhe falei há tempos. Fui então a Roma obter autorização do Santo Ofício da Inquisição para publicar o livro. Sua Santidade o papa Urbano me concedeu a autorização com toda a boa vontade, mas desde que eu mudasse o início, o final e o título do livro, de forma que minha tese pareceria uma hipótese. Concordei, sabendo que os argumentos do livro eram fortes o suficiente para convencer até Deus. Eu não queria ficar em Roma no calor e na peste que a assolaram no verão, por isso voltei para minha *villa* em Bellosguardo e acabei encontrando meu fiel vidreiro morto pela peste de forma infame.

Consegui permissão do inquisidor florentino para publicar o *Diálogo* em Florença, e no começo deste ano mostrei a primeira cópia ao *granduca* Ferdinando, no *palazzo* Pitti. O grande evento teve um detalhe desapontador: você não estava lá para assistir.

Agora que o destino político do papa Urbano mudou, ele me obrigou a comparecer ao Santo Ofício da Inquisição. Como você disse, Roma é caprichosa e perigosa, e como minha saúde é delicada, passo as semanas anteriores à minha partida acertando meus negócios e informando os amigos próximos da minha difícil situação.

Considere-me sempre digno de confiança e um pesquisador, da mesma forma como considero você uma mulher irrepreensível e corajosa.

Pesquisador sempre,
Galileu Galilei
20 de novembro de 1632

Incrível a coragem dele. Coloquei a carta na mesa, para o papel parar de tremer na minha mão, e li outra vez. A letra não era lisa e redonda como costumava ser. Na primeira linha, a tinta havia espirrado. Será que ele escreveu deitado na cama? Naquela hora em que Galileu corria tanto risco, o vestido de Palmira e a festa de um jovem nobre deixaram de ter qualquer importância. Eu não podia fazer nada. A mão negra da Inquisição ia surgir. E onde ela não chegava, a outra mão negra, a peste, chegava, cheia de horrores.

A carta levou quatro meses para chegar às minhas mãos, concluí, por causa dos bloqueios montados para conter a peste. Portanto, o julgamento estava próximo, se ainda não tivesse se realizado. Sentei-me para dar um pouco de ânimo a ele.

> Meu muito honrado e estimado amigo,
>
> Recebi sua carta há instantes e estou muito preocupada com sua sorte. Como você me disse uma vez, lembre que temos apenas a ilusão de que estamos parados. O mundo está mudando, embora os tempos que vivemos nos deem a impressão de que está imóvel como uma pedra. Mas até a pedra tem as marcas de muitos seres humanos. E as marcas que você vai deixar um dia levarão a verdades jamais imaginadas. Que minha estima e o alto apreço que tenho por você sirvam para confortá-lo, se possível. Rezo por você.
>
> Sua, sempre,
> Artemísia

Enviei a carta para a embaixada toscana na *villa* Médici, em Roma.

No domingo, fui à igreja cheia de temor. Com um sorriso arrogante, o padre anunciou na missa que os fiéis não precisavam temer as afirmações equivocadas do *signor* Galilei, pois o Santo Ofício tinha acabado de acusá-lo de cometer crimes infames contra os cânones sagrados. Galilei então abjurou, negou e amaldiçoou sob juramento suas teses como sendo erros e heresias que passaria a negar e pelos quais se penitenciaria pelo resto da vida para mitigar seu crime.

Ouvir aquilo foi para mim um golpe tão repentino e inexorável quanto a peste. Pensei que fosse passar mal. Deixei Palmira com Andrea na igreja, fui para casa e deitei no meu quarto escuro. Que traição fanática. A retratação dele só podia ser falsa. Galileu jamais negaria sua tese, a menos que fosse ameaçado de tortura. Eu sabia como era o pânico da tortura, que aquece até os ossos, e não o condenava pelo que fez. Aquele padre asqueroso riu ao dar a notícia. Tentei não pensar no sofrimento de meu amigo e passei a tarde numa agitação febril.

Fiquei dias abatida e doente. Palmira foi de uma atenção discreta, cuidou da cozinha e me obrigou a comer. Temia que eu ainda estivesse mal no sábado, dia do baile de Andrea.

— Até lá eu melhoro, prometo. Pode me deixar sozinha um pouco — pedi.

A NOITE DO BAILE ESTAVA QUENTE e abafada. Palmira e eu ficamos prontas ao mesmo tempo, parecendo duas irmãs, uma dando os laços laterais do corpete e arrumando o cabelo da outra. Quando terminei de pentear o cabelo dela, dei um tapinha no ombro e disse:

— Espere um instante. — Fui procurar o enfeite de cabelo de pérola e jaspe na minha caixa de guardados.

— Você não quer usar? — perguntou Palmira.

— Use você. — Prendi-o atrás da cabeça dela. — Pronto, minha mãe ficaria muito contente se pudesse ver.

— Acha que ele vai notar no lugar onde você prendeu?

— Boba. Os olhos sonhadores dele vão passar por cada pedacinho seu, por cada ângulo. — Ela riu e sua ansiedade ajudou a me animar. — Fique de pé.

Ela se levantou e deu um passo de dança. A saia rodopiou como uma onda tremeluzente e os laços nos sapatos de cetim branco apareceram sob a bainha da saia.

— Está linda.

Francesco Maringhi veio nos buscar de carruagem. Nunca o havia visto tão elegante: colete de veludo preto com mangas de cetim branco e discreta gola frisada. Ele fez uma reverência, beijou a mão de Palmira e olhou bem para mim.

— Estou muito honrado por acompanhá-las. Palmira, você parece a rainha grega que tinha seu nome e sua mãe está muito acima da deusa que deu à luz você.

— Você é muito gentil, Francesco — respondi. Palmira e eu sorrimos para o olhar encantado dele, que dispersou minha tristeza e deu segurança a Palmira.

— Vão dançar o *spagnoletto* esta noite? — perguntou ele.

— Palmira vai. Passou a semana toda ensaiando os passos ilustrados num livro de dança.

— Mãe, isso não é para contar!

— Só para Francesco. Não tem importância ele saber.

O palácio estava iluminado com tochas no telhado e na entrada, que ficou engarrafada de carruagens com lanternas tremulando. Um brilho amarelo pálido vinha das janelas do palácio. Um criado de libré abriu a porta de nossa carruagem e nos cumprimentou. Animado, Francesco saltou e estendeu a mão para nos ajudar a descer.

— Minhas belas. — Com uma em cada braço, ele nos levou, satisfeito.

Palmira perguntou:

— Você não vai ficar em volta de mim como um tio a noite inteira, vai?

— Pelo contrário, infelizmente acho que vou perdê-la assim que entrarmos no salão.

Dois porteiros do palácio abriram as portas duplas e de repente veio a música e a luz, sentimos os perfumes e ouvimos centenas de vozes. No alto da escada, o grande salão estava iluminado por velas, com as arandelas de cristal refletindo pequenas luzes. Os músicos tocavam violinos, violoncelos e uma viola de gamba num lado do salão, e os convidados se juntavam em volta de grandes mesas que exibiam bandejas de acepipes.

Todos notaram quando Palmira entrou no salão. Andrea saiu do meio dos convidados e veio como uma seta na nossa direção.

— *Signora, signor,* sejam bem-vindos. — Beijou minha mão e num instante seus olhos estavam em Palmira. Fez uma grande e elegante reverência para ela. — *Che bella.* Estou muito honrado com sua presença.

Andrea estava num traje azul-escuro, com os cabelos negros repartidos ao meio e puxados para trás. Pareceu-me mais velho do que na última vez em que o vi. Ofereceu o braço a Palmira para uma *passeggiata*, uma volta pelo salão, seguidos por Francesco e por mim a uma respeitosa distância, cumprimentando a quem conhecíamos e oferecendo nossos respeitos aos pais de Andrea e ao conde e à condessa de Monterrey, e assistindo às danças.

O *spagnoletto* foi o auge da noite. A cada vez que os músicos tocavam essa dança, mais casais participavam. Francesco e eu assistimos admirados Palmira e Andrea se juntarem a mais um casal. Os quatro deram-se as mãos e fizeram uma roda, depois deram meia-volta para um lado e para outro, a saia das damas rodopiando enquanto elas lançavam olhares para um cavalheiro e depois para outro, na roda. Deram um pequeno salto para o lado, fizeram um floreio e uma parada e todos juntaram as mãos no centro da roda. Palmira estava graciosa, coquete e sedutora.

Mais tarde, vimos quando ela e Andrea escapuliram para o balcão e se beijaram sob a lua que iluminava a baía de Nápoles como se fosse um pêssego do Egito. Ver minha filha fazer o que eu gostaria de fazer me doeu um pouco, senti um carinho por ela e por mim, não sei direito o que foi. Talvez fosse por causa da música. A alegria depois da tristeza com a carta de Galileu me deixou muito sensível.

— Não se deve ficar triste numa noite como esta — recomendou logo Francesco.

— Não é tristeza.

— Então, no que você estava pensando?

— Em Palmira. Ela é um deslumbramento flutuando rumo ao futuro sem saber. Estamos aqui neste mundo por muito pouco tempo — comentei. Francesco ouviu com atenção. — Fiz por ela o melhor que pude, mas cometi uma injustiça em afastá-la do pai e do avô, em mudar de repente de uma cidade para outra em longas viagens de coche com todas as nossas coisas em alguns baús. Um dia vou pagar por isso, aqui ou depois.

— Pagar como?

— Primeiro, um dia ela vai me deixar, e terei de viver sozinha.

— Sozinha? Não precisa — disse ele, levando minha mão aos lábios. Puxei-a.

— Boatos, Francesco. Tenho de estar atenta. Os boatos me perseguem por toda parte.

— Está se referindo àquele poeta em Veneza? Loredano? Foi apenas um boato?

— *Madonna benedetta*, foi apenas um rapaz com imaginação fértil.

— Os boatos me dão ciúme e o ciúme me faz ousado. Você ainda é jovem, Artemísia. Pode ter outra filha. — Ele me olhou com ardor.

— Mal consigo sustentar uma filha. Você precisa trabalhar mais, Francesco, para conseguir encomendas maiores. Um dia, vou ter de arrumar um dote para o casamento de Palmira, como você sabe.

Para mostrar a que encomendas me referia, olhei para a simples condessa de Monterrey, que estava numa sala próxima, com seus cabelos negros, numa roda de damas. Francesco acompanhou meu olhar.

— Talvez ela queira outro retrato como personagem da lenda espanhola — disse Francesco.

— Você lê meus pensamentos.

— Esta é a *minha* arte, Artemísia. Por isso você precisa de mim.

— Noto que ela fica inquieta, com aquelas unhas amareladas, quando não está posando para um retrato. — Ri. — Uma vez, quando ela posava no ateliê que era também nossa casa, Palmira a imitou pelas costas: pôs um xale preto na cabeça como uma espanhola, esticou e encovou o rosto, arregalou os olhos e tremeu os dedos. Foi difícil não rir na frente da condessa.

Francesco sorriu, compreensivo.

— Como sabe, destaquei no retrato dela aquela fita preta que ela usa na testa e separei as espessas sobrancelhas em duas. Assim, os netos poderão ver como ela era de forma menos disfarçada.

— Você foi bem inteligente. Ela lhe deve um favor.

Nesse momento, os músicos tocaram a dança florentina *Venus, tu m'a pris*, composta por Lorenzo Médici. Adiantei-me para ser a quarta dama numa roda. O salão girava com cores e o arrebatamento da música. Durante toda a dança senti os olhos de Francesco em mim e, no final ele, Palmira e Andrea aplaudiram.

Ofegante, encostei-me numa coluna. A condessa estava do outro lado do salão, por acaso sem entreter nenhum convidado.

— É, ela me deve um favor — comentei com Francesco. — Por que você não vê se ela pode retribuir meu favor?

Obediente, ele se aproximou da condessa. Saí dali para não ser vista.

Linda e sonhadora, Palmira segurou no braço de Andrea para dar outra *passeggiata* pelo salão. Quando ela passava, os homens seguiam-na com o olhar. E quando foi que ela se tornou mulher?, perguntei-me. Eram com Andrea aquelas caminhadas muito longas à margem da baía? Eu devia estar cega para os olhares que trocavam na corte. Ela era inocente como uma ovelha à beira do precipício, mesmo depois de saber o que era um estupro. Fiquei preocupada.

Além dos avisos, o que mais eu podia dar a ela? A conhecer as cores e quais os princípios da forma. A admirar o belo. Um exemplo de determinação. E amor, acima de tudo.

Portanto, aos 18 anos, na mesma idade em que eu transpirava de medo num tribunal romano, ela era a rainha da festa: linda, segura, pura, madura. Livre para fazer o que quisesse.

24

Betsabé

— SE QUER PINTAR, PRECISA APRENDER a fazer o nu feminino — comentei certa manhã após o baile, logo depois de tomar meu banho. — É o que eles querem de uma pintora. Dom Ruffo quer um Davi e uma Betsabé. Vamos fazer juntas. Veremos se ele descobre se Betsabé foi pintada por você ou por mim. — Coloquei mais lenha na lareira, tirei meu roupão e sentei-me num banquinho. — Pode me desenhar.

— Mamãe!

Ela levou um susto por eu ficar nua tão de repente e passou um bom tempo sem dar um traço, sequer me olhar.

— Esqueça que sou eu que estou aqui. Faça de conta que é uma modelo posando. Lembra como você costumava entrar e sair do ateliê em Gênova, quando eu pintava *Cleópatra?*

— Era diferente, a modelo não era você.

— Era uma ótima modelo, porque ficava à vontade sendo olhada nua. Eu também fico. Não tenho o que esconder. Este é o corpo de onde você veio, *cara.* — Parei e acrescentei, calma: — Dê uma olhada.

Com cuidado, ela deixou seu olhar percorrer meu corpo.

— Com o corpo mais flácido do que você conhecia apertado em corpetes com laços, não?

Ela concordou.

— Será que dá uma ideia de como você vai ficar?

— Um pouco.

— Você não vê nada de mais, Palmira, faz parte de ser mulher — consolei-a.

Ela deu alguns traços e parou, apertando o lápis.

— Não consigo desenhar.

— Comece marcando as proporções, como em qualquer desenho. Depois, faça o oval da cabeça e continue.

Ela começou outra vez, devagar.

— Note como o peso do corpo faz as formas assimétricas.

— Estou com medo do que vai aparecer no papel.

— Seja fiel ao que vê e não terá o que temer. Não tente me agradar. Não ignore nenhuma dobra da pele. Deixe seus olhos verem o que acontece com os seios depois que a mulher amamenta. Essa é a história que meu corpo conta. Nós, você e eu, fazemos uma pintura real. Deixe que eles encontrem beleza nisso.

Calei-me, então, e ela mergulhou no desenho. Foi um período em que estivemos próximas, uma fase contemplativa, e nas semanas em que ela fez os esboços, antes de pintar, conversamos tranquilas.

UMA TARDE, ENQUANTO PALMIRA pintava e eu posava, bateram à porta. Ela abriu uma fresta e olhou.

— Era o carteiro — disse, entregando-me uma carta.

Tinha o lacre do His Majesty's Royal Mail, o Correio Real de Sua Majestade. Quebrei o lacre com o cabo de um pincel. Era a letra de meu pai e li em silêncio.

Muito querida Artemísia,

Porzia Stiattesi escreveu que você está em Nápoles. Tenho trabalhado muito no teto do salão do Queen's House em Greenwich, perto de Londres. Trata-se de uma alegoria da Paz e das Artes sob a coroa britânica, feita em *quadro riportato*. Se quiser, aqui tem trabalho para você. O rei Carlos pediu que eu mandasse você vir já. A corte dos Stuart é simpática, algumas pessoas falam italiano. Inigo Jones, o arquiteto real, passou alguns anos em nossas cidades. A corte a receberia bem, como eu também. Espero ter uma resposta positiva, por isso reservo a figura da Força para você pintar.

Seu amado pai,
Orazio Gentileschi
Estou só.

Largar os clientes que fiz tanto esforço para conseguir? Afastar Palmira do rapaz que ela amava? Eu não podia, não ia fazer isso com ela outra vez. Joguei a carta nas cinzas fumegantes da lareira. A palavra *só* se enroscou no fogo como um verme incandescente. Palmira olhou para mim, curiosa.

— Nada de importante — informei e voltei a posar.

Assim que o pergaminho da carta virou cinza, as frases ficaram ecoando na minha cabeça. *Muito querida... a receberia bem... estou só.* Aquele *muito querida* me envergonhou por eu destruir a carta sem mostrá-la a Palmira.

Poucas semanas após, nós duas pintávamos quando chegou outra carta. Meu pai nem deu tempo para uma resposta e já havia escrito outra.

Minha única e muito querida filha Artemísia,

Estou só. Estou morrendo. Perdoe um velho idiota. Ajude-me a morrer.

Papai

Meu coração se despedaçou. Bastou uma palavra. *Papai.* Ela revelou algo que eu pensava estar morto em mim. Vi meu pai me segurando pelas mãos e me girando no ar, meus pés voando sobre a grama alta ao lado da Via Appia nos piqueniques que fazíamos lá. Vi também meu pai chorando enquanto me dizia que minha mãe havia morrido. Vi nós dois de mãos dadas, pasmos, com os maravilhosos quadros expostos em Roma. Ele me ensinando a desenhar os símbolos da *Iconologia,* de Ripa. Ele me mostrando (eu, apenas uma menina) quais os pigmentos que precisavam de mais óleo, quais os que precisavam de menos para a pintura ficar lisa. Quais os pigmentos que podiam ser feitos com antecedência e os que perderiam a fluidez. Quais os que deveriam ser moídos bem finos e os que ficariam ásperos e perderiam a intensidade. Ele me chamava de *alchimista di colore,* alquimista das cores. Papai, que me fez querer acima de tudo ser pintora, depois fez com que fosse mais difícil eu me tornar uma.

Enfiei a carta na minha blusa e voltei a pintar.

Palmira resmungou para sua tela.

— Não está ficando direito.

— *Cara*, o prazer de pintar consiste nessa sensação desagradável de não conseguir e tentar outra coisa, tentar até conseguir. O quadro pode não ficar perfeito, mas está melhor do que quando você começou, e essa é uma das melhores sensações do mundo, porque é merecida.

Ela ficou triste, com os olhos úmidos. Talvez precisasse parar um pouco. Larguei meu pincel e li a carta para ela.

— Vovô! — ela gritou. Os anos voltaram no tempo. Ela pegou a carta como uma menina ansiosa. — Aquela carta que você queimou também era dele, não?

— Era.

Olhou para mim.

— Por que não me mostrou? Ele diz que está morrendo.

— Não dizia isso na outra carta.

— Mesmo assim, você não tinha o direito de me esconder.

— O que vamos fazer? Desistir de tudo o que conseguimos? E Andrea? Ir embora agora, quando...

Palmira pôs as mãos sobre a boca. Seus olhos negros ficaram assustados.

— ... quando você está tão feliz? Eu não faria isso com você. — Coloquei minha mão sobre a dela. — Seu avô tem um outro lado que você desconhece. Achei que nunca fosse lhe contar. Ele não está pensando em nós nessa carta. Só pensa em si mesmo.

Palmira ficou séria. Ela passou bons tempos com meu pai em Gênova.

— Por que você diz isso?

Falei baixo, calma, fiel aos fatos:

— Ele perdoou meu estuprador porque precisava dele. Ficaram amigos de novo. Como você acha que me senti?

Ela não disse nada.

— Agora você tem idade para entender. Vou contar outra coisa. Quando eu tinha a sua idade, parteiras examinaram minhas partes no tribunal e ele deixou, ficou sentado e assistiu com estranhos que foram ao tribunal para se distrair com o julgamento. Tudo isso porque ele queria a devolução de um quadro. Ele aguentou tudo por causa da devolução. Se não, teria interrompido o julgamento antes de acabar.

Ela não disse nada.

— É por esse homem que vamos desistir de tudo?

Nada. Ela não perguntou nada, sequer franziu o cenho. Não emitiu um só som, não fez um gesto.

Empurrei minha cadeira e me levantei, ainda querendo que ela dissesse alguma coisa. Peguei a carta da mão dela, fui para o outro cômodo, servi uma taça de vinho e bebi em três goles. Minha taça de amargura. Minha filha não era solidária com os outros.

As letras e os números da data, *24 de dezembro de 163...* estavam manchados e o último número estava apertado à direita da carta, não dava para ler. Mau sinal para um pintor que precisava ter boa noção de espaço. Havia algo de lastimável naqueles números esquisitos.

Li de novo. *Estou só, estou morrendo. Perdoe um velho idiota. Me ajude a morrer.* De solidão eu entendia. De morrer, não. Apesar de ter pintado e imaginado, não conhecia a morte. Ajudá-lo a terminar o quê? Não devia ser apenas o painel do teto.

Ele queria que eu fosse lá ajudá-lo a morrer. Era compreensível que ele, como qualquer pessoa, quisesse morrer ao lado das pessoas que amava. Eu também ia querer morrer nos braços de minha filha, ou de um amado. Se fosse para um estranho ficar comigo, bastaria a pessoa segurar o pincel que foi de Michelangelo e passar aquela maciez na minha testa para me lembrar de que houve um homem que achou que eu merecia aquele presente. Nós nos preparamos para a morte valorizando os momentos em que mesmo o mais ínfimo de nós foi necessário para a expressão total de Deus. Talvez meu pai precisasse de alguém dizer isso para ele baixo, e em italiano. Que aquele homem de nome estranho, Inigo alguma coisa, dissesse.

Voltei para o ateliê.

— Vamos trabalhar outra vez — falei, o mais delicada possível.

Peguei meu pincel, tentei me concentrar e deixá-la resolver os problemas de pintura sozinha. Pouco depois, Palmira jogou o pincel na mesa que ficava entre nós duas. O barulho fez com que eu desse um pulo.

— Não sei fazer isso, é muito difícil — ela gritou.

Olhei para a Betsabé que ela estava pintando. As proporções eram corretas, mas a figura estava ruim. O gesto de Betsabé era inexpressivo. Palmira trabalhou o rosto dela, mas não transmitia nada. Era minha filha, mas não tinha talento para expressão.

— Você precisa demonstrar a emoção dela pela forma do rosto com...

— Claros e escuros — ela completou, com um toque de zombaria. E me olhou de um jeito que eu já tinha visto centenas de vezes: olhos cortantes, apertados, o maxilar duro, o pescoço esticado. O olhar que eu esperava que o tempo e o aprendizado fossem amenizar.

— Bom, então você já sabe.

— Sei, mas não consigo fazer. Não como você.

— Vai aprender.

— Quando? Aos trinta anos? Não quero me casar com a pintura como você.

— Veja bem o que você acabou de falar! — Minha voz ficou estridente.

Ela parecia humilde, no canto da tela. Expliquei:

— Está bem. Resolva primeiro o que quer que o rosto dela expresse, depois você encontra uma forma de expressar. Você sabe a história dela. Que mulher era ela, exibindo seu corpo sensual para Davi? O que pensava?

— Não sei! — Ela jogou as mãos para cima, como fazia meu ex-mecenas Cesare Gentile. — Não sei decidir como você. Não me interessa.

— Não interessa o bastante. Mas para ser pintora você tem que se interessar pelas pessoas e por seus sentimentos. Tem de entender os sentimentos humanos para transmiti-los. Mas você não faz... nada... disso. — Bati o pincel no ar, marcando cada uma das três palavras.

— Como sabe que não faço?

— Porque contei da humilhação e do sofrimento que passei uma vez e você não disse nada. Nada! Não tem interesse pelos outros, pela dor ou pela emoção deles.

— Isso é diferente. Não me interesso pelas pessoas nos quadros.

— As pessoas são gente, quer respirem agora na sua frente ou tenham vivido há séculos. Você tem que se interessar por cada pessoa que pinta como se ela fosse de verdade, como se conseguir a expressão certa e verdadeira numa determinada tela fosse a coisa mais importante do mundo naquele momento. Se você não se incomoda por uma pessoa viva na sua frente, então como vai...

— Quem disse que não me incomodo?

— O seu silêncio disse. Agora mesmo, quando contei o que fizeram comigo no tribunal, o que seu avô deixou que fizessem. Não quero abrir velhas feridas, tudo isso é passado para mim. Cansei de pensar no assunto. Mas você acabou de saber e não disse nada.

— O que eu devia dizer?

— O que sente.

Por um instante, ficamos nos olhando, paradas. Tentei engolir, mas minha garganta parecia cheia de areia.

— Está vendo? Você não demonstra sentimento com palavras nem com pintura. Mas o sentimento do artista é o âmago da pintura. Você quer ficar limitada para sempre como Agostino? Ele não pode pintar gente, pois não tem coração. Por isso a obra dele não vai durar. O que tem dentro de si? Um coração, ou só vestidos e sonhos? E o que é o coração, senão a imaginação a serviço de outra pessoa? Pense. Que enorme paixão vai fazer com que Betsabé traia o marido? Imagine. — Peguei na barriga dela. — Sinta aqui. Qual é a sua paixão por Andrea? Você tem de usar suas emoções e, se preciso, pintar com seu sangue para descobrir e provar a verdade do que vê.

— Isso é maluquice, ninguém faria isso.

— A criada Renata faria! Ela faria qualquer coisa para pintar bem.

— Renata era uma putinha. Implorou como uma criança para levarmos ela conosco quando saímos da casa dos Gentile.

— É isso o que quero dizer. Desespero. Você precisa querer tanto a ponto de pensar que vai ficar meio louca. Eu devia ter trazido Renata conosco. Ela jamais desistiria por achar difícil. Claro que é difícil. Se não fosse, qualquer lavadeira pintaria quadros. Mas não pintaria com as mãos sangrando na tela, como eu fiz!

— Quando? Você não fez isso!

Larguei meu pincel e abri os dedos bem na cara dela.

— Olhe bem, Palmira. Dê... uma... boa... olhada — falei, separando bem as palavras. — É mais difícil olhar isso do que a minha nudez, não? O que vê?

— Riscos, linhas.

— Bom, use a sua fraca imaginação e diga do que são esses riscos.

— Você sempre disse que eram linhas da idade — respondeu ela, com voz trêmula.

— Porque eu não queria lhe mostrar a maldade do mundo. Erro meu. Não são linhas ou riscos da idade, Palmira. Foram feitas quando eu tinha a sua idade.

Aproximei-me dela, me inclinei aos poucos, sempre com a mão na cara dela. Ela recuou.

— São riscos de tortura, cicatrizes feitas no tribunal no dia em que um estuprador me chamou de puta. Portanto, *nunca* use a palavra puta gratuitamente.

Segurei-a pelos ombros e coloquei-a de frente para *Judith degolando Holofernes*.

— Esse sangue no colchão é meu, foi através da minha dor que comecei na carreira que permitiu a você ter pão para comer e vestidos para ir a bailes. Portanto, não ouse dizer que é loucura.

Saí da sala com raiva e bati a porta. Ela que fique pensando se vou voltar. A vida dela tinha sido fácil demais, e numa vida assim a imaginação não se desenvolve.

Andei pela rua arrancando folhas dos canteiros. Palmira, ah, Palmira. Onde errei para você ser tão insensível? Sequer uma palavra de lástima. Nem um toque na minha mão. Nem uma ruga de compaixão no rosto.

Lembrei de quando dei para ela o pincel de Michelangelo no aniversário, dizendo que era a coisa mais valiosa que eu tinha. Ela virou o pincel, passou-o no pulso, fingiu pintar e depois me devolveu dizendo:

— Fique com ele, mãe.

Na hora, pensei que me devolvera por respeito. Não era. Foi por não se interessar pelo presente.

Andar parecia meu único consolo. Anoitecia cedo no inverno, fazendo com que as pessoas ficassem dentro de casa. Fui até a pequena elevação de onde poderia ver um pedaço da baía de Nápoles e parei para retomar o fôlego.

Não, a vida de Palmira não era fácil. Aquilo não estava certo. Ela via como era a vida dos ricos e depois ia dormir numa cama fria. Suas raízes foram arrancadas quatro vezes de onde estava. Jurei que não faria mais aquilo. Agora que ela sabia toda a minha história, será que me perdoaria de não lhe dar um pai por causa da arte? Ou será que o sacrifício que impus a ela foi grande demais? Por que era tão difícil alcançar a arte?

Eu tinha de aceitar que as histórias que originaram meus quadros não significavam nada para Palmira, embora aquelas heroínas fossem para mim como irmãs. Ainda bem que existiam alguns mecenas no mundo que ficavam intrigados com uma artista que pintava mulheres. Mas se minha filha não se incomoda com as mulheres que pinto, quem vai se interessar, além daqueles poucos mecenas? Com o passar de anos e séculos, será que minha obra terá importância? Eu tinha de acreditar que havia uma finalidade em pintar uma Betsabé, uma Judith, uma Lucrézia, uma Suzana. Se não pensasse assim, meu trabalho seria inútil.

Olhei a lua oval surgir sobre a baía, fazendo com que a água parecesse estanho líquido. Faltava brilho. A pérola escura de Galileu, pesada e lisa como um prato sujo. Será que ele achava seu trabalho inútil quando foi obrigado a negar suas teses?

Esperei até me acalmar, voltei para casa e abri a porta com cuidado. Palmira estava olhando para o chão de madeira, segurando um pedaço de pão. Um prato tinha restos de queijo e duas fatias de salsicha. Ela empurrou o prato na minha direção. Servi mais vinho, comi um pouco de queijo, e sentei-me.

Olhei para o vinho rubi.

— O que você realmente quer fazer? — perguntei, a voz oca.

— Quero me casar com Andrea.

Parti um pedaço de pão e o molhei no azeite.

— Mais que tudo? Tem que ser.

Ela concordou. As mãos rosadas estavam no colo, viradas para cima como conchas. Ainda não tinham marcas de trabalho ou sofrimento.

— Não é só a ideia de se casar. É mais do que a ideia de ser pintora.

— Eu sei, eu sei. — Ela suspirou alto, preocupada: — Quero mesmo me casar. Com um homem, não com uma profissão.

Não podia responder, ou começaríamos toda a discussão outra vez.

— Andrea também quer, disse para mim no baile. — Ela falou com a mesma voz petulante que tinha quando morávamos em Florença.

Lembrei que Pietro e eu percorremos com ela, pequena, as grandes igrejas e galerias da cidade. E como estávamos unidos ao mostrá-la ao bispo no batistério. Como a beleza do corpo de Pietro me deu vontade de amar outra vez. E como Palmira devia estar com o mesmo desejo. Como eu podia achar que ela gostasse da mesma coisa que eu? Ela tinha a chance que eu quis: casar por amor.

— Só quero que você deseje tanto uma coisa que dói, como me dói a vontade de pintar bem. — Dei um gole no vinho e sorri para ela. — Vou pedir informações sobre Andrea.

— Vai?

— Os primeiros acertos matrimoniais não são com a família da noiva, mas Francesco vai nos ajudar. O pai de Andrea é amigo da condessa e ela me deve um favor, segundo Francesco. Ele sabe o que dizer para ela pensar que a ideia de retribuir esse favor foi dela.

Palmira veio correndo me abraçar.

— Isso é só uma parte. Há também a questão do dote.

Ela se soltou de mim.

— Vou ter de trabalhar bastante até juntar o dinheiro que a família de Andrea espera receber de dote — avisei. — Você também vai ter de trabalhar. Vai ser mais fácil trabalhar para conseguir uma coisa que é importante para você. Não é jovem demais para vender o quadro de *Betsabé,* então amanhã nós duas começamos a trabalhar cedo.

Bebemos da mesma taça e deixamos as ideias assentarem. Reparei que a carta de meu pai estava em cima da mesa. Li-a de novo. Se o casamento se realizasse, eu depois podia ir a Londres sozinha. Seria minha única oportunidade para... para quê? Não sabia.

Passei a carta para ela.

— O que faço?

— Acho que deve ir.

— Atrapalhar toda a minha vida aqui por causa dele?

— Não é por ele, é por você. Para mostrar que ele foi egoísta. Ele jamais se culpou pelo que fizeram nas suas mãos? Ou pela humilhação que você sofreu? Nunca se desculpou?

Surpresa, respirei fundo, devagar, olhando para a assinatura *Papai.*

— Nunca — respondi.

— Você deve ir.

— A viagem vai diminuir seu dote. E a sua arca de enxoval também.

— Eu sei.

— Ou seja, menos roupa de cama, vestidos e camisolas. Terá de ser um casamento mais simples.

— Você deve ir.

25

Palmira

NA MANHÃ EM QUE PALMIRA IA SE CASAR prendi uma gardênia no cabelo dela e dei um passo atrás para ver como ficou. Délia tinha feito uma sobressaia amarelo-clara da mais linda seda que eu já havia visto e que flutuava sobre o vestido de baile azul de Palmira, com uma cauda arrastando pelo chão, leve como espuma do mar. Trocou os laços amarelos por brancos e fechou a sobressaia na frente, com o azul aparecendo por baixo, na mesma cor do corpete.

— Lindas cores. Você parece o céu ao amanhecer.

— Será que Andrea também vai achar?

— Todo mundo vai. Gostaria que seu pai pudesse ver você. Ficaria admirado e bem feliz. Meu pai também ficaria muito orgulhoso.

— Não se emocione, mãe. Diga ao meu avô que acho que ele foi egoísta com você.

— As pessoas não são totalmente boas nem totalmente ruins, Palmira. Seu avô gostaria de estar aqui. Vamos pensar só coisas boas hoje, assim você lembra do seu casamento como um dia perfeito.

Sentei na beirada da minha cama e abri a caixa de madeira de minha mãe, onde eu guardava minhas poucas lembranças: o enfeite de cabelo de hematita de mamãe, as cartas de Galileu, os preciosos bilhetinhos de Palmira quando estava aprendendo a escrever. No fundo da caixa estava a pequena sacola com os brincos de Graziela. Cheirei-a, senti o perfume do orégano, leve, mas inconfundível. Os brincos não eram usados desde que Umiliana posou para a *Madalena*. Que bom, pois Umiliana era adorável. E o amor de Graziela pelo marido certamente tinha apagado qualquer estigma das pérolas imperfeitas que recebeu como falsas provas de amor.

— Venha aqui, *cara*.

Ela abriu a saia do vestido ao sentar-se do meu lado na cama.

— O que é, *mama*?

Ri.

— Há anos você não me chama de *mama*. — Palmira piscou, ansiosa pelo que ia ganhar. — Abra a mão.

Ela abriu.

Coloquei a sacolinha na mão dela, que arregalou os olhos ao reconhecer o que era.

— *Mama!* Isso?

— Abra a sacola.

Ela deixou os brincos caírem na mão e suspirou, extasiada com a beleza deles. Virou-os, admirando a forma irregular, depois segurou-os no alto.

— Ponha-os. Eram de irmã Graziela, lembra?

— Ela quer que eu use?

Virei o rosto para ela não perceber a mentira.

— Quer que fiquem para você.

— É mesmo?

— Já mandei Francesco incluí-los no seu dote. Ponha-os. — Peguei meu espelho de mesa. — Está vendo? Ficaram lindos em você.

Ela se olhou no espelho de um lado, depois do outro.

— Irmã Graziela ficaria muito feliz se visse você usá-los hoje. Ela também foi casada.

Palmira pôs as mãos no colo.

— Não sabia.

— Os brincos foram presente do marido, que se chamava Marcello. Graziela... — Eu me contive. Não podia contar a história naquele dia, mesmo que fosse como um aviso sutil para ela se precaver. Naquele dia, só bons pensamentos. Além disso, seria demais para mim se Palmira não lastimasse o que aconteceu com Graziela.

— Graziela... o que você ia dizer?

— Ela me contou muitas coisas nesses anos todos, mas quero que você lembre só de uma: não se iluda.

SENTEI NO PRIMEIRO BANCO DA IGREJA à espera de dom Francesco entrar pela nave, de braço com Palmira. Olhei o pequeno arranjo de rosas vermelhas no altar. O casamento não seria tão maravilhoso quanto Palmira tinha sonhado desde menina, mas, sem dúvida, era uma grande cerimônia, se comparada com a minha, discreta e escondida, numa igreja quase vazia. Olhei para trás e sorri para as pessoas que havia convidado: alguns artistas, algumas pessoas para as quais pintei quadros, meu boticário, meu marceneiro e Délia. Mas minha contribuição em dinheiro para a igreja foi pequena. Gostaria tanto que irmã Graziela e irmã Paola estivessem ali.

Francesco apareceu na porta da igreja, com suas calças de veludo negro, camisa com gola e punhos de renda, e deu o braço a Palmira. Entraram e ele parecia tão orgulhoso como se fosse o pai da noiva. Senti uma onda de gratidão. Ele tinha feito os arranjos nupciais com perfeição. Garantiu que a pureza de Palmira era inquestionável e que eu daria um quadro aos pais de Andrea quando voltasse da Inglaterra, e assim conseguiu que eles aceitassem um dote modesto. O importante era que ela teve um *impalmamento* adequado, com os proclamas anunciados três vezes nas missas da paróquia. Agora, na missa da união, o órgão deu os últimos e marcantes acordes sob o teto de pedra, enquanto Francesco entregava a noiva para Andrea, cujo jovem rosto resplandecia de amor.

O padre convidou os noivos para subirem ao altar. Os olhos de Palmira estavam fixos em Andrea, que por sua vez tinha os dele úmidos de paixão. Senti uma energia irradiar de mim com tal força como se eu é que fosse me casar e ser amada naquela noite. Palmira repetiu os votos com uma voz cheia de inocência. Quando o padre disse, em latim: *Ego jungo vos in matrimonium*, Eu vos declaro casados, e uniu as mãos deles, ela inclinou a cabeça sob o peso do amor. Eu também.

As orações da missa pareciam intermináveis. Eu só queria abraçar minha filha e dar-lhe algum conselho sensato, mas qual? Pense a cada dia num jeito novo de agradá-lo? Não dê importância a nenhum sinal de infidelidade e continue a amá-lo? Mantenha a paz entre vocês obedecendo a sua sogra? Senti uma pontada no peito ao pensar que agora Palmira era mais filha da sogra do que minha.

Mais tarde, durante a ceia, Francesco olhou os noivos à mesa e me perguntou, baixo:

— Que maravilha, se eles sentirem sempre o mesmo amor de hoje, não?

— Pode ser que consigam, se ela conservar o encanto, seduzi-lo e não exigir muito.

— E se não conseguir?

— Ela sobrevive. Sempre há a pintura.

Francesco me ofereceu um coração de alcachofra na ponta do garfo e, sorrindo, disse:

— Agora, minha adorável, talentosa e delicada senhora, você está livre de ser mãe. Livre para ser plenamente você. Livre para...

— Nunca deixarei de ser mãe. Ela vai ser sempre minha filha. *Grazie a Maria*, teve o privilégio de escolher o homem com quem se casar. Hoje e sempre, rezo para que não esqueça disso.

— E a quem mais agradece por ela ter se casado com o homem que quis?

Olhei-o e toquei minha taça de vinho na dele.

— A você, dom Maringhi, meu maravilhoso negociador.

— Negociador, só?

Fechei os olhos, sorri e levantei os ombros.

— É para você não esquecer, quando estiver na Inglaterra atrás daquele bobo errante, que espero sua volta... para servi-la com lealdade.

— Meu pai não é um bobo errante.

— Então, o que vai fazer lá? Cumprir uma obrigação filial?

— Não sei.

— E por que vai?

— Primeiro, para descobrir do que sou capaz. — Dei um gole no vinho e me virei para Francesco. — Lembre-se que foi meu pai quem me ensinou a técnica da qual você hoje se beneficia.

O padre desceu do quarto de núpcias, que ficava sobre a sala de jantar, onde foi borrifar água benta na cama dos noivos.

— Pronto — anunciou ele.

Os amigos de Andrea ficaram agitados, provocando os noivos, cantando músicas de amor e brindando com o vinho. As moças, que não podiam assistir à missa de núpcias, agora estavam presentes e colocaram pétalas de rosas vermelhas nos degraus da escada até o quarto. Tive um susto ao entender o significado das rosas: era o sangue da virgindade de Palmira. Os jovens rodearam os noivos, obrigando-os a subir para o quarto. Fui até Andrea e segurei no braço dele. Ele se inclinou para me ouvir sussurrar.

— Tenha cuidado, Andrea. É fácil machucar uma flor assim.

Tive só um instante para abraçar Palmira e cochichar:

— É melhor se você relaxar. Peça para ele ir devagar.

— Não se preocupe, *mama*. Ele me ama.

— Procurem rir juntos de alguma coisa todos os dias. Qualquer coisa.

— *Sì, mama.*

Num instante, Palmira e Andrea estavam nos ombros dos rapazes e foram levados até a escada, por cima dos convidados. Palmira me olhou, com a gardênia caindo da cabeça e o rosto cheio de risos e vibração. Minha garganta se apertou de alegria. Joguei um beijo para ela.

26

Paola

O COCHE ME DEIXOU NA ESTAÇÃO CENTRAL DE ROMA. O casamento tinha sido há apenas duas semanas e eu já sentia muita falta de Palmira. Até ela se casar, não nos separamos um só dia. Deixei meu baú de viagem e minha sacola na estação de aluguel de coches e fui a pé para Santa Trinità.

Irmã Paola atendeu o sino. Empalideceu e não se afastou para eu entrar.

— O que houve?

— Tenho de lhe falar uma coisa.

— Sobre Graziela?

Ela concordou e olhou para os lados.

— Preciso de um lugar para conversarmos — constatou, preocupada. Parecia querer um lugar onde Graziela não nos descobrisse.

— Não podemos ficar na igreja?

— Não, venha por aqui.

Mostrou o convento, sentamos num banco em forma de "L" e ela respirou fundo como se estivesse juntando forças para falar.

— Conte.

— Ela morreu.

Fiquei pasma. Não conseguia entender. Nada me faria imaginar.

— Quando?

Ela fez sinal com a mão, mostrando que fazia tempo.

— Como?

Paola franziu o rosto.

— Por andar fora do convento.

— Morreu por isso?

— Saiu várias vezes.

— Quantas?

— Muitas, em geral entre as matinas e as laudas. Para ver Roma.

Pensei na minha participação e a ideia rastejou na minha cabeça como uma serpente. *Vamos, prove a fruta proibida. Desobedeça.*

— Mas do que ela morreu?

— De peste.

— Não é possível. Peste? Ela não sabia da epidemia?

— Sabia. Mas a vontade de ver Roma era maior que o medo da peste. Depois que saiu uma vez, não parou. Ela via coisas que a alegravam. — Os olhos de Paola mostravam medo de que eu não entendesse. — Por algum tempo, ela ficou bem mais animada.

Fiquei tonta, me segurei no banco. Procurei entender que Graziela queria muito ver as belezas de Roma e que eu alimentei esse desejo.

— Por que não me escreveu?

— Não consegui, Artemísia.

— Como ela saiu do convento?

Paola desfiou o rosário.

— Uma noite, eu a ouvi chorando aos soluços, que tentava abafar. Não aguentei ver tanto sofrimento. — A voz dela assumiu um tom de defesa. — Foi minha melhor amiga durante vinte anos. A mais pura alma que já conheci. Como eu podia não abrir a porta para ela sair?

— Então você deixou?

Ela inclinou a cabeça.

— Rezava cada minuto em que ela estava fora.

— E ficava acordada para abrir a porta de novo?

Os lábios pálidos de Paola deram um soluço.

— Comecei a fazer penitência no dia seguinte e não parei desde então.

— E você não pegou a peste.

— Nem querendo. Preferia que tivesse sido eu a pegar.

— Não quis dizer pegar a peste como se fosse um castigo — falei, calma, abraçando-a e deixando que chorasse. — Só estranhei que você não se contaminasse.

— Nosso Pai quis me castigar com insônia e arrependimento.

Senti um peso no peito.

—Você não é a única responsável.

— Ela viu a *Pietà* de Michelangelo — disse Paola, com um toque de alegria, levantando a cabeça. —Viu também a nova cúpula do altar de Bernini na catedral de São Pedro. Imagine, tem a altura de uma construção de oito andares. E o teto foi feito por seu pai.

— Deus a abençoe, foi por minha causa também que ela quis ver isso. Tinha de ir lá de dia.

— Entre a terça e a sexta hora.

— Ela foi punida pela ordem religiosa?

— Demorou bastante para alguém saber, pois ela começou saindo à noite. Só foi descoberta quando passou a sair de dia. O castigo foi reclusão na cela e proibição de falar, o que permitiu que tivesse mais tempo para pensar em tudo o que havia visto. Depois, ela estava sempre calma.

— Que bom. Pelo menos isso.

— Na última vez em que saiu, ficou a noite toda, andou até a Via Appia. Era noite de lua cheia. Ela achava que tinha descoberto o lugar onde São Pedro viu Cristo. Disse que sentiu nos pés o calor do amor Dele. Na volta, encontrou um moribundo sob o Arco de Constantino e se aproximou para rezar o pai-nosso e fazer o sinal da cruz na testa dele. — A voz de Paola estava alta e fina como um fio. — Acho que ela morreu por isso, por causa da bondade.

Senti um vazio como se meu vestido não tivesse um corpo dentro.

— Ela sofreu muito?

— Só três dias.

— Nenhum médico veio cuidar dela?

— Passei dois dias cobrindo as ínguas da peste para a abadessa não ver.

— E depois?

— Eu tinha de contar e a abadessa teve medo de que o médico trouxesse a peste para o convento. Além do mais, se o médico soubesse de uma freira doente, teria que notificar as autoridades. Nós ficaríamos de quarentena e podiam até nos isolar. — Ela falava mais depressa e mais baixo. — Se Graziela fosse a única a morrer no convento, poderíamos considerar como morte natural por vontade divina e enterrá-la aqui, sem ter de entregar o corpo à Casa da Peste ou à vala comum. — A voz falhou nessa palavra e ela fechou bem os olhos.

— Nenhum padre deu a extrema-unção?

— A abadessa deu. Nós a enterramos entre as matinas e a lauda, assim que morreu e junto com seu colchão de palha. À luz de lamparinas. Nós mesmas enterramos, não deixamos ninguém tocar nela.

— Então ela está aqui no convento?

— Não, no herbário. Sem lápide, caso os inspetores venham aqui.

— Mostre-me o lugar.

Silenciosamente, percorremos a arcada, o corredor do térreo até chegarmos à plantação de ervas, nos fundos do convento. Paola cobria a boca com as mãos postas.

— Desculpe, Artemísia, mas ela está embaixo do orégano.

Ajoelhei-me e senti o cheiro simples e forte, que a partir de então eu sabia que sempre me traria tristeza. Arranquei várias folhas em forma de espada, colhi um ramo e coloquei-o no laço do meu corpete. Minhas lágrimas pingaram nas folhas.

— Está vendo? Plantei uma fila de arruda em volta. — Paola se ajoelhou ao meu lado. — Nunca me perdoarei pela morte dela, mesmo que Nosso Senhor perdoe. Nunca. — A voz dela era apenas um chiado.

— Você agiu por caridade, lembre-se disso. E ela sempre defendeu o perdão. Uma vez me disse para não rezar como se eu fosse culpada. Acho que queria dizer para não rezar com raiva de mim mesma. Não se castigue, Paola. Ela não ia querer isso. Ela fez o que quis, consciente.

Paola concordou, o rosto redondo mostrando aflição.

— Ela pegaria na mão do leproso como na mão da Virgem Maria.

— Lembra do que você me ensinou quando eu era jovem? "A caridade faz sofrer mais"...?

— "E é benigna... A caridade tudo tolera."

— É preciso uma vida inteira para aprender.

O mundo pareceu parar e ficamos caladas por um longo tempo.

— Talvez ela tenha tocado na Virgem de mármore, a *Pietà* de Michelangelo. Você devia ouvi-la descrever. — Paola sorriu triste ao lembrar. Depois, as palavras vieram num rojão. — "*A Paixão de Cristo* foi uma escultura encomendada pelo Céu. O rosto triste e o amor desamparado de Maria olhando no colo seu filho morto. O rosto suave e impassível dele, suportando com abnegação. A dureza de seus braços de mármore, tirados da cruz pouco antes. Os dedos carinhosos e fortes dela apoiando o corpo ferido. As dobras de pano no pescoço dela." Graziela descreveu a cena com tal enlevo que podia subir ao céu na mesma hora.

A ideia de Paola me fez sorrir e cheguei a uma conclusão:

— É o que se espera que a grande arte faça: que nos ajude a viver no espírito e morrer em paz.

Após um longo silêncio, Paola sussurrou:

— Obrigada por dizer isso.

— E as cartas que mandei para Graziela?

— Li todas para ela. Bem aqui, pouco antes de ir para as vésperas. Lindas cartas. Li-as mais de uma vez. Estão guardadas.

— Então vou continuar escrevendo. — Levantamos e saímos. — Vou à Inglaterra ver meu pai.

— Você o perdoou?

Levantei os ombros.

— Como posso saber?

— Vai saber quando o encontrar.

— Espero não desapontar você.

— Não vai me desapontar, se lembrar o resto do que São Paulo escreveu sobre a caridade. Ela não é fácil de conseguir. Vem naturalmente ao afastarmos as coisas pueris para vermos a verdade face a face.

Concordei, ainda duvidando que pudesse conseguir isso.

Ela olhou para a plantação de ervas.

— Diga para Graziela, *cara*.

— Deixo por sua conta.

Voltamos para o convento e ela parou no caminho.

— Graziela tinha um recado para você: rezou pelo *signor* Galilei.

— Eu sabia que ia rezar.

— Ele ficou preso bem ali — disse Paola, apontando por cima do muro —, na *villa* Médici, exceto quando ficou numa cela do Santo Ofício da Inquisição. Depois, ficou no Convento de Santa Maria Sopra Minerva. — Ela falou mais baixo. — Não se preocupe, Artemísia. Eu passei a rezar por ele depois que Graziela se foi.

— Obrigada.

Nunca tive tanta dificuldade em colocar um pé na frente do outro, sair do convento, ver outra vez cada rachadura nas paredes que Graziela conhecia como as veias da mão. Fomos devagar até chegarmos à porta e vermos a chave escura na mão de Paola, a mesma chave que permitiu a Graziela amar o mundo e depois deixá-lo.

— Mais uma coisa — disse Paola na porta. — Ao morrer, ela passou silenciosamente para os braços do Senhor. Com alívio, pelo menos. Creio que naquele momento ela viu a cidade de Deus e achou-a linda. Cheia de domos, torres de igrejas e *loggie* com esculturas de anjos de mármore.

— Como você sabe?

Os lábios de Paloma tremeram.

— Porque ela arfou de leve, abriu os olhos brilhantes e então se foi.

27

Orazio

PELA SEGUNDA NOITE SEGUIDA DORMI COM estranhos num barco lotado, ancorado no porto de Calais à espera da neblina sumir para atravessarmos o mar inglês. A luz fraca e bruxuleante de uma torre de abrigo pairava sobre a escuridão cinza e me mostrava a fragilidade da arte humana. Não havia certeza no mundo. Formas indistintas surgiam e sumiam, como se brincassem, travessas. Aquilo que estava do outro lado do convés era um poste ou uma freira agachada? Um mastro ou um crucifixo? Seriam assim as vagas lembranças que Graziela tinha de Roma, antes de fazer os passeios noturnos? Será que um detalhe querido após outro foi ficando indistinto até ela não suportar mais a mesmice vazia e confusa das lembranças? O rangido e o balanço do barco e as toras de madeira batendo no cordame eram os sons mais melancólicos que já ouvi.

Encolhi-me dentro do casaco, mas continuei a tremer por causa da umidade. Apareceu um homem em meio à neblina, veio na minha direção. Disse algumas palavras que não entendi e colocou seu cobertor em meus ombros. Ou será que foi ilusão provocada pela neblina? A lã em minhas mãos e o peso nas costas eram bem reais. Estaríamos ele e eu encenando uma parábola bíblica que incentivava a prática da caridade cristã?

O terceiro dia estava bastante claro para a travessia do canal, mas a noite chegou tão cedo que o dia pareceu pela metade. Como meu pai conseguia pintar naquela cidade após a refeição do meio-dia? Apesar do medo da emoção que poderia sentir ao vê-lo, era como se eu estivesse sendo puxada no mar por um invisível fio de sangue, uma veia bem forte para levar o barco.

Na manhã seguinte tomei uma embarcação que entrou no largo e lamacento estuário de um rio. As margens eram lisas e sem graça, com árvores desfolhadas, o dia espesso, pesado e frio. Aquele famoso rio Tâmisa de uma nação orgulhosa, com uma história cheia de glórias, era fedido e lento, de uma cor marrom e cinzenta. O grasnar de enormes corvos não ajudaram a me dar boas-vindas. Um vento áspero entrou pelos fios do meu casaco. A embarcação enfrentava o rio contra todas as forças da terra que tentavam rechaçá-la. Naquele momento em que eu estava tão perto, parecia que um vento, um rio e uma nação não queriam que eu chegasse.

Navios e barcaças passavam lentamente por armazéns e estaleiros de tijolo. Mais ao longe, ovelhas pastavam nos campos em volta de casas rurais. Onde estava a famosa cidade que dominava os mares? Só um vaso de guerra estava ancorado ao lado de um palácio marrom, alto e cheio de torres, na margem sul. O palácio era tão escuro e ameaçador que parecia mais uma fortaleza do que uma residência.

— É o palácio de Greenwich, senhora — disse o camareiro.

Será que papai estava lá? Talvez eu tivesse chegado tarde demais.

— É esse o palácio da rainha? — perguntei em italiano, a única língua que eu conhecia.

O camareiro ficou me olhando sem entender. Mostrei para ele o alto da carta de papai, onde ele tinha escrito *The Queen's House, Greenwich.* O vento quase arranca a folha da minha mão.

O homem mostrou um prédio pequeno e branco numa elevação depois do palácio escuro e cheio de torres, a única construção branca à vista. Quando meu baú de viagem foi descarregado no cais, começou a chover. O camareiro carregou minha sacola cheia de jarros de azeite, alcachofras, azeitonas e uma garrafa de vinho. Fui atrás na plataforma de desembarque e ele mostrou a carta para um cocheiro com palavras que não consegui entender.

Rápido, o coche me levou até a construção branca passando por uma rua clara, de pedras, depois do palácio de pedra escura. Olhei na janela do coche e mostrei a carta para um guarda. Ele apontou para a construção branca atrás dele.

— Orazio Gentileschi? *Pittore italiano?* — perguntei.

Ele concordou com a cabeça e mandou o cocheiro seguir para o palácio escuro perto do rio.

Escurecia e as tochas estavam acesas no portão do palácio. O que eu faria se não me deixassem entrar lá também? Inclinei-me na janela do coche outra vez.

— Orazio Gentileschi? *Pittore italiano?*

Dessa vez o guarda repetiu o nome para um porteiro, que entrou no prédio.

Em algum lugar daquele prédio molhado de chuva meu pai estava pintando, mas não podia enxergar através das paredes. Eu podia dizer para o cocheiro ir embora. Ninguém saberia que estive lá. E eu poderia voltar para casa, para o afeto e as pessoas que conhecia. Para Gênova. Para me desculpar com meu mecenas Cesare e sua esposa Bianca. Para levar a criada Renata a Florença, à academia. Olhar bem nos olhos do *signor* Bandinelli e dizer: "Atenção, ajude esta moça, ensine. Ela vai fazer coisas importantes." Podia dar o pincel de Michelangelo de presente para ela.

Mas não era o que se fazia. A pessoa lutava para alcançar seu objetivo, preocupada com o que comer a cada dia, tentando não pensar na última pincelada. De que cor seria? Com que pincel? Que efeito causaria?

O porteiro voltou, me deixou entrar e permitiu que meu baú fosse colocado na portaria. Peguei minha sacola de mão e, andando de um jeito que disfarçasse minha insegurança, entrei no prédio. Uma mulher me levou ao andar de cima, dizendo coisas que não entendi, sons duros que ecoavam nas paredes de pedra da escada. Ela parecia zangada por eu não ter vindo antes. Passamos por várias salas até ela finalmente abrir uma porta, e lá estava ele.

Orazio Gentileschi, com seu casaco torto jogado nos ombros, tossindo, com a mão no peito. Ao me ver, fez um som entre um grunhido e um soluço, deu alguns passos na minha direção e parou.

— Você pediu para eu vir — falei, com o coração na garganta.

— Eu já tinha desistido.

— Não pude vir antes. Palmira queria se casar e levei muito tempo para conseguir o dote.

— Devia ter me pedido.

Nossas frases eram separadas por pausas estranhas. Ficamos distantes um do outro. Eu continuava segurando minha sacola. Ele fez um gesto para eu colocá-la no chão.

— Palmira se casou com um nobre. Por amor, os dois se escolheram. Ela jamais vai segurar um pincel, detesta pintura.

Ele pareceu magoado.

— Imagino que tenha sido uma linda noiva.

— Sim, mas beleza não é tudo. É melhor desejar beleza e reconhecimento do que ser apenas bonita. No final, a vida é mais rica assim. Talvez ela aprenda isso.

Ele respirava pesado.

— Quer dizer que o tempo fez você ficar sábia.

— Fez eu ficar realista e satisfeita. Estou feliz por ela estar feliz.

— E o pai de Palmira? Foi ao casamento?

— Não.

— Pena. Seria boa hora para uma reconciliação. Você tentou? — perguntou ele, com olhos críticos.

Tive vontade de perguntar se aquilo era problema dele.

— Não é tão simples quanto parece.

— Ele contribuiu para o dote?

— Não pedi.

Nós nos olhamos com cuidado, como se soubéssemos que qualquer passo em falso poderia causar um incêndio.

— Posso me sentar? Estou exausta.

Ele tirou os panos que estavam numa cadeira e a puxou para o lado da lareira. Não agradeci.

— O palácio é tão vazio. Tem móveis e tapeçarias, mas não tem gente. Só alguns criados e zeladores. Você fica aqui o tempo todo... sozinho?

Ele fechou os olhos, contorceu o rosto, levantou o queixo.

— O que houve? Está passando mal? — perguntei.

— Ouvir alguém falar italiano outra vez — disse ele, emocionado, assoando o nariz num lenço amassado.

— Você disse que aquele sujeito com nome estranho fala italiano.

— Inigo Jones, *uomo vanissimo* — disse ele, zombando. — Especialista em todas as artes. Ele é tudo e está em toda parte. Inteligente, bom desenhista, mas muito cheio de si. Conta vantagem por ser favorito do rei. Igual a um pintor flamengo chamado Van Dyck. Um camponês mal-educado e ciumento que atiça a luxúria do rei.

Ele mexeu no fogo da lareira e colocou mais lenha.

— Então mora gente no palácio?

— Duas vezes por ano o rei e a rainha transferem a corte para cá, para a temporada de caça. A rainha vem mais a Londres, para acompanhar a decoração da casa dela.

— Aquela construção branca?

— É.

— Como a rainha se chama?

— Henrietta Maria. É filha de Maria Médici.

— Você fala francês com ela?

— Depois de passar cinco anos na corte eu tinha de aprender alguma coisa.

— E fala inglês?

— Um pouco, mal.

E então? O que dizer? Não podia contar de irmã Graziela. Nenhuma história de morte, já que ele estava tão magro.

— Trouxe azeitonas e alcachofras para você. — Mexi na minha sacola e peguei os potes, contente de ter alguma coisa que ele ia gostar. — Guardei para você da ceia de casamento de Palmira.

Com uma faca de paleta, ele quebrou o lacre do pote das azeitonas e comeu uma, depois mais duas.

— Tem pão? — perguntei.

— Tem, muito ruim.

Tirei da sacola o vinho e o azeite. Ele pegou uma cadeira e ficou observando todos os meus movimentos, parecendo curioso pelo que sairia da minha sacola. Serviu o vinho e ficamos ao lado da lareira, comemos alcachofras no pão passado no azeite. Ele mastigava de olhos fechados, para sentir melhor o gosto.

— Já passei muito tempo aqui e na França. Tempo demais.

— É, eu sei.

Senti o calor do vinho dentro do corpo, enquanto a lareira me aquecia por fora. Estendi as mãos sobre as chamas e suspirei fundo e lentamente para tentar relaxar dos dias de frio.

— Para que ficar aqui? Para ver cortesãos de coração duro virem borboletear duas vezes por ano? — ele continuou. — São homens de cara dupla, que comem à mesa do rei e depois tramam contra ele. Usam colete de lã forrado, mas não é para aquecer o corpo, nessa terra gelada: é para proteger de punhaladas. — Fez um gesto com o pão e derrubou uma alcachofra. Pegou-a no chão e comeu. — Ficar aqui para trabalhar para uma rainha calculista e arrogante?

Eu não esperava ouvir tanta amargura.

— Para produzir obras que durem para sempre, pai.

— Não, Artemísia. A maioria das pessoas come pão enquanto assiste a chicoteamentos, enforcamentos em praça pública, incêndios, qualquer tipo de espetáculo — disse ele, marcando cada palavra com batidas dos dedos no braço da cadeira. — Sem se importar com o fato de pintores trabalharem em silêncio para produzir obras que durem para sempre.

— Mas você me escreveu que a corte era simpática com você e seria comigo também.

— Escrevi isso para você vir.

— Quer dizer que mentiu? — Enrijeci as costas.

Ele fez um gesto de desdém e não respondeu. Será que era mais uma traição? Será que não haveria trabalho para mim lá? Se eu reagisse, certamente seria um mau começo.

— Eles me suportam porque ponho um pouco de emoção aos quadros, em vez dos retratos entediantes e duros que fazem. — Deu um gole no vinho e esticou o pescoço para saborear. — Artemísia, aqui não há *dolce vita*. — Pôs a mão fechada sobre o peito. — Não há alegria nem admiração do belo. A gentileza deles é interesseira e manipuladora. Não querem saber da arte. Só de caça, cavalos e navios.

— Mas nós queremos. Cada quadro é uma alegria.

Ele levantou os olhos do vinho como se aquela ideia o tivesse espantado.

— Você vai... bem como pintora?

— Depende. Tenho agora uma pessoa que funciona como agente. Vendeu a minha primeira *Judith*.

— Finalmente apareceu alguém bastante inteligente para reconhecer seu gênio. Quem comprou?

— O príncipe Gennaro de San Martino.

— Sorte dele que os idiotas que viram o quadro antes não compraram.

— Ainda preciso explicar aos compradores que meu preço é à romana, fixo. Pensam que cobro à napolitana, isto é, peço trinta escudos para depois aceitar quatro.

Era estranho dizer aquilo, mas eu estava nervosa. Nós não confiávamos um no outro. E eu não confiava em mim.

— Trabalhei para um patrício da Sicília, dom Antonio Ruffo, e para o conde de Monterrey. Mas só fiz retratos. Ninguém quer *invenzione*. Querem apenas a mulher ideal. Desde que voltei de Nápoles não pintei nenhuma heroína. O tempo fez eu não querer mais pintar cenas de tortura.

Os olhos dele faiscaram de ressentimento quando pronunciei a palavra tortura, que fui lembrar a ele pouco depois de chegar. Eu apenas quis dizer... não sei o que quis dizer. Eu apenas disse.

— Ainda está zangada? — A voz dele ficou cortante.

— Não, parei de pintar Judiths violentas. Acho que isso mostra que não estou zangada, exceto quando um romano mesquinho lembrou coisas na frente de Palmira, quando ela era menor. Mas foi só uma raiva passageira e fraca, não era de você ou de Agostino.

— Achei que arrumar um marido para você resolvesse isso. Levando em conta a sua fama...

— A minha reputação. Se estava preocupado com ela, por que não pensou na reputação do homem que você pagou para casar comigo?

— Era irmão de Giovanni.

Apertei o braço da cadeira onde estava sentada.

— Pois esse mesmo irmão de Giovanni teve várias amantes antes e depois de casar comigo. Foi por isso que não o aceitei, se você quer saber. E também por isso que ele quis se casar com uma mulher que fosse desconhecida em Florença. Tinha de sair de lá para achar uma mulher que não soubesse da reputação dele. — Controlei minha voz, que era apenas um fio. — Ele se casou por causa do meu dote, que usou para alugar um quarto para encontrar as amantes. É um homem incapaz de amar de verdade. Ah, papai, você escolheu bem.

— A culpa é sempre minha. — Ele se levantou e ficou andando. — É o que eu temia, não devia ter escrito para você — resmungou.

— Ainda tenho de dizer que se não tivesse sido exibida num tribunal de Roma eu podia ser escolhida por um homem que me amasse?

— Foi preciso fazer isso.

— Foi preciso tudo mais ficar em primeiro lugar? Você ser amigo de um canalha? Você ter uma necessidade doentia de ser amigo dele? — Palavras que eu tinha dito centenas de vezes para mim mesma e prometido não dizer para ele saíram aos borbotões de minha boca. Inclinei-me para a frente na cadeira. — Você precisava tanto dele que teve de convidá-lo para ir a Gênova?

— De quantos anos um homem precisa para se penitenciar? Há vinte anos você me trata como um leproso. — Ele andava de um lado para outro.

— E há vinte anos você não admite que me traiu. Nunca se desculpou. Quer que eu perdoe, mas não se desculpa.

— Um dia, seja agora ou depois, você vai dizer que as coisas apenas aconteceram e não foram por minha causa. — Ele apontou para o próprio peito quando disse *minha*. — Você espera demais de mim. Nada do que fiz teria impedido Agostino de fazer o que fez. Eu o conheço, Artemísia.

Por um instante tive a impressão de que ele acreditava no que dizia. Mas continuei falando, com as unhas enfiadas na palma das mãos.

— Você escreveu pedindo para eu vir e perdoar. Não percebe como foi egoísta? Não consegue, por uma vez, ver as coisas do meu ponto de vista? Em suas veias não corre sangue da família. O que corre é Orazio Gentileschi em primeiro e em último lugar, sempre.

Ele segurou no encosto da cadeira com mãos trêmulas.

— Se você tinha tanto rancor guardado, era melhor não ter vindo. Acha que um velho gosta de ser esbofeteado de novo, ouvindo tudo o que fez de errado? No dia da minha morte, Deus vai me julgar, não você.

Levantei-me.

— Mas posso dizer...

— Não! Me deixe, saia daqui — disse ele, me expulsando.

Fiquei atordoada. Ele nem olhou para mim.

— Saia — mandou, dando alguns passos como se fosse me empurrar.

Não consegui me mexer.

— Ah, *porca miseria*.

Ele pegou o gibão e saiu.

28

Artemísia

SAIA. PARA ONDE? FIQUEI SOZINHA NA SALA, tremendo. Depois de passar um mês viajando, o que ouvi foi *saia*. Depois de desmontar minha vida outra vez, *saia*. Aquele ingrato. Eu não devia ter vindo.

Fiquei dando voltas na sala. Não ia sair. Não tinha para onde. Mesmo se saísse, ninguém entenderia o que eu falasse. Ele é que fosse passar a noite em outro lugar. Fazer promessas falsas para eu ir lá e depois me enxotar. Ele tinha se tornado um homem amargo.

Tomei um pouco de vinho e sentei na cadeira ao lado da lareira, estava magoada e muito cansada. Meu pai só disse uma coisa que fazia sentido: que Agostino teria continuado a me usar, se papai não o levasse a julgamento. Devia ser verdade. Foi preciso viajar durante um mês para aprender isso.

Comi uma azeitona e olhei em volta. A sala estava desarrumada. Um colete e um calção estavam dependurados num cavalete. Livros, pratos com restos de comida, jarros com pincéis, o gasto exemplar da *Iconologia*, de Ripa, pequenos estudos em pedaços de papel jogados numa comprida mesa de trabalho. Entre duas lamparinas a azeite havia uma pilha de desenhos grandes. Tive vontade de vê-los, mas estava cansada demais para me levantar. Apoiei a cabeça no encosto da cadeira e fechei os olhos.

Pouco depois, ouvi um barulho. Talvez ele estivesse do outro lado da porta, esperando eu me desculpar, pensei. Abri a porta e percorri alguns cômodos. Frios. E vazios. Voltei para a sala e coloquei mais lenha na lareira.

Estava com muita vontade de ver os desenhos dele. Na capa de uma pasta, ele escreveu: "Alegoria da Paz e das Artes na coroa inglesa."

Olhei todos os desenhos. Eram musas e figuras alegóricas com seus diversos símbolos tirados da *Iconologia*: livro, capacete, esfera, flauta, palma, feixe de trigo, coroa de louros, cornucópia. Ele continuava com ótima composição e forma. Os desenhos pareciam ser para um projeto enorme. Pensei em que fase estaria.

Peguei uma pequena folha de pergaminho com um perfil e alguns esboços. E pensar que naquela altura da vida ele ainda estudava como fazer rostos. Fiquei emocionada com a humildade dele. Como eu, que ainda lutava para conseguir desenhar pés. Nas costas do papel tinha uma carta, cheia de borrões de tintas e rabiscos, endereçada ao *granduca* Ferdinando.

> Tomo a liberdade de enviar à Sua Alteza esta pequena mostra de meu trabalho para saber se mereço ficar a seu serviço pelo pouco tempo que ainda tenho de vida, caso meu parco talento consiga realizar meu ardente desejo de voltar para minha amada terra natal. Coloco-me ao dispor de Sua Mui Serena Alteza, a quem com grande afeto faço uma reverência daqui da Inglaterra, onde me encontro.

Aquele era apenas um rascunho, e se ele realmente enviou a carta, parecia não ter tido resposta. Decerto, queria voltar para a Itália havia muito tempo, mas tinha medo de largar um trabalho garantido. Eu entendia bem a situação. Era a mesma dor de ter as raízes arrancadas de sua terra. Ele praticamente implorava uma encomenda a um duque menino, depois de pintar a vida inteira para rainhas e cardeais. Fiquei com um nó na garganta. Ele também sofreu a humilhação.

A *cassapanca* dele estava aberta, com as roupas desarrumadas. Tive uma pontada de dor. As roupas de baixo dele eram trapos.

No parapeito de uma janela estava a caixa de madeira onde guardava lembranças e que fazia jogo com a caixa que eu tinha. Fui até a porta e prestei atenção se vinha alguém, não ouvi nada, então abri a caixa. Lá estavam as cartas que mandei de Florença, amassadas e com a tinta meio apagada. Li todas: o nascimento de Palmira; o primeiro quadro que Cosimo aprovou; a entrada para a academia. A última carta me deixou culpada. Mal agradeci por ele escrever para Buonarroti, que foi o primeiro passo para eu ser aceita em Florença.

Sob as cartas havia algumas moedas romanas, senti o metal frio, ele devia tê-las guardado na esperança de voltar um dia. Havia também a aliança de minha mãe. O grande rubi da aliança tinha sido tirado. Preferi não pensar no que aquilo significava. No fundo da caixa, um desenho de criança estava dobrado, mostrava o rosto de uma mulher. Atrás estava escrito *Amore mio, Artemísia fez este retrato meu para você, no aniversário de dez anos. Cuide para que ela tenha um casamento feliz como o nosso. Prudenzia.* Mamãe teria lastimado tanto se assistisse à cena que acabara de ocorrer naquela sala.

A tristeza da vida dele, as últimas três décadas sem a companhia de mamãe, mais de dez anos longe da terra natal, a comunicação com os outros sempre limitada pela língua que ele não sabia falar direito. Há quanto tempo ninguém tocava nele, exceto por um tapa nas costas; há quanto tempo ele não recebia um abraço que o convencesse de ainda estar vivo? Fiquei impressionada com a coragem dele para enfrentar a solidão. Será que eu aguentaria quando estivesse só, na idade que ele tinha agora? Não podia invejá-lo pelo tempo que passou na França, se Agostino esteve com ele.

Coloquei as coisas de volta na caixa como estavam, soltei os laços do meu corpete e acabei de tomar o vinho. Não conseguia suportar a humilhação e a saudade da carta que ele mandou para o duque Ferdinando, embora eu tivesse escrito cartas quase tão desesperadas. A minha vida e a dele pareciam cheias de humilhações, algumas vitórias e breves períodos de doçura. Devíamos achar que tínhamos sorte se, no final, tivéssemos a mesma quantidade de amargo e de doce.

Ir até Londres não adiantou nada, já que ele achou que seria melhor eu não ter ido. A viagem foi simples, comparada com o que eu tive de enfrentar depois: não só ir até lá, mas oferecer mais do que um cobertor, dar toda a compaixão, um gesto tão impressionante para mim quanto o de Cristo ao tocar o leproso e o de Graziela ao tocar o doente de peste. Era assustador, não pelo que poderia acontecer mas, sendo sincera comigo mesma, por desconfiar da minha sinceridade.

Vesti a camisola, deitei na cama e me cobri com o cobertor dele. Talvez ele voltasse na manhã seguinte. Tão envergonhado quanto eu estava.

O MOVIMENTO NAS SALAS VIZINHAS só me acordou quando a manhã já ia alta. Aticei as cinzas na lareira e me aproximei do fogo. Estava com muita fome. Comi mais alcachofras, azeitonas e o resto do pão. Despejei a água de um jarro na pia e lavei as mãos e o rosto. A água estava tão fria que gritei. Prendi os cabelos sujos, depois de semanas de viagem.

Olhei na janela. Tinha parado de chover. O céu estava da cor que os ingleses deviam achar que era azul. Do outro lado de um campo murado ficava a residência da rainha, onde o coche havia me levado primeiro. De onde estava agora eu podia ver as linhas clássicas da construção, em perfeito equilíbrio. Havia uma escada para o telhado, de onde se podia apreciar o campo, e uma *loggia* no primeiro andar. A única coisa que eu podia fazer era andar pelo campo e ver se meu pai estava por lá. Procurei na sacola de viagem o pincel de Michelangelo e guardei-o no bolso interno do meu casaco. Encontrei a escada e uma porta. A grama molhada e crescida molhou meus sapatos. Levantei a saia para não sujar no chão.

Na porta da residência da rainha operários carregavam uma grande moldura de madeira inacabada.

— Orazio Gentileschi? — perguntei. Eles se olharam, disseram alguma coisa que não entendi e balançaram a cabeça. — Sala grande? — Fiz com os braços uma sala e fingi pintar o teto.

Eles entraram comigo na casa, passamos por estucadores e carpinteiros que faziam uma cornija e apontaram para uma grande escada. Subi e notei que as salas não tinham os enfeites e ornamentos que eram comuns nos palácios romanos e florentinos.

Ao chegar ao salão reconheci as dramáticas figuras que papai fazia, já pintadas em painéis no teto. Era um projeto enorme: nove painéis tendo ao centro onze mulheres rodeando a figura da Paz, com um bastão e uma guirlanda de folhas de oliveira. Transmitia grande poder e beleza. Contei 22 figuras femininas até a *Pittura* e a *Scultura* sob um fundo de céu com nuvens. Faltava pintar quatro painéis. E papai estava muito idoso e fraco.

Era um belo teto, exceto por um detalhe. As cores. Havia, principalmente, verde, violeta-claro, azul-claro e dourado, mas tão suaves, se comparadas com as que ele usava na claridade de Roma, que as figuras pareciam estar sumindo.

— Os ingleses são mais conservadores do que nós. — Virei-me ao ouvir a voz dele, prestes a pedir desculpas. Seus olhos ansiosos imploravam um perdão. — Ainda faltam quatro painéis.

— Vou lhe ajudar.

Aos poucos, com cuidado, como se tivesse medo de me machucar, ele estendeu as mãos para mim. Senti meu corpo relaxar no abraço dele, como Palmira adormecida, quando era criança.

Depois do abraço, olhei para os painéis no teto.

— Ficaram ótimos, pai. Você tem de admitir que está satisfeito. Vejo isso em cada rosto pintado, mesmo que seja apenas uma alegria pessoal pelo que fez. Você nunca teve vontade de gritar "Olhem! Olhem e deixem que essa beleza transforme seu coração"? Gostei muito de algumas figuras. E você?

Os olhos dele estavam com o tom marrom-escuro da carência.

— Nós tivemos sorte — falei. — Conseguimos viver do que gostamos de fazer. E viver pintando, como nós, seja onde for, é viver a paixão, a imaginação, a ligação e a adoração, as melhores coisas da vida, para estarmos mais vivos do que os outros.

— Os outros quem? Mais vivos do que quem?

— Do que minha filha, por exemplo. Sinto a vida com mais intensidade do que ela. Tanto o que é bom quanto o que é ruim. Espero que isso signifique que morrerei satisfeita por ter realmente vivido.

— Não tem nenhum arrependimento?

Era a coisa mais perigosa que ele já tinha perguntado. Respeitei a coragem dele, a vontade de tocar na ferida.

— Arrependimento depois de sair de Roma pela primeira vez? — perguntei.

— De qualquer coisa. — Vi que o rosto dele endureceu, os ombros se prepararam para ouvir e se defender do que eu dissesse.

Será que contava que costumava me sentir como uma pilha de fracassos, como quando se tenta fazer fogo com lenha úmida? Será que reclamava por não conseguir ficar com o homem que aprendi a amar? Será que explicava a descoberta de Galileu de que não somos o que pensamos, que nossas vidas ficaram menores pela insignificância de nosso planeta, como um toque de cor numa beirada do quadro que contribui para o todo, mas que a maioria das pessoas nem vê? Será que dizia que minha marca no mundo não significa nada para mim, minha obra é um mero enfeite de parede para os Médici?

Papai se segurava no encosto de uma cadeira, esperando minha resposta. Era um velho em posição de defesa.

Ele já havia sido humilhado o bastante. Não precisava me ouvir reclamar.

— Não, não me arrependo de nada. Só de nunca ter podido descansar. — Respirei fundo e expirei, como uma onda que vem e volta.

Ele apertou os olhos e tive a impressão de que tentava entender o que eu quis dizer.

— A vida inteira eu só fiz pintar e cuidar de Palmira. Se eu tivesse um amante ou um marido que me amasse, seria melhor, teria alguém com quem aproveitar *la dolce vita.*

Ele inclinou a cabeça, pensando.

— Só pintar e cuidar da filha — murmurou.

De repente, percebi que com ele foi a mesma coisa. Teve só aquelas duas coisas. E não dei a ele a alegria que Palmira me deu. Nós nos olhamos no mesmo instante, cheios de tristeza e reconhecimento, frente a frente. Senti os fios que nos uniam se apertando.

— Sou filha de meu pai.

— Como assim?

— Nós dois escolhemos a arte, em vez da filha — falei, calma.

— Só o tempo dirá se valeu a pena. Você não encontrou um amor? — ele perguntou, baixo.

— Amor. Amar é ficar à mercê da ilusão, adorar alguém e se controlar para não demonstrar esse amor — falei, fazendo uma careta.

O rosto dele ficou tenso.

— Esse tipo de amor eu encontrei, se é que se pode chamar de amor. Mas mesmo o amor unilateral, o amor fugaz, é melhor do que nada. Fico satisfeita de ter tido essa emoção. Por isso, não me arrependo de nada.

Dei um tapinha desajeitado no braço dele. Aos poucos, o rosto dele ficou mais suave. As pernas fraquejaram, precisou sentar-se. Puxei uma outra cadeira e também me sentei.

— Tenho uma coisa para lhe mostrar — falei, entregando o pincel embrulhado no pano. — Foi o divino Buonarroti, o Jovem, quem me deu.

Ele deu um longo suspiro rouco e olhou o pincel na mão.

— Com este pincel ele pintou almas, Artemísia, enquanto eu pintei só a carne.

— Você pintou a *sua* alma, pai. Lembra do salmo *Magnificat* que diz "Minha alma glorifica o Senhor"? Foi o que você fez com seu trabalho: aumentou a beleza que Deus criou.

— Você acha mesmo?

— De todo o meu coração.

— Mas e o preço que se paga?

Levantei os ombros.

— "A recompensa está no Senhor", foi o que me disse a irmã Paola há muito tempo. Não depende de nós.

Um instante depois ele segurou o pincel e fez de conta que pintava um quadro no ar, sorrindo e me olhando como se eu fosse a modelo.

— Você fez um retrato meu, não? No teto do cardeal Borghese. No *Casino*.

— Você viu? — ele perguntou, animado.

— Um trabalho maravilhoso. — Diga tudo, pensei. — Você e Agostino foram uma ótima dupla de pintores. — Os olhos dele mostravam medo de que eu não compreendesse. — Ao pintar, os dois parecem uma só pessoa.

— Foi a pior e a melhor coisa que já fiz. Desde então, me preocupa.

— Como você sabia que, vinte anos depois de me pintar, eu ficaria perturbada naquele palácio?

— Não é por perturbação que a figura olha para o balcão, em vez de olhar os músicos — disse ele, rindo triste. — Aquela figura é você me acusando com o olhar, enquanto eu pintava seu retrato.

Ele me deu o pincel.

— Nunca usei esse pincel — falei.

— Entendo o porquê. Pintar qualquer coisa que tivesse menos brilho que o dele seria um sacrilégio.

Eu poderia ficar ofendida com aquela observação. Quase disse que Buonarotti queria que eu usasse, mas olhei meu pai e vi que demonstrou apenas o respeito por um ideal.

Papai arrumou um quarto para mim ao lado do dele e aos poucos trouxe a lenha para acender a lareira. Depois, trouxe o tapete que mamãe usava ao lado da cama, estendeu-o no chão ao lado da minha cama e deitou-se. Fomos ao ateliê, olhamos os desenhos dele e resolvemos quais seriam os painéis que eu faria.

— Vamos fazer todos os que faltam — ele disse, subitamente animado, pegando quatro enormes telas.

— Os quatro ao mesmo tempo?

— Por que não?

Colocamos uma tela ao lado da outra, misturamos gesso com cola e alvaiade. Ele sorriu, travesso, ao encontrar seus pincéis largos de preparar telas, e me entregou um.

— Olhe e adivinhe o que é — mandou, os olhos brilhando. Pôs tinta no pincel e marcou um grande "S" na primeira tela, de um lado a outro, e foi aumentando a letra. Tomou distância do quadro e mostrou cada uma das três telas restantes. — Ainda não sabe?

— Não.

Ele riu e passou para a segunda tela. Como era bom vê-lo tão feliz. Pintou um grande "P".

— O que acha, hein? — Com um riso diabólico e um gesto, mandou eu pintar as duas telas restantes. — Eles nunca vão adivinhar.

Não entendi direito o que ele queria que eu pintasse, mas molhei o pincel na tinta e fiz um grande "O".

— *Sì, sì* — ele disse, atento.

Fiz uma perninha no "O", transformando-o num "Q".

— *Bene! Eccellente!* — gritou.

Na última tela, pintei um "R".

— *Che meraviglia.* Pronto: "SPQR", em latim, as iniciais de Senado e Povo de Roma. — Rindo, completou: — O anseio dos ingleses por Paz e Arte está sob o domínio de Roma, estará sempre.

— A base — disse eu.

Ele me deu dois beijos. Enquanto aumentávamos as letras para ficarem do tamanho das telas, ele cantou uma de suas músicas de amor romanas.

COMO ELE PINTAVA DEVAGAR. Como era inseguro para misturar as cores. Às vezes, trabalhávamos na mesma tela, ele pintava uma figura e eu, a outra. Ele costumava ficar me observando. A cada dia demorava mais a iniciar o trabalho. E parava mais cedo. Mas todo dia pintava alguma coisa, mesmo que fosse só um trecho do fundo. À tarde, costumava dormir um pouco, e eu trabalhava sem parar, sempre atenta à respiração lenta e irregular dele.

Eu cantarolava as músicas que sabia que ele conhecia só para ele acrescentar as palavras. Começamos a ficar mais à vontade um com o outro, de um jeito novo. Senti uma curiosa e inesperada leveza. Antes dessa época, eu estava sempre me controlando, não me sentia livre ao lado de Pietro, nem mesmo de Palmira, mas lá, onde não sabiam nada de mim, não temia ser julgada, e como papai e eu tínhamos a mesma sensibilidade, toda a rigidez da minha vida se derreteu e me senti eu mesma. Se aquele sentimento era autêntico, se ia durar, eu não sabia, mas era maravilhoso.

Tive uma vida muito sombria, fiquei muito ligada ao julgamento, deixei o medo dele me endurecer. Não era de estranhar que estivesse sempre com dores nas costas. Eu devia ter feito algumas coisas: colocado mais mensagens secretas nas minhas telas; levado Palmira para conhecer o campanário; visitado Galileu em Bellosguardo; feito um retrato dele e dado de presente para ele; dançado mais; ficado mais satisfeita com as atenções de Francesco, em vez de me proteger delas. Devia ter pego aquela pedra que encontrei na Via Appia no dia da sentença e jogado para o alto, contra nada nem ninguém, deixando-a voar pelo campo aberto até cair num lugar desconhecido e se misturar com tudo, só para sentir meu braço girando.

Foi culpa minha, se não aproveitei *la dolce vita.* Francesco tinha dito que agora eu estava livre para ser eu mesma. Sim. Nápoles seria diferente quando eu voltasse.

Certa manhã, papai disse que ia de barco a Londres, tratar de negócios. Não me deixou acompanhá-lo. Era a segunda vez que fazia isso. Fiquei preocupada, um velho frágil viajando sozinho. Tentei pintar o máximo possível enquanto ele não estava. À tarde, quando ele voltou, ofegante, sentou-se na cadeira mais próxima e olhou o que pintei.

— Você é uma ótima pintora, melhor do que sou hoje — elogiou, com o peito arfando.

— Você foi meu mestre.

— É, ensinei você a sofrer.

— Ensinou-me a ver e a usar a imaginação. Livrou-me de passar a vida fazendo bordados e tricôs e preparando piqueniques.

— Lastimo que tenha perdido os piqueniques.

— Ainda tenho muito tempo para eles. Talvez até com os netos. Lembra dos loios azuis da Via Appia?

— Sua mãe prendeu-os no seu cabelo e fez um colar para você. Você parecia uma deusa.

— Para você.

— Venha cá. — Ele procurou dentro do casaco, tirou uma sacolinha e colocou-a na minha mão. — Mandei fazer para você. Abra.

A agitação da juventude me invadiu. Abri a sacolinha e vi uma corrente com uma medalha de bronze em forma de máscara de teatro.

— Sabe o que é isso? — ele perguntou.

— Alguma imagem da *Iconologia*?

— Pegue o livro ali na mesa.

Trouxe o livro e ele me mostrou a alegoria da Pintura: uma linda mulher com um pincel em uma das mãos e uma paleta na outra, tendo na corrente de ouro uma medalha da máscara do teatro.

— A Pintura. Afinal, uma mulher. Eu tinha me esquecido. — Olhei para a medalha e depois para ele. Os olhos dele brilhavam de carinho. — É linda.

Ele apoiou as mãos nos joelhos para se levantar, pegou a corrente e colocou-a no meu pescoço.

— Pronto, está onde deve estar.

— Nunca recebi um presente tão importante — falei, baixo.

NUMA FRIA E ÚMIDA MANHÃ, ao carregar papéis com esboços, ele caiu no chão. Corri e pus a cabeça dele no meu colo. Apoiei-a no meu braço como a *Pietà* de Michelangelo.

Ele estremeceu e apertou o peito. Disse, de mansinho:

— Artemísia.

— O que dói?

— Foi só um mal-estar. Vai passar.

A coragem dessas palavras me emocionou. O horror de morrer sem ser perdoado. Ele apertou minha mão e seus olhos ardiam com a pergunta que estava constrangido demais para fazer, mesmo naquela hora.

— *Sì* — falei.

Senti um nó de vinte anos se desfazer no meu peito e finalmente entendi que ele não queria só ser perdoado, mas que eu me sentisse aliviada.

Depois, pareceu esquecer. Não sei se ele me olhava ou olhava o teto que tinha pintado. Antes de fechar os olhos, eu esperava que ele visse sua figura da Paz lá em cima, suave, leve e luminosa, segurando uma guirlanda de folhas de oliveira e flutuando numa nuvem.

Achei que ele tinha ido embora. E eu não disse o que ele queria ouvir. Ele mexeu os lábios, estremeceu e se encolheu.

— Artemísia?

— Estou aqui, papai. Estou lhe segurando.

— Use o pincel dele. Faça um autorretrato, uma alegoria da Pintura que seja para sempre — sussurrou, lentamente.

— *Sì*, papai. — Dei-lhe um beijo na testa. — Vou fazer.

Este livro foi impresso nas oficinas da
DISTRIBUIDORA RECORD DE SERVIÇOS DE IMPRENSA S.A.
Rua Argentina, 171 — Rio de Janeiro, RJ
para a
EDITORA JOSÉ OLYMPIO LTDA.
em julho de 2010

★

78º aniversário desta Casa de livros, fundada em 29.11.1931